KB078334

괴물 포식자

괴물 포식자 12

철순 장편소설

초판 1쇄 찍은 날 § 2017년 3월 3일
초판 1쇄 펴낸 날 § 2017년 3월 10일

지은이 § 철순
펴낸이 § 서경석

편집책임 § 김경민

펴낸곳 § 도서출판 청어람
등록번호 § 제387-1999-000006호
등록일자 § 1999. 5. 31
어람번호 § 제1-2646호

주소 § 경기도 부천시 부일로 483번길 40 서경B/D 3F (우) 14640
전화 § 032-656-4452 팩스 § 032-656-4453
http://www.chungeoram.com
E-mail § chungeorambook@daum.net

ISBN 979-11-04-91228-3 04810
ISBN 979-11-04-90817-0 (세트)

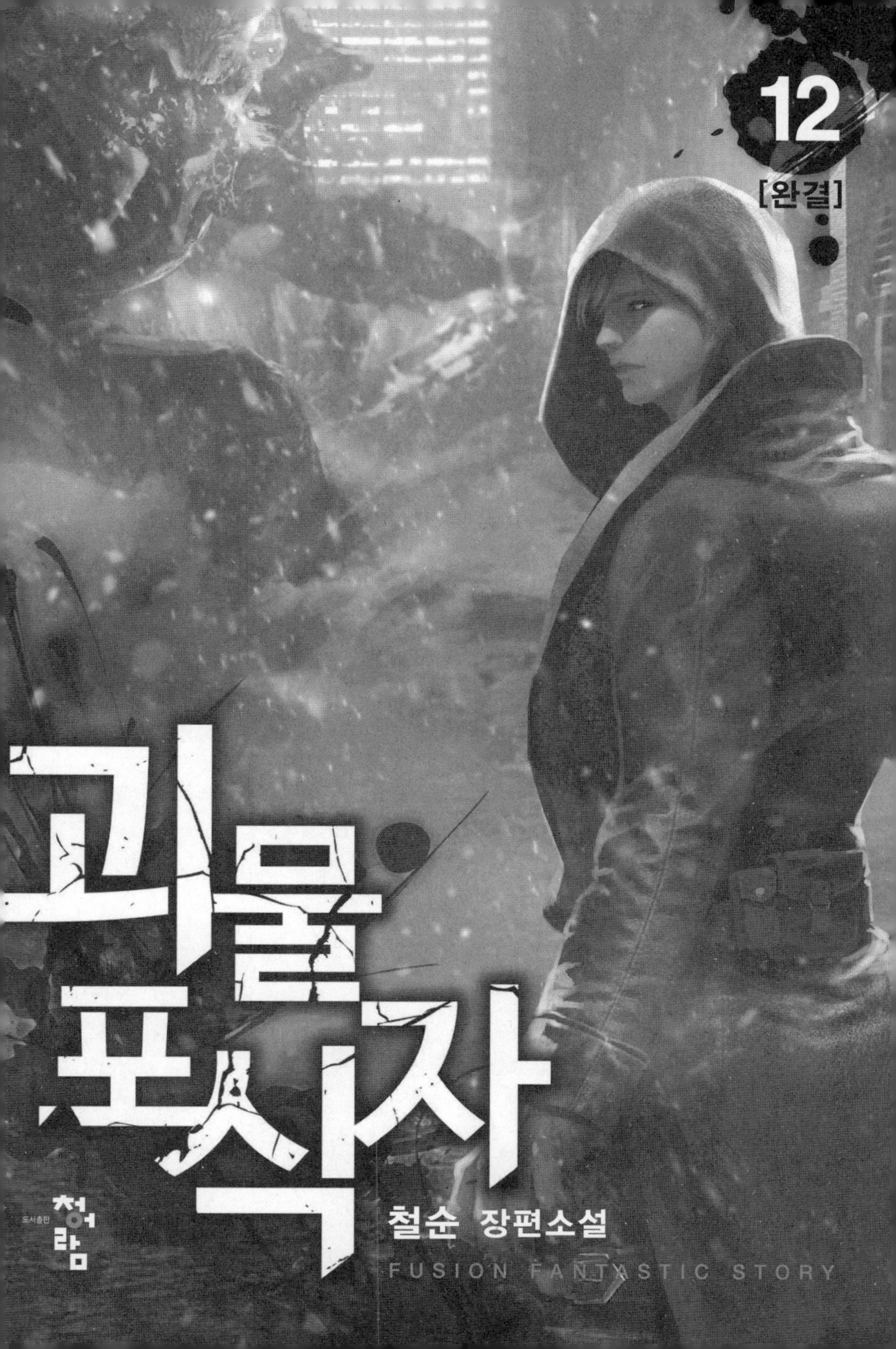
12
[완결]
괴물 포식자
철순 장편소설
FUSION FANTASTIC STORY
도서출판 청어람

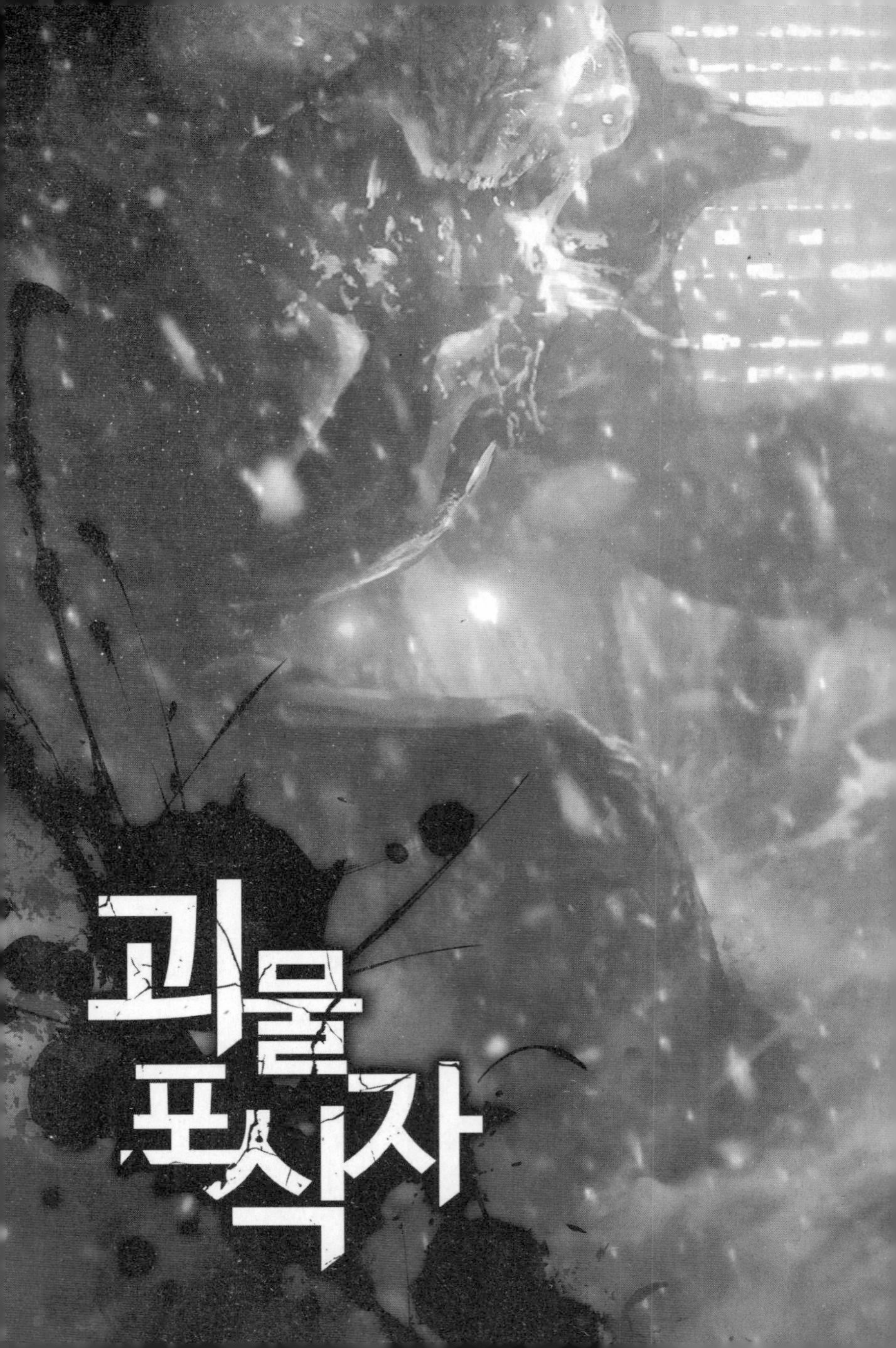
괴물 포식자

Contents

제1장

벨라툼

"크르릉……."

오감을 자극하는 으르렁거리는 소리가 낮게 깔리며 모든 이의 청각을 자극했다. 가만히 앉아 있던 드레이크들은 물론이거니와 진형을 잡고 서 있던 사막악어들까지 전부 반응할 정도의 소리였다.

당연하게도 모두의 시선이 쿠엔틴에게로 향했고 곧이어 쿠엔틴이 바라보는 곳으로 옮겨졌다.

보랏빛 차원관문.

차원관문은 한계가 어디까지인지를 보여주겠다는 듯 점점 더 커졌고 이내 섬 하나가 통째로 들어갈 정도의 크기가 되고서야 성장을 멈추었다.

차원관문의 표면이 출렁인 순간.

그으으으으으으!

차원관문의 중앙을 비집고 거대한 바윗덩어리가 나오기 시작했다. 바윗덩어리라 생각했던 것은 끝도 없이 이어졌으며 30m 정도가 지나서야 그것이 어떤 생명체의 입이라는 것을 유추할 수 있었다.

그리고 50m가 지나자 샛노란빛을 띠고 있는 눈이 드러났다. 그제야 바윗덩어리는 어떤 생명체의 얼굴임을 확실히 알 수 있었다.

느리게, 하지만 확실히 존재감을 인식시킨 존재는 바로 모든 하늘거북의 어미였다.

몸의 크기로 둘째가라면 서러울 쿠엔틴이 가족을 이루고 살아도 될 정도로 어마어마한 크기. 얼핏 보면 거대한 섬으로 보일 정도의 몸집을 가진 모든 하늘거북의 어미가 차원관문을 벗어나 등장했다.

그뿐만이 아니었다.

모든 하늘거북의 어미의 곁으로 쿠엔틴보다 거대한 세 쌍둥이 거북들이 마치 호위를 하듯 날고 있었다. 그들의 주변으로는 상대적으로 작은 크기의 하늘거북들이 뒤따르고 있었다.

"…맙소사."

사막악어들의 족장, 단카는 배틀액스를 쥔 손에 힘을 주었다.

"칸께서는 도대체……."

단카를 데리러 온 신혁돈은 그에게 '놀라지 마라'는 한마디 외에는 아무것도 알려주지 않았다.

산만 한 드레이크를 보았을 때는 놀랐지만 내색하지 않을 수 있었다. 그리고 미리 경고를 해준 칸에게 감사했다.

그런데 놀란 가슴을 추스린 지 얼마나 되었다고 저만한 크기의 차원관문이 열리며 저런 것이 나타난단 말인가.

어찌 놀라지 않을 수 있을까.

거대한 드레이크는 비교도 되지 않을 정도의 하늘거북.

그 존재가 내뿜는 존재감은 위압을 넘어 어떠한 경지에 오른, 마치 신과 같은 존재감을 내뿜고 있었다.

단카의 경악은 거기서 끝나지 않았다.

백여 마리의 하늘거북들이 모두 등장하자 그들은 하늘을 제집 삼아 이리저리 움직이기 시작했다. 그리고 그들의 등 위에서 여섯 마리의 벌레가 땅으로 내려왔다.

한데, 그들 하나하나가 산과 같은 드레이크에 비견될 정도로 강력한 존재감을 뿜내고 있었다.

차원관문을 통과할 때까지만 해도 2만의 사막악어면 마왕의 목이라도 딸 수 있을 것이라 생각했거늘.

마왕은커녕 눈앞의 괴물들조차 넘지 못할 것 같았다. 아니, 넘을 수 없다는 확신이 들었다. 그리고 그들과의 힘의 격차가 피부로 다가올수록 칸의 강함이 더욱 선명히 느껴졌다.

이들을 모두 복종시켜 자신의 힘으로 만든 칸 사카다나!

단카가 다시 한 번 신혁돈에 대한 충성을 다짐하고 있을 때, 쿠엔틴은 여전히 낮은 울음소리를 토하며 날개를 펄럭이고 있었다.

'이 무슨 상황이란 말인가.'

백차의 수족이 되어 수많은 차원을 누비는 동안 자신보다 강

한 상대는 본 적이 없었다. 백차의 언데드들이 나서는 것만으로
도 해결되는 차원이 부지기수였으며 그들로 해결되지 않을 땐
몇 마리의 드레이크가 나서는 것만으로도 해결되곤 했다.

한데 이게 무슨.

자신과 비슷하거나 강한 존재들이 우르르 나타났다.

그것도 하나의 차원에서.

이들 중 하나와 작정하고 전투를 벌인다면?

신혁돈이 말한 '번잡'이 아니라 그 이상의 타격이 차원 전체를
덮칠 것이 분명했다.

'허튼소리가 아니었군.'

쿠엔틴이 으르렁거리는 사이, 땅에 발을 디딘 헤이톤은 새로
운 차원의 공기를 한껏 들이마시며 주변을 둘러보았다.

그리고 쿠엔틴과 눈이 마주치자 헤이톤은 씩, 미소를 짓고서
거대한 개미의 몸을 움직여 그에게 다가갔다.

덩치 면에서는 쿠엔틴이 압도적으로 거대하지만 존재감에서
는 아니었다. 그렇기에 쿠엔틴은 긴장을 풀지 않았지만 그사이
그의 앞으로 다가온 헤이톤은 덤덤히 말했다.

"반갑네."

갑작스러운 인사.

날카로운 신경전을 생각하고 있던 쿠엔틴은 허를 찔린 듯 으
르렁거리는 소리를 잠깐 멈추었다. 헤이톤은 그 사이를 파고들었
다.

"로스카란토의 자식들 중 첫째, 헤이톤이라 하네."

―…쿠엔틴이다.

상대가 싸울 의지가 없어 보이는 상황.

군이 도발할 필요가 없다 느낀 쿠엔틴은 그의 말에 대답했다. 쿠엔틴과 헤이톤이 대화를 나누는 것을 본 곤도네가 쪼로로 다가와 함께 대화를 나누었다.

곧이어 나머지 자식들 또한 그들의 대화에 참여했다. 곧 여섯 마리의 벌레와 한 마리의 드레이크는 살아온 삶에 대해 대화를 나누며 웃고 떠들었다.

쿠엔틴은 듣거나 질문에 대답만 했지만 그럼에도 여섯 남매는 무슨 할 말이 그리 많은지 줄곧 떠들어댔다.

긴장이 완전히 풀린 쿠엔틴은 날개를 접은 뒤 다시 앞발 위에 턱을 얹었다.

그때 닫혔던 차원관문이 다시 한 번 열렸다.

그리고 등장한 것은 갈색의 각진 덩어리들, 바로 놈이었다.

바르칸티를 필두로 만 마리에 가까운 놈들이 차원관문을 넘어 백차의 차원으로 넘어왔다. 그들은 도착과 동시에 땅을 파악하고 곧장 구멍을 파 들어가기 시작했다.

주변에 뭐가 있건 자신의 일부터 하는 이들을 보고 있자니 신혁돈과 비슷하다는 생각이 들 정도.

그렇게 모든 놈이 넘어온 순간, 신혁돈이 등장했다.

연속으로 차원관문을 연 데다가 상상 이상의 크기인 모든 하늘거북의 어미까지 옮긴 신혁돈은 피곤에 절은 얼굴로 하늘에 떠오른 뒤 말했다.

"내일 아침, 전장으로 출발한다. 그때까지 서로간의 교류는 허락하지만 어떠한 이유에서든 서로간의 접촉은 금한다."

말로는 접촉을 해도 피부는 닿지 말라. 즉, 싸울 여지 자체를 만들지 말라는 뜻이었고 어지간한 머리가 있는 이들은 전부 이해를 하고 고개를 끄덕였다.

"교류와 접촉의 차이가 뭔데?"

뇌까지 흙으로 되어 있는 바르칸티는 제외하고.

신혁돈은 바르칸티에게 시선을 던졌다가 거두며 말을 이었다.

"그럼 내일 아침, 다시 돌아오마."

말을 마친 신혁돈은 다시 차원관문을 열어 지구로 돌아가 버렸다. 설명을 기다리던 바르칸티는 닭 쫓던 개가 된 심정으로 그가 사라진 하늘을 올려다보고 있었다.

"물에 빠져 뒤질 놈 같으니……."

괜한 땅을 내려쳐 신경질을 낸 바르칸티는 그제야 주변을 둘러보고 모두를 확인할 수 있었다.

그러고는 날카로운 어금니가 햇빛을 받을 정도로 깊게 웃더니 사막악어들이 있는 곳으로 걸어가기 시작했다.

*　　　　　*　　　　　*

"오셨어요?"

"후."

이만한 힘을 얻고 난 뒤 처음으로 느껴보는 피로감이었다. 복권에 당첨이 되어 졸부로 지내던 이가 가진 돈을 모두 탕진하고 원래의 생활로 돌아온 느낌이랄까.

"좀 쉬어야겠다."

소모된 에르그 에너지를 회복하려면 근 하루는 푹 쉬어야 할 것 같았기에 신혁돈은 고개를 휘휘 저으며 호수로 발걸음을 옮겼다.

호수 위를 지나는 신혁돈을 향해 물방울들이 스멀스멀 기어왔다.

"무슨 짓이지?"

신혁돈이 묻는 와중에도 물방울들은 사람 손 모양이 되어 그의 전신을 붙잡았다. 우악스러운 손길이 아닌, 마치 한겨울 전기장판 같은 포근함이 느껴지는 손길.

"푹 쉬고 싶지 않으세요?"

"그런 기능도 있나?"

"…기능보다는 능력이라 해주시죠."

가이아가 눈을 흘겼지만 신혁돈은 신경도 쓰지 않은 채 물로 이루어진 손에 몸을 기댔다. 그러자 손들은 신혁돈을 호수 속으로 끌고 들어갔고, 그는 곧 호수의 중앙에 눕혀졌다.

마카라의 능력을 얻으며 물속에서도 숨을 쉴 수 있는 신혁돈이었지만 굳이 능력을 사용할 필요도 없이 숨을 쉴 수 있었다.

호흡이 해결된 신혁돈은 몸 전체에서 몰려오는 노곤함에 천천히 눈을 감았다. 흐려지는 풍경 사이로 찰랑이는 수면을 본 그는 실소를 흘렸다.

'익사하는 게 이런 기분일까.'

남이 들으면 기겁을 하고도 남을 생각을 하는 사이, 신혁돈은 천천히 잠에 들었다. 가이아는 시체처럼 보이는 신혁돈을 내려다보며 보일 듯 말 듯한 미소를 지었다.

개운, 가뿐. 이런 말로는 설명되지 않았다.

뭐랄까.

"다시 태어난 기분이군."

"…예?"

잠에서 깨어나 호수 위로 올라온 신혁돈의 첫마디를 들은 가이아가 헛웃음을 흘리며 되물었지만 그는 감사의 의미로 고개를 끄덕일 뿐이었다.

"잘 쉬셨어요?"

"최고로."

"다행이네요."

사용했던 모든 에르그 에너지가 회복된 것은 물론이거니와 근래 쌓였던 정신적 피로까지 전부 날아가 있었다.

"얼마나 잤지?"

"네 시간 사십칠 분이요."

"오래 잤군."

"보통 사람들은 다섯 시간 잔 거 가지고 오래 잤다고 안 해요."

마치 '내가 보통 사람인가?' 하는 눈길을 보낸 신혁돈은 턱이 간지러운지 벅벅 긁고서 그녀에게 물었다.

"얼마나 남았지?"

"뭐가요? 출발까지? 아니면 바이러스? 그것도 아니면 무기?"

"전부."

도무지 적응할 수 없는 화법에 붉은 입술을 비죽인 가이아는 천천히 답했다.

"출발까진 여섯 시간, 바이러스와 무기는 2주 정도요."

"그렇군."

말을 마친 신혁돈은 가이아에게 턱짓했고 그녀는 곧 기다란 흔들의자를 만들어주었다. 곧바로 흔들의자에 앉은 신혁돈은 골똘히 생각에 잠겼다.

내일 있을 전투에 대해 생각하는 것이 분명했다.

눈을 감은 채 한 손으로 관자놀이를 받치고 생각에 잠겨 있는 그의 얼굴을 바라보던 가이아는 갑자기 그를 방해하고 싶다는 생각이 들었다.

"지금이라도 모든 것을 포기하면 지금까지 번 돈과 쌓아온 힘으로 죽을 때까지 편하게 살 수 있는 거 알아요?"

그녀의 수가 통했는지 신혁돈은 눈을 뜬 뒤 천천히 가이아에게 고개를 돌려 말했다.

"그게 사는 건가?"

예상한 대답.

가이아는 슬쩍 미소를 흘리며 답했다.

"그럼요. 혁돈 씨 같은 삶이 아니라 그런 평범한 삶을 살기 위해 죽기보다 더 노력하는 사람들이 이 지구에 얼마나 많은데요."

"나한텐 사는 게 아니다."

"그럼 혁돈 씨한테 사는 건 뭔데요?"

"생각해 본 적 없어."

"…예? 그럼 '사는 게 아니다'라는 대답은 어떻게 나온 건데요?"

"그냥 그런 생각이 들더군. 헛소리할 거면 가서 잠이나 자. 방해하지 말고."

호기심이 인 가이아는 계속해서 질문을 던졌지만 신혁돈은 귀마개라도 낀 듯 꼼짝도 하지 않았다.

"진짜 고집하고는."

드레이크 400여 마리와 100여 마리의 하늘거북.

2만의 사막악어와 1만의 놈.

여섯 마리의 로스카란토의 자식들.

그리고 9명의 패러독스 길드원들까지.

모든 병력을 한눈에 담은 신혁돈은 천천히 고개를 끄덕였다.

한 종족만 하더라도 어지간한 마왕을 때려잡을 수 있는 양의 병력 다섯 종족이 모였다.

게다가 수르트의 엘드요툰이 합류할 것이며 무엇보다 이쪽엔 패러독스와 신혁돈이 함께한다.

각자의 스타일에 따라 병력 편제를 마친 신혁돈은 입을 열었다.

"우린 이긴다."

그게 끝이었다.

말을 마친 신혁돈은 곧바로 어마어마한 크기의 차원관문을 만들어냈다. 그 뒤로 모든 병력을 태운 하늘거북들이 진군을 시작했다.

*   *   *

벨라툼의 차원 귀퉁이.

마치 하늘 전체를 보랏빛으로 물들일 듯 거대한 차원관문이 나타났다. 그와 동시에 백여 마리의 하늘거북들이 차원관문을 찢고 등장했다.

"사막인가?"

얼굴 가득 진지함을 담은 윤태수가 차원을 둘러보며 이야기했다. 이내 그의 머릿속에 신혁돈의 목소리가 울려 퍼졌다.

—진형을 유지하며 주변을 파악한다.

그가 말하기 전부터 진형을 갖추기 위해 움직이고 있던 하늘거북들은 속도를 유지하며 방어에 용이한 편대를 이루었고 그 선두엔 윤태수가 있었다.

모든 하늘거북의 어미 다음으로 거대한 세쌍둥이 거북, 개중 첫째의 등에 탄 윤태수는 선봉을 맡았다.

삼각형 모양의 편대를 이룬 하늘거북 편대는 꼭짓점마다 세쌍둥이 거북을 배치했으며 한가운데에는 모든 하늘거북의 어미를 두었다.

그리고 그 사이엔 다른 하늘거북들이 나름의 위치를 잡고 하늘을 날고 있었으며 드레이크들이 그들의 사이를 쉴 새 없이 날아다니며 주변을 경계했다.

하늘거북들은 종족 특성상 굳이 땅에 발을 딛지 않아도 되었기 때문에 훌륭한 드레이크의 안식처가 되어주었다.

물론 그렇지 않은 종족도 둘이나 있었다.

사막악어와 놈.

놈들은 자아가 없는 것인지 아니면 원래 조용한 종족인 것인지 미동도 없이 있었지만 사막악어들은 달랐다.

"죽겠군."

단카는 정신 사납게 하늘을 날아다니는 드레이크들을 보며 나직이 한숨을 뱉었다.

하늘거북이 어마어마한 전략적 가치를 가진 존재임은 알고 있다. 하지만 몸이 거부하는 것을 어쩌겠는가.

천 년이 넘는 세월 동안 땅에서 발을 떼어본 적이 없는 존재가 뜬금없이 하늘을 날고 있으니 거부감이 드는 것은 당연했다. 머릿속에서는 '추락할 것 같다'는 생각이 끊임없이 단카를 괴롭혔다.

물론 그럴 일은 없겠지만.

단카는 얼굴로 드러나는 불안함을 애써 감추며 자신과 똑같은 걱정을 안은 채 묵묵히 서 있는 그의 병사들을 독려했다.

"하늘거북은 칸의 것! 절대 추락하지 않는다!"

앞뒤를 모두 잘라먹은 말에도 똑같은 걱정을 하고 있던 사막악어들은 와와거리며 환호하기 시작했다. 그 모습을 본 백종화는 고개를 절레절레 저었다.

누구보다 용맹하게 싸울 것을 알지만 너무 우직했다.

―B, 9시 아래 군락 발견.

그때 백종화의 머릿속으로 목소리가 울려 퍼졌고, 그의 시선이 B에게로 향했다. 선두를 맡고 있는 윤태수가 A, 오른 꼭짓점을 맡고 있는 김민희가 B, 자신이 C였다.

B의 3시라면 오른쪽 끝, 왼쪽 끝에 있는 백종화에게 보일 리

없었다. 그는 신호를 기다렸다.

―벌레… 날개 달린 벌레들이 우글거려요. 종은 모르겠고 크기는 1m 좀 넘고, 검은색에… 날카로운 가시가 온몸에 돋아 있어요.

김민희의 보고에 신혁돈이 물었다.

―뿔은?

―어… 저게 뿔인가? 예. 뿔이 있어요.

―두 갈래인가?

―예.

―러트. 7등급 괴물이다. 독을 사용하긴 하는데 위험할 정도는 아니니 신경 쓰지 않고 지나간다.

몇 가지 특징만 듣고 괴물의 등급과 특성을 알아내는 건 여전했다. 신혁돈 외의 사람들은 저 괴물이 뭔지, 특성이 어떤지 모르기 때문에 그의 말을 절대적으로 믿을 수밖에 없다.

가끔은 멋대로 지어내는 게 아닐까 싶기도 했지만 막상 괴물과 맞닥뜨려보면 그의 말이 항상 맞았기에 어떤 괴물 백과사전 같은 스킬이 있는 게 아닐지 헛된 상상을 하곤 했다.

머릿속으로 오가는 통신에 집중하던 백종화는 별 내용이 없어지기 시작하자 시선을 돌려 주변을 살피기 시작했다.

주변은 윤태수의 말 그대로 사막과 비슷했다.

다만 일반적으로 생각하는 모래사막이 아닌 자갈 사막이었다. 모래보다는 부서진 바위들이 사방에 널려 있는 사막.

벌레든 괴물이든 기분 좋게 생긴 것이 살고 있을 것 같지 않은 차원.

'애초에 괴물 자체가 기분 좋을 순 없지만.'

혼잣말을 중얼거린 백종화는 신혁돈이 있는 모든 하늘거북의 어미 쪽을 바라보며 물었다.

—어디까지 전진합니까?

—엘드요툰과 합류할 때까지. 약 2시간 뒤 합류한다.

수르트와 대화를 통해 엘드요툰의 위치를 알아둔 신혁돈이었기에 하늘거북의 진격은 거침이 없었다.

'다행이군.'

차원의 주변 환경이 사막임을 확인한 신혁돈은 나직이 고개를 끄덕였다.

사막이라면 그의 칭호인 '사막의 주인'이 발동될 것이고 더욱 편하게 벨라툼을 상대할 수 있을 것이었다.

엘드요툰과 합류하러 가는 길, 수많은 종류의 괴물들이 일행들의 눈에 들어왔으나 직접 공격을 하는 이들은 없었다.

대신 그들의 뒤를 따라오기 시작했다.

골치가 아플 법도 했지만 신혁돈은 아랑곳하지 않고 길드원들에게 말했다.

—돌아다니며 사냥할 필요가 없으니 이득이다.

못 박힌 베개를 베고 누운 기분을 느끼는 길드원들이었지만 신혁돈은 계속 나아갔다.

그렇게 두 시간여. 그들의 눈앞으로 불타는 성이 나타났다.

불타는 성은 말 그대로의 모습을 보여주고 있었다.

중세 유럽풍의 성이 지어져 있었고 성의 외부 전체가 활활 타오르고 있었다. 그뿐만 아니라 성에 난 창문으로 보이는 안쪽 또한 빨갛고 파란 불꽃이 이리저리 타오르고 있었다.

"허……"

신혁돈 또한 놀람을 감추지 못하고 입을 벌렸다.

그사이 엘드요툰의 성은 점점 더 가까워졌고 정신을 차린 신혁돈은 쿠엔틴에게 지시했다.

"뒤에 따라오는 벌레들을 정리하고 와라. 패러독스 여섯과 하늘거북 스물을 붙여주지."

―필요 없다.

콧김을 세게 뿜은 쿠엔틴은 그대로 거대한 날개를 펼친 채 하늘로 날아올랐고 고도를 높여 시야에서 사라졌다.

신혁돈조차도 무얼 하려는 건지 궁금해진 찰나, 쿠엔틴은 마치 운석이 된 듯 어마어마한 속도로 떨어져 내리며 브레스를 쏘아댔다.

쿠엔틴은 쏘아진 브레스의 속도를 넘어서더니 브레스보다 빨리 떨어져 내렸고, 그런 식으로 쏘아진 몇 발의 브레스와 함께 쿠엔틴의 거체가 대지와 충돌했다.

콰콰콰콰콰쾅!

지축이 흔들릴 정도의 충격파가 하늘거북 위에 있는 이들에게까지 전해질 정도의 위력을 가지고 있었다.

―…형님이 가르치신 겁니까?

―아니.

―맙소사.

어지간해선 흠집도 나지 않는 몸뚱아리와 그에 걸맞은 속도, 거기에 강력한 브레스가 삼위일체를 이룬 어마어마한 기술이었다.

엄청난 위력을 지닌 브레스와 그에 버금가는 돌격.

두 가지가 어우러지자 하늘거북 편대의 뒤를 따라오던 벌레들은 초토화가 되었다. 그 충격 속에서도 살아남은 벌레들은 금세 몸을 털고 일어난 쿠엔틴에게 그대로 잡아먹혔다.

─하늘거북들도 저런 게 가능할까요?

─불가능하지.

─성명절기. 뭐 그런 건가.

쿠엔틴의 무지막지한 위력을 구경하는 사이 선두에 선 윤태수가 엘드요툰의 성 위에 도착했다. 이어 곧 하늘거북들이 전부 멈추어 섰다.

─다녀오지.

말을 마친 신혁돈은 곧바로 모든 하늘거북의 어미 등에서 뛰어내려 성으로 향했다.

신혁돈이 엘드요툰의 성 앞에 선 순간.

[계약자여.]

수르트가 그에게 말을 걸어왔다.

[문제가 하나 생겼다.]

'지금?'

[미안하군. 그대가 도착하기 전까지 해결하려 했으나 나의 능력이 모자라…….]

'시끄럽고, 무슨 문젠데.'

[계약자가 아무리 나의 힘을 받았다지만 엘드요툰 또한 나의 힘을 받은 존재들. 나 이외의 존재가 자신들을 통솔하는 데 거부감을 느끼고 있다.]

말을 듣는 순간, 무슨 상황인지 머릿속에 훤히 그려졌다.

수르트 대신 엘드요툰을 이끌고 있는 수장이 기득권을 빼앗기지 않기 위해 발악을 하고 있는 것이다.

신혁돈이 대답이 없자 수르트는 그의 생각을 읽기라도 한 듯 말을 이었다.

[뢰밍은 원래 그런 아이가 아니…….]

'자신의 부하조차 통솔하지 못하는 이에게 듣고 싶은 말은 아니군.'

[…미안하다.]

수르트는 할 말이 없는지 입을 다물었다. 신혁돈은 곧바로 성의 입구를 향해 걸었다.

과거 무스펠스헤임의 지배자였던 수르트가 머물던 성은 네 개의 첨탑으로 둘러싸여 있었으며 중앙 성은 입구부터 거대한 위용을 자랑했다.

신혁돈이 입구에 도착한 순간.

불길에 휩싸인 문이 아무런 소리 없이 열리며 신혁돈을 맞이했다.

'수르트의 힘인가.'

성 자체에서 흘러나오는 에르그 에너지에서 수르트의 기운이 가득 느껴졌다. 몸을 잃었다 해도 그는 무스펠스헤임의 지배자.

그의 기운이 여전히 남아 있는 것이었다.

정문을 통과한 신혁돈은 곧바로 입구를 지키고 있는 엘드요툰과 마주할 수 있었다.

불의 거인이라는 뜻을 가진 엘드요툰은 이름 그대로의 모습을 하고 있었다.

5m가 넘는 거대한 체구와 불타는 몸. 얼굴 근처에서 빛나는 샛노란 눈과 불길 사이로 솟아난 두 개의 뿔.

흔히들 상상하는 불의 악마가 존재한다면 이런 모습이 아닐까.

입구를 지키듯 서 있던 엘드요툰들은 숨결 대신 불길을 뿜어대며 신혁돈에게 시선을 고정시켰지만 2m도 되지 않는 신혁돈은 전혀 주눅 든 모습이 아니었다.

[네가… 도전자… 인가…….]

뭐라고 해야 할까.

거대한 불길이 타오르는 소리로 말을 한다면 이런 목소리가 나올 것 같았다. 금방이라도 모든 것을 태워 버릴 듯한 목소리에 신혁돈은 목소리의 주인을 찾았고 문을 지키고 있던 엘드요툰과 눈을 맞추었다.

그 순간 신혁돈의 피부가 갈라지며 샛노란빛이 흘러나왔다. 샛노란빛은 순식간에 모습을 갖추었고 엘드요툰들이 놀라기도 전에 그는 빛의 거인으로 변해 있었다.

5m를 간신히 넘는 엘드요툰의 두 배는 될 법한 크기.

몸의 크기가 바로 힘의 크기로 연관되기 때문에 덩치가 큰 것이 곧 힘인 이들 사이에서 10m에 이르는 빛의 거인이 나타났다.

그들은 압도당한 것을 티내지 않기 위해 가슴을 펴며 빛의 거인을 올려다보았고 신혁돈은 그들을 내려다보며 말했다.

"뢰밍을 데려와라."

10m가 넘는 빛의 거인이 꼿꼿이 허리를 세운 채 서 있었으나 천장은 그보다 멀었으며 공간 또한 넓었기에 움직이는 데 지장은 없었다.

내부는 바깥보다 밝은 불꽃이 타오르고 있었는데, 거인들이 움직이기 편하게 하기 위해서인지 벽을 제외하면 아무런 장식물이 없어 마치 넓은 공터처럼 생겨 있었다. 그리고 저 멀리 거대한 문 하나가 보였다.

주변을 훑어 움직일 만한 거리를 계산하는 사이, 엘드요툰들이 수군거렸고 얼마 지나지 않아 처음 말을 했던 엘드요툰이 빛의 거인을 바라보며 말했다.

[저… 문으로… 들어가라……]

말을 더듬는 것도 아닌데 단어 사이사이에 틈을 두고 말하는 것이 굉장히 마음에 안 들었지만 어쩔 수 없는 노릇.

신혁돈은 그들에게서 관심을 끈 뒤 눈앞에 보이는 불의 문으로 향했다.

거인들의 성이다 보니 문의 크기 또한 남달랐다.

가로 20m, 세로로는 30m가 넘는 거대한 스케일의 문에 도착하자 입구로 들어올 때와 같이 스르륵 문이 열렸다. 그러자 또다시 세 개의 문과 이리저리 서 있는 엘드요툰들의 모습이 보였다.

신혁돈이 미간을 구긴 순간, 다시 한 번 가운데 있는 문이 열렸다.

그가 들어오자 모든 엘드요툰들의 시선이 집중되었지만 신혁돈은 그저 귀찮은 표정으로 걸음을 재촉할 뿐이었다.

그렇게 모든 문을 통과한 순간.

그의 눈앞에 드넓은 불의 평원이 나타났다. 그리고 그 중앙에는 불타는 왕좌가 놓여 있었으며 그 앞에서 왕좌를 향해 무릎을 꿇고 있는 불의 거인이 있었다.

누군가 말하지 않더라도 신혁돈은 그가 뢰밍임을 알 수 있었고, 그의 뒤통수에 대고 외쳤다.

"어이."

그의 목소리를 들은 뢰밍이 천천히 일어섰다.

엘드요툰의 우두머리임을 자랑하듯 그는 신혁돈과 버금갈 정도의 덩치를 지니고 있었는데 특이하게도 이마에 샛노란 눈이 하나 더 있었다.

뢰밍과 눈을 마주한 신혁돈은 천천히 그에게 다가가며 말했다.

"나를 인정하지 못한다 들었다."

[그렇다.]

"힘으로 꺾으면 인정할 텐가?"

뢰밍은 세 개의 눈으로 신혁돈을 지긋이 바라본 뒤 말했다.

[그렇지 않다.]

"그럼?"

[힘의 차이란 무의미한 것. 중요한 것은 자격이다. 우리의 왕이신 수르트 님이 벨라툼에게 패했다 한들 그분은 우리의 왕이시다. 나 또한 너에게 패한다 한들 자격이 있음을 인정할 수 없다.]

그의 말을 들은 신혁돈의 미간이 찌푸려졌다. 돌려 말하긴 했지만 뢰밍은 자신과 수르트를 동급으로 여기고 있었다.

"자격이라… 그걸 왜 네가 판단하지? 네 말대로 너의 왕인 수르트가 인정을 했는데."

[수르트께서 일선에서 물러선 지 오랜 세월이 흘렀다. 그분께서는 우리의 정신적 지주이지 실질적인 결정권은 나에게 있다. 이것은 그분께서도 인정을 하시는 부분이다.]

"그래서?"

[네가 엘드요툰을 이끌 수 있다는 것을 증명하라. 엘드요툰의 힘이 아닌, 너의 힘으로 벨라툼을 꺾어보거라. 그럼 내가 너를 인정하마.]

그의 말을 듣고 있던 신혁돈은 헛웃음을 흘렸다. 말하는 꼬라지나 생각이나 전부 어린아이의 치기와 다를 것이 없었다.

뢰밍으로서는 잃을 것이 없는 제안이었다.

신혁돈이 벨라툼을 꺾어주면 이 차원은 다시 엘드요툰의 것이 될 것이었다. 그 뒤에 신혁돈을 도운다 해도 제대로 도울 거란 확신은 들지 않았다.

그리고 신혁돈이 실패한다면?

그냥 실패한 것이다. 투자한 것이 없으니 잃을 것도 없다.

손바닥 위에 뢰밍을 올려놓은 듯, 그의 생각을 훤히 읽은 신혁돈은 천천히 그에게 다가가며 말했다.

"내가 무엇하러 그래야 하지?"

[무슨?]

"나의 힘을 모르나?"

빛의 거인이 그에게 한 걸음 다가섰고 뢰밍은 천천히 가슴을 펼쳤다.

한 걸음도 물러서지 않겠다는 의지.

[들은 적 없다.]

"나는 상대를 흡수한다. 육체가 가진 힘과 능력, 그리고 기억까지도."

[……]

뢰밍은 말없이 세 개의 눈을 굴리며 빛의 거인을 바라보았다. 신혁돈은 천천히 걸음을 옮겨 그의 앞에 섰다.

두 거인의 거리가 지척에 닿은 순간.

"그러니 번거롭게 갈 필요가 없다는 거지."

[내 의지는 엘드요툰 전체의 의지! 나를 죽인다 하더라도 변하는 것은 없다!]

"수르트는 다르게 생각하는 것 같던데. 엘드요툰의 사회는 힘으로 결정되는 것이 아니었나? 너 또한 전대의 왕을 힘으로 꺾고 올라선 자리일 테고."

수르트가 없다고 왕의 자리를 비워둘 순 없는 노릇, 그들은 수르트가 돌아올 때까지 임시로 왕을 선정했고 그 방식은 힘의 대결이었다.

수르트의 힘을 직접 받은 신혁돈은 엘드요툰이나 마찬가지였고 그 자리에 도전할 자격 또한 충분한 상황.

신혁돈은 미소를 지었다. 뢰밍은 이리저리 불길을 뿜어대며 화를 감추지 않았다.

[네가 나를 이길 수 있을 것이라 생각하나?]

신혁돈은 대답 대신 두 개의 손에 샛노란빛을 뿜는 검을 만들어냈다. 그의 도발에 뢰밍 또한 양손을 들어 거센 불길을 뿜어냈고 그 순간.

두 거인이 서로를 향해 검과 주먹을 내뻗었다.

지척의 거리에서 검을 들고 있는 이가 불리한 것은 당연한 사실. 뢰밍 또한 그것을 알았기에 거리를 벌릴 시간을 주지 않고 공격을 감행해 온 것이었다.

하지만 상대는 신혁돈이었다.

뢰밍의 팔은 두 개뿐이었고 신혁돈은 네 개의 팔을 지닌 상황.

그는 자신의 가슴을 노리고 날아드는 주먹을 검을 들지 않은 손으로 막아낸 뒤 나머지 손까지 붙잡아 봉해 버렸다.

당황한 뢰밍이 온몸으로 에르그 에너지를 뿜어내며 그의 손아귀에서 벗어나려 했지만 어지간한 마왕 이상의 에르그 에너지를 지닌 신혁돈의 손아귀를 벗어나는 일은 요원했다.

결국 빛의 거인의 검이 뢰밍의 몸을 조각냈다.

서걱! 서걱!

단 두 번의 움직임.

그것으로 뢰밍은 세 조각으로 나뉘어 바닥으로 떨어졌다. 신혁돈은 손을 펼쳐 들고 있던 검을 사라지게 만들었다.

목과 허리가 갈라져 세 조각으로 나뉘어졌으나 엘드요툰은 이 정도로는 죽지 않는다는 듯 빠르게 합쳐지고 있었다.

하지만 신혁돈은 그 광경을 두고 볼 생각이 없었다.

신혁돈은 그의 하반신을 향해 손을 뻗어 흡수를 사용함과 동시에 뢰밍의 머리를 잡아 들었다.

[아… 안 돼!]

자신의 하반신이 신혁돈에게 흡수당하는 것을 본 뢰밍은 지금까지의 모습과는 달리 당황한 비명을 질러댔지만 신혁돈은 굳이 그만둘 생각이 없었다.

멍청한 아군, 그것도 멍청한 지휘관은 뛰어난 적보다 위험한 존재다. 그러니 아예 없앤 뒤 일을 진행하는 것이 맞다 판단한 것이다.

뢰밍의 하반신 전부가 신혁돈에게 흡수된 순간.

[그쯤 하면 되지 않았나.]

'신경 꺼.'

[그 아이가 가진 에너지 따위, 계약자가 가진 에너지에 비하면 태양 앞 반딧불이에 불과하지 않은가. 내 이렇게 부탁하겠소. 그 아이를 살려주시오.]

'내가 얻는 이득은?'

[…무엇을 원하시오?]

'글쎄, 아직은 원하는 것이 없다.'

[한데 무슨…….]

'그럼 죽인다?'

[잠깐! 무엇이든! 계약자가 원하는 것이라면 무엇이든 이루어 주겠소.]

그제야 신혁돈은 불의 융단 위를 뒹굴고 있는 뢰밍의 상반신으로 향하던 손길을 멈추었다. 그러고는 들고 있던 머리를 상반신의 위로 던져 버린 뒤 말했다.

"수르트가 널 살렸다."

뢰밍은 치욕스러운 상황을 받아들일 수 없다는 듯 세 개의 눈을 모두 감은 채 입을 다물고 있었고 신혁돈은 그를 뒤에 둔 채 밖으로 나왔다.

문 밖에 대기하고 있던 엘드요툰들은 쓰러져 있는 뢰밍과 빛의 거인을 번갈아 보더니 곧 신혁돈의 앞에 천천히 무릎을 꿇었다.

척박한 환경 속에 살아온 생명체는 인간이든, 괴물이든 똑같았다. 힘을 숭배하며 정점에 다다른 자를 우두머리로 삼는다.

다른 조건은 중요하지 않았다.

그저 힘, 단 하나만을 따르는 것이다. 사막악어가 그랬고 엘드요툰 또한 같았다. 그렇기에 신혁돈 앞에 무릎을 꿇은 것이다.

쯧.

짧게 혀를 찬 신혁돈은 고개를 숙이고 있는 엘드요툰들을 보며 물었다.

"뢰밍의 다음은 누구인가."

그러자 그의 발치에 무릎을 꿇고 있던 엘드요툰 하나가 고개를 숙인 채 말했다.

[로노도입니다.]

그는 뢰밍에 버금갈 정도의 덩치를 지닌 엘드요툰이었는데 등에도 뿔이 나 있는 특이한 모습을 하고 있었다.

그에게 시선을 던진 신혁돈은 로노도의 머리에 손을 얹어 정신망을 개통했다.

—들리나.

—…예.

—앞으로는 이것으로 명령하겠다.

—알겠습니다.

　신혁돈은 로노도의 머리에서 손을 떼기 전, 방금 뢰밍에게서 흡수한 에르그 에너지를 주었다.

　고개를 숙이고 있던 로노도는 갑자기 흘러들어 온 에르그 에너지를 느끼고 온몸에 힘을 주었다가 호의가 섞여 있음을 깨닫고서는 그의 손길에 몸을 맡겼다.

　신혁돈에게는 얼마 되지 않는 양이었지만 서열 2위의 로노도에게는 그가 가진 에르그 에너지의 절반에 해당하는 양이었다. 그는 이것으로 인해 완벽한 서열 1위로 치고 나갈 수 있을 것이었다.

　에르그 에너지의 전송이 끝나자 로노도는 그대로 더욱 깊이 머리를 숙이며 말했다.

　[충성을 다하겠습니다.]

　"믿지."

　신혁돈은 고개를 끄덕인 후 불의 성을 나섰다.

*　　　　　*　　　　　*

　엘드요툰까지 얻은 신혁돈은 엘드요툰의 성을 레스팅 포인트로 삼은 뒤 본격적인 차원탐사를 시작했다.

　"괴물들이 워낙 많은 데다가 숨기도 잘 숨어서 벨라툼의 위치를 확인하기가 힘듭니다."

　백종화의 보고를 받은 신혁돈이 천천히 고개를 끄덕였다.

　그 역시 에르그 에너지를 통해 차원 전체를 훑어보았으나 수

많은 괴물들만 포착될 뿐, 벨라툼의 위치를 제대로 확인할 수 없었다.

"그나마 확인되는 포인트는 여기 세 개."

백종화는 신혁돈이 띄워놓은 헤이톤의 호의 지도를 가리키며 말을 이었다.

"큰 산, 이곳을 A라 하겠습니다. 그리고 여기, 바위가 많은 사막이 B. 그리고 동떨어져 있는 지역이 C입니다."

그나마 특색이 있는 A, B와는 다르게 C는 별다른 특색이 없는 평야였다. 즉, 숨을 곳이 없다는 뜻이었고 백종화는 자연스럽게 C를 배제한 뒤 말했다.

"지금까지 싸워본 마왕들의 특성을 보자면 드러난 지역이 아닌, 동굴이나 탑과 같은 곳에 자신의 공간을 설정한 뒤 그곳에서 전장을 조율하곤 했습니다.

만약 벨라툼이 일반적인 정신체 마왕이었다면 당연히 A를 먼저 쳤겠지만 벨라툼은 본체로 직접 싸움에 참가하는 것을 즐긴다는 정보에 따라, B가 유력하다는 생각이 듭니다."

신혁돈은 고개를 끄덕인 뒤 말했다.

"B와 C가 별다를 것 없어 보이는데 C를 배제한 이유는?"

"아군 병력의 강점 때문입니다. 원거리 공격을 주로 하는 드레이크와 하늘거북들이 주를 이루는 저희 병력의 구조상 근거리로 붙어 전투를 할 수 있는 엄폐물이 필요합니다."

"엘드요툰이 있으니 근거리도 해결된 게 아닌가?"

"그렇긴 합니다만 엘드요툰의 수가 너무 적어 전부를 커버하긴 힘듭니다. 외려 적의 수에 압도당할 가능성이 더 큽니다."

타당한 반박에 신혁돈이 고개를 끄덕이자 백종화가 말을 이었다.

"그렇기에 B가 더 가능성이 크다고 봅니다. 벨라툼의 성향이 어떨지는 모르겠지만 자신의 힘을 과신하는 무장은 보통 넓은 평야에서 싸우길 원합니다. 거기에 엄폐물까지 있다면 그가 원하는 완벽할 전장이 될 가능성이 크고, 또 그곳에서 기다리고 있을 가능성이 높다 보입니다."

가진 정보를 하나도 빠짐없이 활용하는 완벽한 브리핑에 별다른 의문을 느끼지 못한 길드원들은 고개를 끄덕였고 신혁돈 또한 그의 말에 동의했다.

"그럼 B를 공격하면 되나?"

"별동대를 꾸려 C 또한 정찰했으면 합니다."

"인원은?"

"세쌍둥이 하늘거북 중 첫째와 곤도네와 케레즈, 그리고 드레이크와 엘드요툰 마흔 마리, 사막악어 천 마리와 놈 천 마리, 패러독스 중 두 명을 파견하면 될 것 같습니다. 별동대라기보다는 토벌대라는 말이 어울릴 정도의 병력이지만 C의 상황이 어떻게 될지 모르는 데다가 이 정도 병력이 빠진다 한들 본대에는 지장이 없으니 적당한 것으로 생각됩니다."

"그렇게 하지."

백종화는 마치 전부터 준비해 온 작전인 것처럼 완벽한 브리핑을 마쳤고 신혁돈은 그에게 전권을 위임했다.

"누굴 보낼까요?"

"생각해 둔 사람 있나?"

"지혜와 연수면 될 것 같습니다."

메이지 하나와 밀리 계열 하나. 나쁘지 않은 조합이었다.

"차라리 태수를 보내는 게 어때?"

"왜 그렇게 생각하십니까?"

"임기응변에 강하잖아."

만약 저 병력 전부가 몰살당하더라도 살아 돌아올 수 있는 사람이 필요하다. 그런 상황에 적합한 인물이 바로 윤태수.

그의 눈빛을 읽은 것인지 백종화는 고개를 끄덕였다.

"그렇게 하죠. 그럼 도시락도 함께 보낼까요?"

"그래."

신혁돈과 백종화 두 사람이 이끄는 회의가 끝나자 곧바로 해산을 했다. 길드원들은 각자 타고 온 드레이크에 올라 배치된 하늘거북에게로 돌아갔다.

신혁돈은 정신망에 연결된 모든 이들에게 앞으로의 여정을 알렸다. 그리고 알림이 끝났을 때, 모든 하늘거북의 어미의 포효와 함께 이동이 시작되었다.

"괴물들이 움직입니다."

B 포인트까지의 거리는 약 하루 반.

신혁돈 일행이 이동을 시작함과 동시에 차원 전역에 퍼져 있던 괴물들이 B 포인트를 향해 모여들기 시작했다.

"이건 확신해도 되는 상황일까요?"

"기만 작전일지도 모르지."

모든 괴물들을 B 포인트에 모아 벨라툼이 그곳에 있는 것처럼 연기한 뒤 패러독스의 진을 빼두려는 수작.

"그것도 의심할 순 없지만 이동하는 괴물의 수가 너무 많습니다. 이 병력을 모두 잃으면 아무리 벨라툼이라도 한들 힘들 정도의 수입니다."

"그건 그렇군."

"그럼 일단 동선이 겹치는 괴물들을 제거하면서 가는 건 어떻겠습니까?"

먼저 도착해 봤자 사방에서 달려드는 괴물들에 둘러싸여 한시도 쉬지 못하고 싸워야 할 뿐이었다.

차라리 늦게 도착해 전선을 형성한 뒤 싸우는 게 나았다. 백종화 또한 그것을 말하는 것이었다.

"그렇게 하지."

신혁돈이 고개를 끄덕이자 일행은 걸음을 옮겼다.

＊　　　　　＊　　　　　＊

"저기군."

모든 하늘거북의 어미의 등에 올라 바위 사막, B 포인트로 향한 지 이틀. 어느 순간부터 사막을 가득히 메우고 있던 자갈들은 점점 커져 바위를 이루었다.

바위 사막은 생각보다 거칠었고 거대했다.

"너무 큰데."

바위는 일반적인 괴물이라면 제대로 걷는 것이 힘들 정도로 뾰족하고 날이 서 있었으며 경사져 있었다.

―단카.

―예. 칸이시여.

―아래 사막이 보이나?

―예. 보입니다.

―사막악어들이 활동할 수 있겠나?

―사막은 저희들의 고향입니다. 어떤 사막이든 괜찮습니다.

―알았다.

고개를 끄덕인 신혁돈은 곧바로 바르칸티에게 물었다. 바르칸티는 '땅은 놈의 것이다'라는 우문현답으로 신혁돈을 만족시켰다.

엘드요툰이야 실체가 없는 정신체나 마찬가지이니 땅의 영향을 받을 리 없었다. 그렇다면 이곳에서 전투를 벌일 시 상대가 지형의 이점으로 가져가는 것의 대부분이 상쇄된다 보아도 되었다.

'나쁘지 않군.'

그렇게 두 시간쯤 지났을까.

"괴물이 보이지 않는다."

―그러게 말입니다.

바위 사막의 중앙부까지 진출한 지금까지 괴물은커녕 에르그 에너지도 제대로 느껴지지 않았다.

"숨은 것인가."

―에르그 에너지가 느껴지십니까?

"아니."

그의 대답에 백종화는 신음성을 흘리고선 그에게 말했다.

─일단 선발대를 보내 땅을 살피는 게 맞을 것 같습니다.

"그렇게 하지."

그의 말을 들은 신혁돈은 하늘거북 몇 마리를 선정해 땅으로 내려가 주변을 경계하라 했고, 곧 하늘거북과 드레이크들이 주변을 경계하며 지상 병력들을 내리기 위해 하강하기 시작했다.

가장 위험한 순간.

쿠엔틴을 필두로 모든 드레이크들이 사방으로 산개해 경계를 시작했다. 패러독스 또한 불의 거인으로 화해 주변을 경계했다.

몇 번도 아니고, 처음으로 합을 맞춰보는 것이었지만 마치 톱니바퀴처럼 하나하나 맞물려서 잘 돌아갔다.

만약 신혁돈 자신이 벨라툼이었다면 이 틈을 노릴 것이었다.

하늘거북의 등에서 엘드요툰과 사막악어, 놈들이 내려 땅을 두들겨보거나 하늘을 살피며 경계를 시작했다.

─바르칸티까지 내려보내는 게 어떻겠습니까? 땅속에 숨어 있다면 그가 제일 잘 알 텐데요.

전 병력의 10% 정도가 지상에 착륙해 있는 상황.

더 이상 병력을 내려보냈다가 습격이라도 당하면 피해를 걷잡을 수 없게 된다.

"내가 내려간다."

그럴 바에 신혁돈이 직접 내려가는 게 나았다.

말을 마친 신혁돈은 모든 하늘거북의 어미의 등에서 내려와 지상에 발을 디뎠고 주변을 살피기 시작했다.

'아무것도 느껴지지 않는다.'

어느 차원의 땅이든 눈에 보이지 않는 미생물들은 살고 있기

마련이고 에르그 에너지 탐사를 하다 보면 그들이 가진 미세한 양의 에르그 에너지가 느껴져야 정상이었다.

한데 그런 미생물마저 없다는 듯 아무것도 느껴지지 않았다.

'함정이군.'

신혁돈이 딛고 있는 이 땅 아래, 수많은 괴물들이 습격을 위해서 숨어 있는 것이 분명했다.

하지만 아직은 때가 아니라 생각한 것인지 움직이지 않고 있었고, 기습을 눈치챈 이상 이것을 역이용할 수 있게 되었다.

'상대가 눈치챌 시간을 줘서는 안 된다.'

이미 엘드요툰과 놈, 사막악어가 땅에 발을 딛고 있는 상황. 신혁돈이 눈치챈 모습을 보인다면 벨라툼은 곧바로 공격을 시작할 것이었다.

신혁돈의 머리가 빠르게 회전하기 시작했다. 겉으로는 아무런 이상이 없는 듯 주변을 살피며 사막악어와 놈, 엘드요툰의 경계 위치를 정해주는 척을 했다.

"원진을 만들어라."

신혁돈은 지상 병력을 내려주기 위해 땅으로 내려와 있던 하늘거북들을 하늘로 되돌려 보낸 뒤 지상 병력들에게 명령했다.

그의 명령을 들은 지상 병력들은 몸으로 헬기 착륙장을 만들 듯 공간을 둥글게 둘러쌌다.

그리고 원형진이 완성되었을 때.

—동요하지 말고 들어라. 함정이다. 발밑에 괴물들이 숨어 있어.

신혁돈의 목소리가 모든 괴물들의 머릿속에 울려 퍼졌고 그의 경고에도 몇몇 괴물들이 움찔거리며 동요했다.

신혁돈은 그럴 것을 예상했다는 듯 곧바로 빛의 거인으로 변신하며 말을 이었다.

—원진 안은 내가 맡는다. 나머지는 원진 밖을 맡고 하늘거북들은 내가 신호하면 곧바로 상륙하라.

그가 말을 마치자 원형 방어진의 중앙에 선 빛의 거인이 나타났다. 그와 동시에 빛의 거인의 네 개의 손이 전부 샛노랗게 물들었다.

쿠구구구궁!

벨라툼 또한 신혁돈이 눈치챈 것을 알았는지 곧바로 명령을 내렸고 그들의 발밑이 지진이라도 난 듯 흔들리기 시작했다.

우르르릉!

땅바닥이 갈라지며 벌레를 닮은 괴물들의 다리가 원진 안에서 나타난 순간!

신혁돈은 에르그 에너지를 가득 담은 네 개의 팔로 땅을 내려침과 동시에 쇼크 웨이브를 발동시켰다.

콰아아아아아아아앙!

지축이 무너지기라도 한 듯 엄청난 충격파가 대지를 강타했다. 그 충격에 발을 딛고 서 있던 신혁돈의 병력들까지도 균형을 잃고 비틀거렸다.

하지만 땅속에 있던 괴물들만큼 충격을 받진 않았다.

땅속에 숨어 있다 신혁돈의 쇼크 웨이브 공격을 당한 괴물들은 땅속에서 머리조차 들지 못한 채 곤죽이 되어 죽었다.

거기서 끝이 아니었다.

신혁돈은 하늘거북들이 착륙할 공간을 만들기 위해 끊임없이 땅바닥을 내려찍었고 그 소리는 마치 엘드요툰의 진군가처럼 쿵쿵 울려 퍼졌다.

가공할 만한 위력에 넋을 놓고 있던 지상 병력들은 그들의 눈앞으로 괴물들이 나타나고 나서야 정신을 차린 뒤 전투를 시작했다.

마치 홍해가 갈라지듯 지상 병력의 앞의 땅이 사방으로 갈라졌고 여기저기서 새카만 벌레 형태의 괴물들이 나타났다.

"쿠엔틴!"

신혁돈이 소리치자 하늘거북의 등 위에서 대기하고 있던 드레이크들은 벌레형 괴물들과 마찬가지로 하늘을 새카맣게 뒤덮으며 날아올랐다.

스으으으읍!

모든 드레이크들이 깊게 숨을 들이쉬며 공기가 멈춘 듯한 착각이 든 순간.

콰아아아아아아!

드드드득!

타다다닥!

수백 갈래의 브레스가 벌레 괴물들의 머리 위로 쏟아져 내렸다.

파괴적인 빛의 향연에 직격당한 괴물들은 형체도 남기지 못하고 사라졌고 곧바로 신혁돈이 명령했다.

─지상군 투입.

그의 명령에 모든 하늘거북들이 천천히 지상으로 내려오기 시작했다.

엘드요툰들은 자신들의 성격이 급한 것을 증명하기라도 하려는 듯 하늘거북의 등에서 뛰어내리며 괴물들을 덮쳐갔고 놈과 사막악어들 또한 지지 않겠다는 듯 괴물들의 사이로 뛰어내리며 용맹을 과시했다.

삼만이 넘는 신혁돈의 병력이었지만 신혁돈의 탐지에 걸리는 벌레 괴물들의 수는 그를 상회했다.

즉, 진형을 유지하지 않고 싸우는 개싸움을 했다가는 사방에서 잡아먹힐 수 있는 상황.

—진형을 유지하며 중앙으로.

주인 잃은 사냥개처럼 날뛰던 엘드요툰들은 신혁돈의 말 한마디에 주변을 살피며 진형을 갖추기 시작했고 사막악어와 다른 이들 또한 마찬가지였다.

기본적으로 5m가 넘는 덩치를 가지고 있는 엘드요툰들은 지표로 삼기 좋은 이들이었기에 그들을 중심으로 원진이 형성되었다. 그와 동시에 모두가 신혁돈이 버티고 있는 중앙으로 모여들기 시작했다.

—드레이크들은 하늘을 지원하고 원진의 크기를 계속 불린다. 그리고 태수. 이쪽으로 돌아와라.

이쪽에 모든 병력이 집중되어 있는 것을 확인한 이상 굳이 다른 지역을 탐사할 필요는 없었다.

—윤태수?

한데 윤태수와 연락이 되질 않았다.

도시락까지도.

차원을 넘어서까지 통신을 할 수 있는 그의 정신망이 거리에 제약을 받을 리는 없었다. 그렇다는 것은 누군가의 방해, 혹은 그의 사망.

후자는 가능성이 없었다.

윤태수가 데리고 있는 병력이 한 번에 죽을 가능성은 하나도 없었다. 그렇기에 윤태수와 안지혜를 보낸 것이었다.

그렇다는 것은 누군가의 방해.

신혁돈의 미간이 꽉 구겨졌다.

'저쪽이 진짜인가.'

아직 확신할 순 없다.

'이쪽을 비웠다가 벨라툼이 이쪽에 나타난다면?'

3만의 병력과 패러독스가 위기에 빠진다.

그렇기에 신혁돈은 더 합리적인 결정을 내렸다.

'여기부터 정리한다.'

모든 괴물들이 죽을 때까지 벨라툼이 나타나지 않는다면 저쪽이 진짜다. 그리고 윤태수라면 신혁돈이 도착할 때까지 버텨줄 수 있을 것이었다.

결정을 내린 신혁돈은 진형을 지키던 것을 멈추고 모든 에르그 에너지를 끌어 올렸다.

우우우우우웅!

빛의 거인의 몸 주변으로 샛노란 에르그 에너지가 아지랑이 피듯 끓어오르기 시작했다. 10m에 달하던 빛의 거인은 더욱더 크기를 불리기 시작했다.

엄청난 에르그 에너지의 태동에 에르그 에너지에 민감한 괴물들이 전투를 멈출 정도.

빛의 거인의 크기가 거의 20m에 달한 순간 그가 원형 방어진을 넘어 걸어 나오기 시작했다.

쿠우우우웅!

쏴아아아아!

그의 발걸음에 깔린 모든 벌레 괴물들이 터져 나갔고, 그와 동시에 괴물들의 에르그 에너지가 그에게 흡수되는 기현상이 일어났다.

몸 전체를 무기로 내뻗으며 동시에 흡수를 사용한 것!

빛의 거인은 다리와 네 개의 팔을 마치 갈퀴처럼 휘두르며 사지에 걸리는 모든 것들을 쓸어버렸고, 그와 동시에 소모되는 에르그 에너지를 흡수하기 시작했다.

콰콰콰콰쾅!

콰드드득!

원형 방어진을 유지하며 지상 병력을 내리고, 드레이크들로 그들을 호위하며 전장 전체를 조율하던 백종화는 그 모습을 보고 헛웃음을 흘렸다.

"허……."

저런 전투력이라면 전략이 무슨 소용이고 진영이 무슨 소용이란 말인가.

엘드요툰들 또한 신혁돈의 모습에 감탄을 했는지 몸의 불길을 키우며 당장이라도 튀어 나갈 듯했지만 신혁돈의 명령이 없었기에 자리를 지킬 수밖에 없었다.

그때.

─모든 엘드요툰들은 나를 따라 적을 섬멸해라.

그의 명령이 떨어졌다.

[크아아아아아아!]

엘드요툰들은 지금까지 모든 것을 터뜨리겠다는 듯 온몸을 불태우며 괴물들의 사이로 뛰어들어 자신들의 무기를 휘두르기 시작했다.

가지각색의 벌레 괴물들도 나름의 위용을 뽐내며 버텨보려 했지만 조금이라도 공격이 막히는 순간, 어디선가 뛰어내린 패러독스들에 의해 격살되었다.

그뿐만이 아니었다.

"크하하하하하!"

거대한 갈색 개미.

헤이톤은 마치 중국 전설에 나오는 괴물처럼 엄청난 위용을 뽐내며 소리를 질러대고 있었다.

그의 수많은 다리는 한 번 걸을 때마다 괴물들의 몸을 꿰뚫었고 숨을 쉴 때마다 쏟아져 나오는 독들은 벌레들을 녹여 버렸다.

다른 로스카란토의 자식들 또한 자신들의 특기를 뽐내며 벌레 괴물들을 죽이고 있었다.

"끼에에엑!"

물론 벌레 괴물들의 반항 또한 거셌다.

군데군데 숨어 있던 패턴 벌레 괴물들이 나타나 힘을 보이며 사막 악어들과 놈, 엘드요툰들과 격전을 벌이곤 했다.

거대한 지렁이 수백 마리를 묶어놓은 듯한 기괴한 모양새를 가진 벌레 괴물이 그랬다.

엘드요툰의 불도, 사막악어의 창도, 놈의 주먹질도 통하지 않는 데다가 주변으로 다가오는 모든 것들에게 독을 뿜어대는 통에 기껏 일궈놓은 전선이 무너져 내리고 있었다.

               *   *   *

전선이 밀린 순간.

"끼에에에!"

푹!

푹푹푹!

어디선가 날아온 불의 창이 벌레의 몸을 꿰뚫고 속에서부터 불태우기 시작했다.

날아온 불의 창은 마치 자신의 의지를 가지기라도 한 듯 괴물의 몸을 헤집었고 목표로 삼은 벌레가 사망한 순간.

휘이익!

쿵!

벌레의 위로 불의 거인이 떨어져 내렸다.

파랗고 붉은 불을 뿜는 엘드요툰들과는 달리, 하얗고 노란 불을 뿜고 있는 불의 거인은 지상에 착지함과 동시에 양손을 뻗었다.

그러자 아홉 개의 창이 사방으로 비산하며 벌레들을 꿰뚫고 불태웠다.

"후……."

빠르게 소모되는 에르그 에너지에 짧게 호흡을 고른 김민회가 그대로 괴물들을 향해 달려들었다.

그녀뿐만 아니라 다른 패러독스 길드원들도 마찬가지로 불의 거인으로 화해 전장으로 합류하기 시작했다.

겉으로 보기에는 신혁돈 일행이 셀 수 없이 많은 벌레 괴물들에게 둘러싸여 공세를 당하는 모양새였지만 실상은 달랐다.

벌레들은 원형 방어진에 구멍이라도 내기 위해 불나방처럼 달려들었지만 구멍은커녕 흠집조차 낼 수 없었다.

중간중간 버티고 서 있는 엘드요툰들과 불의 거인, 그리고 하늘에서 쏟아지는 브레스 세례와 하늘거북들의 바람 칼날.

최종적으로 신혁돈까지.

벌레 괴물들은 말 그대로 불나방처럼 목숨을 아끼지 않고 달려들었으나 뚫지 못하고 있었다. 하지만 신혁돈은 만족하지 못했다.

'너무 느리다.'

적의 수가 너무 많았다.

괴물들은 마치 땅속에서 생겨나기라도 하는 듯 끊임없이 밀려오고 있었지만 그에 비해 처치하는 속도가 너무 느렸다.

게다가.

'벨라툼이 보이지 않는다.'

문외한이 보더라도 이 전투는 신혁돈의 군대가 이기고 있는 전투였으며 이대로 계속 진행된다면 이변 없이 끝날 전투였다.

엘드요툰과 사막악어, 놈 또한 피해를 입고 있긴 했으나 아군 하나가 쓰러질 때 적은 백 이상이 쓰러질 정도로 비효율적인 교환이 이루어지고 있었다.

적이 아무리 많다 한들 이들은 괴물.

언젠간 지치겠지 하는 상식이 통하지 않는 이들이다.

그러니 이쯤 되면 모든 병력을 잃지 않기 위해서라도 벨라툼이 나서서 변수를 만들어야 하는 것이 정상이다.

하지만 벨라툼은 나타나지 않았다.

'1분만 더 본다.'

신혁돈은 더욱더 에르그 에너지를 끌어 올리며 벌레 괴물들의 사이로 뛰어들었다.

1분이면 적어도 수천의 괴물은 없앨 수 있을 것이고 신혁돈의 활약은 이미 기운 저울을 부숴 버릴 정도가 될 것이다.

그래도 벨라툼이 나타나지 않는다면?

이곳은 그저 함정 그 이상도 이하도 아닌 것이다.

고개를 끄덕인 신혁돈은 양 떼에 뛰어든 사자처럼 휘몰아치기 시작했다. 벌레 괴물들은 저항도 못하고 쓸려 나갔다.

'앞으로 30초!'

쾅쾅쾅쾅!

꾸어어어어어!

고통에 찬 하늘거북의 비명이 길게 울렸고 그와 동시에 수많은 괴물들의 포효 소리가 울려 퍼졌다.

"추락합니다!"

하늘거북의 심장 근처에 서 있던 안지혜와 윤태수의 낯빛이 어두워졌다. 두 사람은 그들의 낯빛보다 어둡게 물든 하늘에 시선이 고정시켰다.

"더 이상 도망칠 수 없습니다."

"…연락은 아직도 안 되나요?"

"예. 후퇴해야 합니다.

윤태수의 말에 안지혜의 동공이 흔들렸다. 그녀의 눈빛을 확인한 윤태수가 고개를 저으며 말했다.

"곤도네와 케레즈, 그리고 도시락까지가 한계입니다. 나머지는 각자 살아남는 게……."

그의 말이 끝나기 전.

쿠쿠쿠쿠쿵!

다시 한 번 하늘거북이 크게 흔들리며 빠른 속도로 추락하기 시작했다.

"맞습니다."

하던 말을 마친 윤태수는 바로 도시락을 불렀고 그와 동시에 안지혜의 허리를 들고 도시락의 등에 올라탔다.

도시락이 날개를 펼치고 비상한 순간.

콰드득!

퍼어어엉!

하늘거북의 몸이 폭발하며 그 위에 있던 모든 괴물들이 사방으로 떨어져 나갔다.

"맙소사……."

그리고 그 사이로, 거대한 괴물이 모습을 드러냈다.

거미의 그것과 같은 8개의 다리. 그 위에 붙어 있는 거대한 인간의 상체. 거미의 다리에는 어지간한 철근 크기의 가시가 수북이 돋아 있었으며 인간의 몸 또한 마찬가지였다.

피부는 검었으며 벌레의 껍질과 같이 광택을 띠고 있었다.

인간의 상체에는 팔 대신 사마귀의 낫과 같은 것이 달려 있었고 한 번 휘둘러질 때마다 기괴한 검은빛을 뿜으며 걸리는 모든 것들을 베어 넘기고 있었다.

거기에 박쥐의 그것과 같은 피막 날개가 달려 있어 자유자재로 날아다니며 괴물들을 유린했다.

그리고 몸 전체에서 흘러나오고 있는 검은 기운.

검은 기운은 하늘 전체를 검게 물들일 정도로 많은 양이 뿜어져 나오고 있었다. 검은 기운에 잠식당한 순간 괴물들은 온몸의 구멍에서 피를 뿜으며 절명했다.

"저게 벨라툼인가요?"

"그런 것 같습니다."

인간의 상체만 하더라도 5m가 넘는 덩치를 보이고 있는 벨라툼은 몸의 두 배는 될 법한 길이의 다리를 이리저리 휘두르며 사막악어와 놈, 엘드요툰을 학살하고 있었다. 그런 벨라툼은 공포 그 자체였다.

"기껏해야 1분입니다. 그 안에 후퇴해야 합니다."

윤태수는 도시락의 등에 오른 채 빠르게 전황을 훑었고 판단을 내렸다. 함께 온 곤도네와 케레즈 또한 보이지 않았으나 그들을 챙길 여유가 없었다.

항전할 생각조차 들지 않게 하는 검은 기운이 하늘을 좀먹으며 그들을 향해 내리깔리고 있었기 때문이다.

그때.

휘이이이익!

도시락의 머리 위로 거센 바람이 불며 거대한 나비가 나타났다.

"케레즈!"

"도망쳐라!"

날개 곳곳에 검은 기운이 붙은 케레즈는 온몸에서 피를 쏟아내고 있었다.

"곤도네는 어떻게 되었습니까!"

"…너희라도 피해라! 그리고 전해라!"

케레즈가 보인 묘한 침묵에 두 사람은 입을 열 수 없었다. 대신 이를 악문 케레즈를 바라보며 소리쳤다.

"케레즈! 함께 갑시다!"

"나는 곤도네를 데리고 가겠다!"

말을 마친 케레즈는 곧바로 검은 안개 속으로 들어가 버렸다. 어느새 지척까지 다가온 검은 안개를 본 윤태수는 도시락에게 소리쳤다.

"형팀에게로 가자!"

"까아아악!"

고도를 유지하며 전황을 살피고 있던 도시락 또한 이길 수 없는 상대라 생각한 것인지 곧바로 고개를 돌려 검은 안개에서 멀어지기 시작했다.

다행이라 말해야 할까.

검은 안개가 퍼지는 속도는 그다지 빠르지 않았기에 도시락의 속도로도 충분히 벗어날 수 있었다.

"…다 죽었겠죠."

도시락의 등에 탄 채 멀어지는 검은 구름에 시선을 고정시킨 안지혜가 말했다. 윤태수는 그녀의 옆으로 다가서며 말했다.

"케레즈와 곤도네는 돌아올 겁니다."

"사막악어들은요? 놈과 엘드요툰들은? 우리를 이곳까지 데려다준 하늘거북은? 그들은 어떻게 하죠?"

"어쩔 수 없었습니다. 벨라툼이 이곳에서 함정을 치고 기다리고 있을 줄 누가 알았겠습니까."

그의 위로에도 안지혜의 표정은 어두웠다. 짧게 한숨을 쉰 윤태수는 검은 구름을 바라보고 있는 안지혜의 시야를 가리고 서며 말했다.

"지금 우리가 하고 있는 것은 전쟁입니다. 저나 지혜 씨가 방금 죽었어도 이상할 것 하나 없는 전쟁 말입니다."

"알고 있어요."

"그간 혁돈 형님 덕에 우리는 그 누구도 죽지 않고 이 자리까지 올 수 있었습니다. 하지만, 다른 이들은 다릅니다. 차원관문 토벌에 한 번 나서는 것에도 목숨을 걸고, 또 목숨을 잃는 이들이 부지기수입니다. 그런 이들에 비하면 우리는 축복을 받은 것이나 다름없습니다."

"…그렇죠."

"그 어떤 이유가 있든 간에 죽음을 정당화할 수는 없습니다. 허망하게 죽었든, 영광스러운 죽음을 맞이했든 다 똑같은 죽음입니다. 우리는 그것을 되돌릴 순 없습니다. 그러니 더 많은 생명이 스러지지 않기 위해, 우리는 살아 돌아가서 알려야 하는 겁니다."

안지혜는 알았다는 듯 고개를 끄덕였지만 여전히 슬픔이 가득한 눈으로 윤태수의 뒤로 펼쳐진 검은 안개를 바라보고 있었다.

                    *   *   *

'없다.'

이젠 확신할 수 있다.

이곳에 벨라툼은 없다.

—태수가 위험하다.

—예.

—여기 정리하고 태수 쪽으로 넘어와라. 먼저 가 있으마.

—알겠습니다.

백종화 또한 같은 생각을 하고 있던 것인지 말을 덧붙이지 않았다. 말을 마친 신혁돈은 곧바로 하늘로 솟구쳐 오름과 동시에 강신을 해제했다.

그와 동시에 그의 몸에서 흘러나간 에르그 에너지가 보랏빛 차원관문을 만들었고, 그가 도착한 순간 완성되었다.

차원관문을 통과한 순간.

—윤태수.

—…형님?

—맞다.

—벨라툼이 나타났습니다. 모든 병력을 잃었고 저와 지혜 씨, 그리고 도시락만 도망치고 있습니다.

신혁돈은 말을 들으며 곧바로 에르그 에너지에 집중했고 도시락과 윤태수의 에르그 에너지가 있는 곳을 파악해 냈다.

—그 자리에 멈춰라.

도시락에게 명령을 내린 신혁돈은 곧바로 차원관문을 열어 그들이 있는 곳으로 넘어갔다.

"형님!"

차원관문을 통과한 신혁돈은 곧바로 도시락의 등에 올라 그들의 등 뒤에 펼쳐져 있는 검은 구름을 확인할 수 있었다.

"저기 벨라툼이 있나?"

"예."

윤태수는 천천히 모든 상황을 설명했다. 신혁돈은 그의 설명을 들으면서도 검은 구름에서 시선을 떼지 않았다.

"케레즈는 곤도네를 데리고 온다 했는데… 아직 모르겠습니다."

"얼마나 되었지?"

"이제 3분 정도 지났습니다."

고개를 끄덕인 신혁돈은 에르그 에너지를 퍼뜨려 검은 기운이 있는 곳을 살펴보았다.

'강하다.'

지난 삶과 이번 삶을 통틀어 지금까지 만났던 그 어떤 괴물보다 강한 에르그 에너지의 태동이 느껴지고 있었다.

'머리까지 영리하다.'

게다가 전술.

신혁돈이 별동대를 파견할 것까지 예상했다는 듯 이곳에서 기다리며 따로 공격했다.

심지어 자신의 힘으로 마왕에 오른 이.

신혁돈이 생각에 잠긴 사이 그의 뒤로 다가온 윤태수가 말했다.

"일단 본대와 합류한 뒤에 다시 돌아오는 게 나을 것 같습니다."

그러나 생각을 마친 신혁돈이 고개를 저었다.

"아니."

"…예?"

"저 검은 안개에 닿은 건 전부 죽었다. 케레즈는 조금 더 버텼다 하지만 피를 토하고 있었다 했지."

"예."

"그럼 로스카란토의 자식들은 버티지 못해. 쿠엔틴도 마찬가지고, 너희 또한 그렇다."

신혁돈의 말에 윤태수는 입술을 깨물었다.

당장에라도 반박을 하고 싶었지만 그의 말이 맞았다.

저 검은 안개를 보는 순간, 가슴 깊은 곳 어디에선가 정체를 알 수 없는 공포심이 스멀스멀 기어 올라왔다.

공포는 싸우고자 하는 의지를 좀먹는 것으로 모자라 싸그리 잡아먹어 버리고 도저히 전투를 할 생각이 들지 않게 만들었다.

"…그럼 혼자 가실 겁니까?"

"그래야지."

고개를 끄덕인 신혁돈은 검은 안개에 고정하고 있던 시선을 윤태수와 안지혜에게 던지며 말했다.

"모든 괴물들이 저쪽에 모여 있다."

"예."

"그러니 너희가 가진 에르그 에너지는 쓸 일이 없겠지."

"…예?"

"어차피 내가 준 거잖아."

"그건 그런데……."

"좀 빌리자."

망연자실한 표정으로 앉아 있던 안지혜의 눈에 의문이 서렸고 윤태수는 헛웃음을 흘리며 그에게 다가갔다.

"이왕 가져가시는 거 다 가져가십시오."

곧 윤태수와 안지혜의 에르그 에너지를 전부 흡수해 소모한 에르그 에너지를 회복한 신혁돈은 짧은 한숨을 토했다.

"후."

"무사히 돌아오실 거라고 믿습니다."

"그럼."

"까아아악!"

도시락 또한 같은 의미의 우렁찬 포효를 토했다. 신혁돈은 헛웃음을 흘렸다.

"그럼 가마."

"예. 기다리고 있겠습니다."

고개를 끄덕인 신혁돈은 곧바로 강신을 사용하며 날아올랐다. 윤태수는 멀어져 가는 빛의 거인을 보며 마른침을 삼켰다.

"이번에도 돌아오시겠지 말입니다. 매번 똑같이, 전처럼."

"그럼요."

"괜히 불안하네."

제2장

등장

에르그 에너지는 충분하다.

몸 상태 또한 완벽하다.

'이긴다.'

질 수 없는, 져서는 안 되는 싸움.

마음을 먹은 신혁돈은 눈앞을 가득 메우고 있는 검은 기운을 향해 날아가며 멀어져 가는 윤태수에게 말했다.

─그쪽 정리되면 이쪽으로 넘어오고, 와서도 검은 안개가 남아 있다면 가이아에게 연락해서 지구로 돌아가라.'

─그럴 리 없지 않겠습니까. 어쨌든 다 데리고 올 테니 그전에 끝내두시길 바라겠습니다.

─그래.

말을 마친 순간, 신혁돈은 검은 안개로 진입했다.

화아아악—!

검은 안개는 마치 그를 탐색하는 듯 그의 몸 전체를 감싸 돌았고 빈틈을 찾아 그의 몸속으로 들어오려 애썼다.

신혁돈은 에르그 에너지로 온몸을 보호하며 벨라툼의 마력이 느껴지는 곳을 향해 빠른 속도로 날아갔다.

'그렇게 강하진 않다.'

케레즈가 피를 토하면서도 버틸 수 있던 이유.

검은 안개는 신혁돈의 흡수와 마찬가지로 약한 상대에게는 아주 강하게 작용하고, 일정 수준 이상의 상대에게는 큰 피해를 입히지 못하는 것 같았다.

검은 안개가 몸속으로 침투하는 것을 막기 위해 소모되는 에르그 에너지양은 자연적으로 회복되는 에르그 에너지양보다 조금 많은 정도였고 신혁돈은 곧바로 판단을 내렸다.

'그렇다면……'

케레즈와 곤도네를 구한 뒤 싸워도 괜찮다.

마음을 먹은 신혁돈은 곧바로 에르그 에너지를 사방으로 퍼뜨리며 로스카란토의 자식들을 찾기 시작했다.

검은 안개가 그의 탐지를 방해했지만 얼마 지나지 않아 케레즈와 곤도네의 에르그 에너지를 찾아낼 수 있었다.

'저긴가.'

검은 안개는 하늘은 물론이거니와 땅까지 뒤덮고 있었기에 육안으로 무언가를 보기는 힘들었고 신혁돈은 시각을 포기한 채 다른 감각들을 이용해 케레즈를 찾아냈다.

휘이이! 휘이이!

다다다다다다다다닥!

바람을 가르는 날개 소리와 수천 개의 다리가 땅을 딛는 소리.

"곤도네!"

소리가 들림과 동시에 신혁돈이 외쳤고 그와 동시에 그의 앞쪽에서 곤도네의 목소리가 들렸다.

"친구여!"

소리로 정확한 거리와 방향을 캐치한 신혁돈은 순식간에 이동했고 곧 곤도네와 케레즈를 만날 수 있었다.

거대한 지네인 곤도네는 셀 수조차 없이 많은 관절 전부에서 피를 흘리고 있었다. 머리 위에 달려 있는 더듬이, 그러니까 본체 또한 새카만 피를 줄줄 흘리고 있었다.

"괜찮습니까?"

"멀쩡하지!"

곤도네가 자신이 멀쩡하다는 것을 증명하기 위해 수천 개의 다리를 다닥다닥 움직이자 검은 피가 사방으로 튀었다.

"…어서 나갑시다."

강신을 통해 빛의 거인으로 화한 신혁돈의 몸에서 흘러나오는 에르그 에너지는 검은 안개를 밀어내고 있었고 그 덕에 조금의 시야는 확보할 수 있었다.

"다른 이들은 도망쳤나요?"

케레즈가 신혁돈에게 물었고 신혁돈은 그렇다 답했다.

"다행이네요."

신혁돈이 대충 고개를 끄덕이며 검은 구름 밖으로 시선을 던진 순간.

펄럭!

지금까지 듣지 못했던 이질적인 날갯짓 소리가 그의 귓가에
울렸다. 동시에 벨라툼의 에르그 에너지가 사라졌다.

"온다!"

쾅!

콰콰콰쾅!

소리가 들린 순간.

신혁돈은 소리가 들린 방향으로 몸을 돌리며 에르그 에너지
를 끌어 올렸고 그와 동시에 네 개의 팔에 무기를 만들어냈다.

검과 워해머, 그리고 기다란 언월도까지.

세 개의 무기를 만들어낸 순간 그의 머리 위로 벨라툼의 몸이
떨어져 내렸고, 신혁돈은 그의 다리를 무기로 쳐내며 뒤로 뛰어
거리를 벌렸다.

갑자기 나타난 벨라툼은 여유를 주지 않겠다는 듯 날개를 빠
르게 움직이며 거리를 좁혔다. 그러면서 팔 대신 달린 두 개의
칼날을 휘저었다.

쐐애액!

캉! 캉!

대기가 찢겨 나갈 듯 엄청난 속도로 날아든 칼날을 빠르게 쳐
낸 신혁돈은 곧바로 언월도를 휘둘러 벨라툼의 상체를 노렸다.

후욱!

언월도가 닿기 직전, 벨라툼은 여덟 개의 다리를 유려하게 움
직이며 거리를 벌렸고 앞다리 두 개를 들어 신혁돈의 가슴팍을

찔러왔다.

'막을 수 없다.'

두 개의 다리를 막기 위해서는 검과 워해머를 움직여야 했다. 하지만 그랬다가는 벨라툼의 상체에 달려 있는 두 개의 칼날이 거인의 몸을 두 동강낼 것이 분명했다.

그렇다고 피했다간 수세에 몰릴 것이고, 한 번 수세에 몰리면 되돌릴 수 없을 것이다.

'그렇다면……'

살을 주고 뼈를 깎는다!

신혁돈은 자신의 가슴을 노리고 날아드는 앞다리 두 개를 환영하듯 가슴팍을 활짝 벌렸다. 두 개의 날카로운 다리가 빛의 거인의 가슴을 꿰뚫었다.

푸욱!

그 순간.

화르르륵!

번쩍!

빛의 거인의 몸을 관통한 다리를 통해 새하얀 불꽃과 엄청난 벼락이 벨라툼의 몸으로 흘러들어 갔다.

"크아아아!"

벨라툼이 고통에 찬 비명을 지르며 다리를 빼려는 순간, 신혁돈은 활짝 벌렸던 팔을 감싸 안으며 두 개의 다리를 붙잡고 꺾어버렸다.

콰드득!

다리에 솟아 있는 거대한 가시들이 거인의 손을 꿰뚫었으나 그런 것으로 고통을 느낄 새도 없이 벨라툼의 칼날이 그의 팔을 잘라내기 위해 휘둘러졌다.

하지만 벨라툼의 앞다리 두 개는 이미 부러진 상황.

신혁돈은 미련 없이 손을 놓아버렸고 벨라툼의 칼날은 애꿎은 허공을 가를 뿐이었다.

휘이익!

불과 벼락에 휩싸여 고통스러운 숨을 내쉰 벨라툼은 그대로 뒤로 물러서며 검은 기운을 끌어 올렸다. 그 탓에 그의 몸을 감싸며 타오르던 불꽃과 벼락이 한순간에 사그라들었다.

"인간."

윤태수가 설명한 그대로의 모습. 거미 위에 인간의 상체를 붙여놓고 거기에 날개까지 달아놓은 새카만 괴물이 기괴한 목소리로 말했다.

생긴 것치고는 꽤나 정확한 발음에 신혁돈은 무기를 들고 있는 손목을 빙글 돌리며 답했다.

"왜."

벨라툼은 양손 대신 달려 있는 두 개의 칼날을 마주하여 챙챙거리는 소리를 내면서 물었다.

"마신에게 도전할 생각인가."

"그렇다면?"

"무모하다."

의미 없는 대화를 나누다 기회를 노려 공격하려던 신혁돈의 얼굴에 의문이 떠올랐다.

무모하다니?

지금껏 상대한 마신들은 전부 '균형이 무너질 것이다'라는 헛소리만 해댔지 이런 현실적인 소리를 한 적은 없었다.

"무슨 소리지?"

"너는 그를 이길 수 없다. 나 또한 마찬가지."

벨라툼은 자신을 만든 마신을 말 그대로 '신'이라 여기는 마왕들과는 달랐다. 그것을 느낀 신혁돈은 얼굴에 띄우고 있던 의문을 지우곤 흥미롭다는 표정으로 말했다.

"왜지? 겨루어본 적이 있나?"

"그렇다."

"그런데도 살아 있다?"

"그렇다. 나는 그에게 패했고, 그는 나에게 마왕의 자리를 제안했다."

신화 속 존재처럼 느껴지던 마신이 한 걸음 가깝게 느껴졌다. 자신에게 도전한 상대의 목숨을 거두지 않고 자신의 아래 두다니.

삼국지에나 나올 법한 고사 아닌가.

신혁돈의 시선이 인간의 상체 부분으로 향했다.

두 개의 팔이 상체에 달려 있고 얼굴이 있어 인간의 모습과 비슷하다 칭한 것이지 벨라툼의 상체는 인간과는 거리가 좀 있었다.

가시인지 무엇인지 모를 것들이 새카만 몸을 가득이 덮고 있었고 그것은 얼굴 또한 마찬가지였다.

얼굴에는 크기도, 모양도 제각각인 새빨간 눈이 마치 여드름처럼 이리저리 나 있는 데다가 그 아래로는 눈만큼이나 기괴한 이빨이 숭숭 솟은 입이 있었다.

그의 얼굴을 슥 훑은 신혁돈은 짧게 혀를 차며 물었다.

"그래서, 나도 그렇게 하라는 것인가?"

"너라면 자격이 있다."

"힘이?"

"그렇다."

벨라툼은 신혁돈에게 당해 부러져 버린 두 개의 앞다리를 달랑거리며 답했고 그 모습에 신혁돈은 입꼬리를 비죽였다.

"싫다면?"

"두 마왕을 죽이고 그들의 힘을 흡수한 데다가 스무 개의 시스템의 힘을 독식한 죄의 값을 치러야겠지."

"이를테면 사형 말인가?"

"그렇다."

"네가 날 죽일 수 있을 거라고 생각하나?"

"크하하하하!"

신혁돈의 말에 벨라툼이 파안대소를 터뜨리며 거대한 입을 쩍 소리 나게 벌렸다.

그 순간 천지를 뒤덮고 있던 검은 기운이 그의 입속으로 빨려 들어 가기 시작했으며 신혁돈이 부러뜨려 놓았던 앞다리가 회복되었다.

그 기괴한 장면에 신혁돈은 고개를 돌려 곤도네를 바라보고 턱짓했다.

'도망치십시오.'

벨라툼이 검은 기운을 흡수한다는 것은 퍼뜨려 두었던 에르그 에너지를 모은다는 것이고, 제대로 된 전투를 벌이겠다는 뜻이었다.

신혁돈을 도와야 하는지, 도망을 쳐야 하는지 결정을 내리지 못하고 있던 곤도네와 케레즈가 발을 뗀 순간.

기회는 이때뿐이었다.

신혁돈은 검은 기운을 흡수하고 있는 벨라툼에게로 달려들었다. 만화도 아니고 적이 필살기를 준비한다는 데 시간을 줄 이유는 없다.

빛의 거인이 언월도에 에르그 에너지를 집중시키자 언월도가 어마어마한 빛을 발하며 타오르기 시작했다.

찰나의 순간, 벨라툼의 앞에 도착한 빛의 거인은 그대로 두 조각내 버리겠다는 듯 타오르는 언월도로 머리를 내려찍었다.

언월도가 벨라툼의 머리에 닿기 직전.

검은 기운이 마치 살아 있는 생물처럼 움직이며 신혁돈의 언월도를 받아냈다. 공격이 막힌 신혁돈은 당황하지 않고 언월도를 회수함과 동시에 검을 든 손을 움직여 벨라툼의 팔을 노렸다.

'팔이라도 자른다.'

카드드득!

하지만 이번에도 검은 기운이 움직여 그의 검을 막아냈다. 그제야 신혁돈의 미간이 찌푸려졌다.

'무슨……'

하지만 공격을 멈출 순 없었다.

빛의 거인은 불꽃이 타오르고 벼락이 튀는 검과 워해머를 휘

등장 69

두르며 검은 기운을 난타했고 그와 동시에 언월도를 휘두르며 빈틈을 노렸다.

그사이 주변을 감싸고 있던 검은 기운들은 대부분이 벨라툼의 입으로 흡수되었다.

'열 수.'

그 안에 타격을 주어야 한다.

아직 벨라툼의 특기인 봉인조차 발동되지 않은 상황. 그가 신혁돈의 무슨 능력을 봉인시킬지 모르지만 그가 봉인을 사용하는 순간 전황이 불리해질 것은 불 보듯 뻔했다.

쿵! 쿵! 쿵!

순식간에 다섯 번의 공격이 더해졌지만 검은 기운은 완고히 버텼다.

'다섯.'

서걱!

캉! 캉!

'셋.'

그때.

쏴아아아!

빛의 거인에게 베인 검은 기운이 갈라지며 벨라툼의 어깨가 그대로 드러났다.

'둘.'

그와 동시에 기회를 포착한 신혁돈의 워해머가 벨라툼의 어깨를 내려찍었고.

콰드득!

'하나.'

텁!

빛으로 둘러싸인 위해머를 놓아버린 신혁돈이 빈손으로 그의 어깨를 잡아 뜯어냈다.

촤아아아악!

"크아아아아!"

그와 동시에 모든 검은 기운이 그의 입으로 흡수되었다. 그러자 비명인지 포효인지 모를 거대한 소리와 함께 벨라툼이 입을 벌렸다.

"봉인."

[벨라툼의 고유 능력. '봉인'이 발동되었습니다.]

[대상의 능력, '강신'이 봉인됩니다.]

[발동되어 있던 강신이 해제됩니다.]

그 순간.

신혁돈의 몸을 감싸고 있던 샛노란빛이 사방으로 흩어지며 사라졌다. 신혁돈은 곧바로 뒤로 훌쩍 뛰어 거리를 벌렸다.

'불리하다.'

팔을 하나 잃은 벨라툼과 강신을 잃은 신혁돈.

신혁돈은 이를 악뭄과 동시에 수르트의 불꽃을 통해 위해머 한 자루를 생성하며 뜯긴 벨라툼의 어깻죽지를 힐끗 바라보았다.

그러나 벨라툼의 몸에서 솟아난 검은 기운이 그의 어깨에 녹아들자, 팔이 다시 돋아났다.

"…씨발."

벨라툼은 이제부터 시작이라는 듯 커다란 입을 이죽이며 말했다.

"자, 덤벼라."

*　　　　*　　　　*

벨라툼은 포식자가 피식자에게 여유를 부리듯, 신혁돈을 내려다보았다.

이런 상황을 가정하지 않은 것은 아니었다.

이가 없다면 입술로.

강신이 없다면 그의 원래 능력인 포식으로 싸우면 된다. 신혁돈은 곧바로 자신이 가진 괴물의 능력을 사용했다.

세뿔가시벌레의 날개와 뿔, 어글리 베어의 힘, 몰맨의 손톱.

벨라툼에 버금갈 정도로 기괴한 모습이 된 신혁돈은 이게 끝이 아니라는 듯 짧게 심호흡을 했고 그와 동시에 분신을 사용했다.

"오호."

벨라툼은 약자의 발악을 즐긴다는 듯 감탄사를 뱉었다.

그사이 준비를 마친 신혁돈은 분신에게 시선을 한 번 던진 뒤 고개를 끄덕였다.

드드드드!

분신이 세뿔가시벌레의 날개를 흔들며 날아올랐고 신혁돈은 벨라툼을 향해 달려들었다.

2m가 조금 넘는 신혁돈과 분신, 그리고 5m가 넘는 벨라툼의 전투가 시작되었다.

　신혁돈과 분신은 어떻게든 틈을 만들기 위해 계속해서 위해머를 휘둘렀지만 벨라툼은 두 개의 칼날과 여덟 개의 다리를 이용해 여유로운 공방을 보여주었다.

　'이대론 안 된다.'

　여덟 개의 다리와 두 개의 칼날을 지닌 벨라툼에게 그와 분신 가지고는 틈을 만들 수 없다.

　'그렇다면.'

　뒤로 물러선 신혁돈은 곧바로 분신에게 눈짓을 했고 분신 또한 뒤로 물러섰다.

　그 순간.

　분신의 옆으로 또 다른 분신이 생겨났다.

　그렇게 생겨난 분신은 또다시 분신을 만들어냈고 그렇게 신혁돈을 포함한 여덟의 분신이 생겨났을 때.

　"이제 좀 재미있겠군."

　벨라툼이 예의 이죽거림을 담은 말을 뱉었다.

　신혁돈은 짧게 심호흡을 하며 에르그 에너지를 분배했다.

　불행 중 다행으로 벨라툼은 여유가 강자의 미덕이라 생각하는지 신혁돈이 무슨 짓을 하든 가만히 두었다. 그 덕에 신혁돈은 생각할 시간을 가질 수 있었다.

　'공격력이 모자란 것은 아니다.'

　강신이 없다고 한들 그의 공격력이 약해지는 것은 아니었다. 단지 에르그 에너지의 효율이 극도로 나빠질 뿐.

즉, 속전속결로 끝내야 하는 상황.

쇼크 웨이브와 눈속임, 모두의 벗에 담겨 있는 모든 스킬까지 사용해 기회를 만들고……:

'기회를 잡은 순간 한 번에 몰아친다.'

생각하는 사이 그의 시선이 벨라툼에게로 향했다. 순간 그의 눈이 빛났다.

'탐나긴 하는군.'

봉인.

상대가 마왕이든 마신이든 능력 하나를 봉인해 유리한 상황을 만들 수 있는 능력.

벨라툼을 흡수해 그의 능력을 얻을 수만 있다면 앞으로의 전투에서 엄청난 활약을 보일 것이 분명했다.

'멍청한 새끼.'

상대보다 자신이 우월하다는 감정과 거기에서 상대가 느낄 굴욕 등은 잠깐의 감정일 뿐. 자신이 아무리 강하다 한들, 적에게 시간을 주는 행위는 자살행위나 다름없다.

신혁돈은 머릿속으로 계속해서 시뮬레이션을 돌리며 이기는 시나리오를 만들었고 그의 머릿속에 완벽한 그림이 그려졌을 때.

여덟 명의 신혁돈이 불타는 워해머를 든 채 벨라툼을 둘러쌌다.

"드디어."

벨라툼이 기대에 찬 목소리를 뱉었다.

곧바로 여덟 명의 신혁돈 중 네 명의 신혁돈이 벨라툼의 사방을 점하고 달려들었고, 그와 동시에 나머지 네 명의 신혁돈이 세 뿔가시벌레의 날개를 펼치며 하늘을 점했다.

사투.
벨라툼은 강했다.
지금까지 만났던 그 어떤 적보다 강했다.
강신을 사용할 수 있었다 해도 쉽지 않은 전투가 되었을 것임을 직감할 수 있을 정도.
하지만.
'뒤로 둘.'
신혁돈의 명령에 분신들이 벨라툼의 뒤를 향해 몸을 던졌다. 그러자 벨라툼의 다리 두 개가 움직여 분신의 가슴을 꿰뚫었다.
'큽.'
분신들이 피를 토하며 사라지자 신혁돈의 가슴에도 격통이 가해졌다. 분신이 강제로 해제되며 발생한 충격이 그대로 전해진 것이다.
하지만 그로 인해 빈틈이 만들어졌고 신혁돈은 그 기회를 놓치지 않았다.
콰드득!
화르륵!
신혁돈의 위해머가 벨라툼의 앞다리 하나를 제대로 후려쳤고 다리 하나가 기이한 각도로 꺾이며 불타올랐다.
'하나.'
심호흡과 동시에 두 명의 분신을 다시 소환한 신혁돈은 다시 한 번 기회를 노리며 공격해 들어갔다.

벨라툼은 부러진 다리를 복구하기 위해 검은 기운을 돌렸으나 다리에 붙어 있는 수르트의 불꽃이 검은 기운을 쫓아내 회복을 방해했다.

벨라툼의 표정이 굳은 순간.

신혁돈은 다시 한 번 빈틈을 내보였고 그 순간 벨라툼의 칼날이 분신의 목을 날렸다.

서걱!

'흐읍!'

마치 쇠망치가 가슴을 후려친 듯한 충격!

하지만 고통을 느낄 여유조차 없었다.

분신 하나를 던져 벨라툼의 다리 하나를 더 부순 신혁돈은 가슴에서 느껴지는 고통에도 비릿한 미소를 지었다.

'둘.'

남은 다리는 여섯.

빈틈이 없다면 만들면 된다.

벨라툼은 이런 적을 상대해 본 적 없다는 것을 여실히 드러내며 이리저리 빈틈을 보였고 그때마다 신혁돈의 위해머가 벨라툼의 다리를 하나씩 끊어놓았다.

그리고…….

'다리를 노린다 생각하게 만들어야 한다.'

그가 빈틈을 보이면 다리가 부서진다는 공식이 완성된 순간 신혁돈은 그의 머리를 부수고 심장을 뽑아낼 것이다.

콰드득!

서걱!

벨라툼의 다리와 칼날이 빠르게 움직이며 분신 셋을 조각내자 신혁돈은 울혈을 토하면서도 그의 다리를 두 개를 동시에 부숴버렸다.

'넷.'

남은 다리는 넷. 불타는 다리 또한 넷.

벨라툼의 얼굴에 여유가 사라졌다.

이제 벨라툼 또한 깨달았을 것이다.

신혁돈의 분신을 없애려면 대가로 자신의 다리를 내어주어야 한다는 것을.

그리고 생각할 것이다.

'다리를 내어주고 모두를 없앤다 생각하겠지.'

그의 생각이 적중했다는 듯 벨라툼은 빠르게 검은 기운을 확산시키며 주변의 시야를 가렸다. 그리고 빠르게 분신을 제거하기 시작했다.

다리를 내어주더라도 신혁돈이 분신을 만들어내는 속도보다 빠르게 분신을 제거하겠다는 생각.

'됐다.'

벨라툼의 다리가 분신 넷을 동시에 없애 버린 순간.

"눈속임."

신혁돈의 손에서 뻗어나간 에르그 에너지가 벨라툼의 머리에 녹아들자 벨라툼의 모든 감각이 차단되었다.

그와 동시에 신혁돈은 모든 분신을 소환 해제하고 몸속에 있는 모든 에르그 에너지를 끌어 올려 워해머 끝에 모았다.

타닥!

그리고 곧바로 땅을 박차고 뛰어올랐다.

마치 태양이 걸린 듯, 워해머의 끝이 찬란히 빛났고, 찰나와 같은 눈속임의 지속 시간이 끝난 순간.

어마어마한 에르그 에너지가 담긴 신혁돈의 워해머가 쇼크 웨이브를 발동시킴과 동시에 벨라툼의 머리를 내려찍었다.

콰득!

퍼어어어어엉!

신혁돈의 워해머에 담겨 있던 에르그 에너지는 벨라툼의 머리를 박살 내는 것으로 모자라 그의 몸속 깊숙이 파고들어 상반신을 폭발시켰고 그 속에서 벨라툼의 심장이 드러났다.

'됐다.'

하지만 아직 안심할 순 없었다.

그는 마왕.

몸을 버리고 어디엔가 숨겨져 있는 차원석으로 돌아가기 전 모든 에르그 에너지를 흡수해야 했다.

신혁돈은 곧바로 벨라툼의 심장을 뜯어낸 뒤 씹어 삼켜 모든 에르그 에너지를 흡수하기 시작했다.

벨라툼의 몸을 이루고 있던 에르그 에너지들은 낱낱이 해체되어 검은 기운으로 흩날렸고, 의지를 잃은 검은 기운들은 신혁돈의 몸으로 흡수되었다.

"후우우……."

그 어떤 마왕보다 순도 높고 짙은 농도를 가진 에르그 에너지가 신혁돈의 몸속으로 흘러들어 왔다.

화아악!

그때 남아 있는 벨라툼의 몸에서 검은 안개가 솟구쳐 올라 괴물의 형상을 이루었다.

―인간…….

벨라툼의 정신체가 나타난 것이다. 벨라툼은 그대로 내빼려는 듯 말을 이었지만 그것을 두고 보고 있을 신혁돈이 아니었다.

―이번에는 네가 이겼을지 몰라도 다음은…….

벨라툼이 말을 이은 순간, 신혁돈은 그의 정신체를 향해 손을 뻗으며 에르그 에너지를 내뿜었다.

그의 손에서 흘러나온 샛노란 에르그 에너지가 벨라툼의 새카만 정신체를 감싼 순간.

―내가…….

벨라툼은 말을 잇지 못한 채 자신을 둘러싼 에르그 에너지막에서 벗어나려 했고 그 모습을 본 신혁돈은 미소를 지었다.

"너한테 다음이라는 게 있을 것 같나?"

―무슨…….

"너의 패배다."

말을 마친 신혁돈은 그대로 흡수를 발동시켰고 샛노란 에너지막에 갇혀 있던 벨라툼의 검은 기운이 그대로 신혁돈에게 흡수되기 시작했다.

―자… 잠깐! 네가 알아야 할 것이 있다!

굳이 듣지 않아도 된다.

영혼을 흡수하고 나면 어차피 벨라툼의 기억은 그의 것이 되기 때문.

신혁돈은 피곤한 눈으로 흡수당하는 벨라툼의 정신체를 바라
보았다.

　얼마 지나지 않아 기이한 비명과 함께 벨라툼의 정신체가 완
전히 흡수되며 소멸되었다.

　"피곤하군."

　그때 그의 눈앞으로 메시지 창이 떠올랐다.

[벨라툼의 영혼이 흡수되었습니다.]

[백차, 바커스의 영혼이 벨라툼의 영혼에 흡수되었습니다.]

[그들의 힘이 사용자의 영혼에 녹아들길 원하고 있습니다.]

　그들의 힘.

　신혁돈의 미간이 찌푸려졌다.

　마왕의 영혼이 자신의 영혼에 녹아든다는 말이 달갑지만은
않았기 때문이었다.

　잠깐 고민을 하던 신혁돈은 그대로 고개를 끄덕였다.

　어차피 수많은 괴물의 정신을 흡수했으며 마왕까지도 흡수한
상황. 영혼에 무엇이 녹아든다 해도 더 나빠질 것은 없었다.

　외려 그들의 힘을 얻어 더욱 빠르게 강해지는 것이 중요했다.

　신혁돈이 고개를 끄덕인 순간.

[벨라툼의 힘이 사용자의 영혼에 각인되었습니다.]

[스킬 '벨라툼의 안개'가 사용자에 맞추어 '흡인의 안개'로 변형
되어 적용됩니다.]

흡인의 안개 [Rank F, Active, Epic]

―에르그 에너지를 소모해 안개를 만들어냅니다.

―안개에 들어온 모든 적대적 생명체의 에르그 에너지를 흡수합니다.

―대상의 에르그 에너지 관리 능력에 따라 흡수할 수 있는 에르그 에너지의 양과 속도가 달라집니다.

[스킬 '봉인'이 생성되었습니다.]

봉인 [Rank A, Active, Epic]

―대상의 스킬, 능력, 특성을 봉인시킵니다.

―지속 시간과 능력 제한은 대상의 에르그 에너지 보유량에 영향을 받습니다.

―에르그 에너지를 보유한 존재라면 생물과 무생물을 가리지 않고 적용시킬 수 있습니다.

"허."

두 가지 스킬을 읽은 신혁돈의 입가에 미소가 번졌다. 신혁돈은 자신의 눈을 의심하며 텍스트를 읽고 또 읽었다.

"미쳤군."

봉인은 예상할 수 있는 범위였으며 스킬 '봉인' 하나만 얻더라도 엄청난 수확이라 생각했다.

한데 흡인의 안개라니.

스킬 설명만 보자면 벨라툼이 사용하던 검은 안개와 같았으나 그것이 신혁돈에 맞추어 알맞게 변형되어 적용된 것이다.

범위 흡수 스킬이라니.

이제 신혁돈은 에르그 에너지양에 대한 걱정을 할 필요가 없어졌다.

마왕과 전투를 할 때, 그들을 보좌하는 괴물들의 에르그 에너지를 흡수하며 싸울 수 있으니 절대 소모되지 않는 보조 배터리를 단 것이나 마찬가지였다.

"아주 좋아."

허파에 바람이라도 들어간 듯 피식거리던 신혁돈은 이내 크게 웃음을 터뜨렸고, 그 웃음은 모든 상황을 정리한 길드원들이 올 때까지 계속되었다.

"끝… 난 겁니까?"

제일 먼저 도착한 백종화는 귀가 아플 정도로 크게 웃는 신혁돈에게 다가서며 물었다.

"그럼! 이겼지! 끝났지!"

묘하게 신난 신혁돈의 모습에 백종화는 고개를 갸웃했지만 굳이 캐묻지는 않았다.

"차원석은 어떻게 되었습니까?"

"벨라툼이 소멸되었으니 내버려 둬도 된다."

두 사람이 대화를 나누는 사이 패러독스들이 하나둘씩 그의 곁으로 다가와 벨라툼 토벌이 끝났음을 전해 들었다.

"그럼 이제 지구로 돌아갑니까?"

"일단 저것들 돌려보내고."

수르트가 주었던 퀘스트도 완료했으니 그와 대화도 해야 했다.

스킬을 얻은 기쁨에서 벗어난 신혁돈은 미소를 머금은 채로 몇 번 고개를 끄덕인 뒤 말했다.

"일단 너희는 지구로 돌아……."

그의 말이 끝나기 전.

샛노란 차원관문이 그들의 눈앞에 나타났다.

"어?"

신혁돈의 차원관문은 보라색.

즉, 누군가가 이쪽 차원으로 넘어오기 위해 차원관문을 열었다는 뜻이 된다. 그것을 아는 길드원들과 신혁돈은 곧바로 무기를 뽑아 들었고 신혁돈이 모든 괴물들에게 알렸다.

—전투 준비. 대상은 노란 차원관문.

"부술까요?"

"일단 대기."

만약 마왕이 넘어온다면?

봉인을 건 뒤 그대로 잡아먹으면 된다.

차원관문이 완성되려는 순간.

두근!

신혁돈의 심장이 거세게 뛰었다.

'무슨……'

그뿐만 아니었다.

기세등등하게 차원관문을 노려보고 있던 괴물들은 단체로 겁에 질리기라도 한 듯 한두 걸음씩 뒤로 물러서기 시작했다. 하늘에 떠 있는 하늘거북과 드레이크들 또한 마찬가지.

모두가 갖가지 포효를 질러대며 혼란에 휩싸였다.

―동요하지 마라!

신혁돈이 소리쳤으나 괴물들은 그의 말이 들리지 않는 듯 멋대로 날뛰는 것을 멈추지 않았다.

그들을 통제하길 포기한 신혁돈은 차원관문을 향해 시선을 돌렸다.

도대체 저 뒤에 무엇이 있기에…….

*　　　　*　　　　*

지름 10m 정도의 샛노란 차원관문이 모습을 드러내었다.

챙그랑!

유리가 깨지듯 경화된 표면이 터져 나가며 표면이 차원관문이 출렁였다.

꿀꺽.

누군가 마른침을 삼키는 소리가 들림과 동시에, 샛노란 차원관문을 뚫고 노란 무언가가 나타났다.

"손이다."

윤태수의 말대로 차원관문을 뚫고 나타난 것은 샛노란 손이었다. 다섯 개의 손가락이 달려 있었으며 인간의 것과는 달리 에르그 에너지로 만들어져 있는 듯 일렁거리는 손이었다.

손과 손목, 팔뚝과 팔꿈치, 그리고 몸.

10m의 차원관문이 작게 느껴질 정도로 커다란 거인이 차원관문을 뚫고 나타났다.

일렁거리는 에르그 에너지로 만들어진 거인은 차원관문을 나섬과 동시에 모든 이들을 눈에 담겠다는 듯 주변을 둘러보았다.

강신을 사용한 신혁돈의 모습과 비슷한, 샛노란빛의 거인이 차원관문의 앞에 서자 정적이 찾아왔다.

비명과 비슷한 포효를 질러대던 괴물들은 본능적인 공포를 감지한 듯 모든 행동을 멈추었으며, 긴장을 삼키기 위해 짧게 심호흡을 하던 패러독스들까지도 숨을 쉬는 것을 잊은 듯 호흡을 멈추었다.

그만큼 빛의 거인의 존재감은 압도적이었다.

방금까지 싸웠던 벨라툼과 비교하자면 벨라툼은 태양 앞 반딧불이에 불과할 정도.

샛노란빛이 일렁이는 거인과 신혁돈의 시선이 마주했을 때.

"흠."

거인은 짧게 비음을 흘린 뒤 말을 이었다.

"좀 늦었나."

거인의 입에서 흘러나온 목소리는 생각 외로 인간적이었다. 변성기가 찾아오지 않은 어린아이의 것과 비슷한, 성별을 가늠할 수 없는 목소리.

가늠할 수 없는 에르그 에너지양과 그 어떤 존재보다 압도적인 위압감.

신혁돈은 거인을 바라보는 것만으로 거인의 정체를 깨달을 수 있었다.

"그리드."

샛노란빛의 거인, 마신 그리드는 자신의 이름을 부른 신혁돈에게 시선을 고정한 채 말을 받았다.

"바로 아는군. 마음에 들어."

그가 말한 순간.

"까아아악!"

도시락이 비명과 비슷한 포효를 지르며 하늘로 날아올랐다.

그것이 기폭제가 되었을까.

"쿠어어어어!"

"카가가가!"

지금껏 억누르고 있던 공포를 한 번에 내지르듯 모든 괴물들이 포효를 내질렀고 소리의 회오리가 빛의 거인을 향해 몰아치기 시작했다.

―멈춰!

이길 수 없다는 것을 본능적으로 깨달은 신혁돈은 그들을 만류했지만 그것은 파도와 같았다. 이미 몰아치기 시작한 괴물들은 무엇인가에 홀리기라도 한 듯 붉게 물들인 눈을 희번덕거리며 그리드를 향해 달려들었다.

그 순간.

"시끄럽군."

그리드가 오른손을 들어 올렸다.

그러자 시간이 멈추었다.

아니, 그렇게 보였다.

날개를 펄럭이며 하늘을 날던 드레이크도, 땅을 박차고 달려 나가던 사막악어와 놈도, 온몸의 불길을 끌어 올리던 엘드요툰도.

모두 멈추었다.

"…맙소사."

괴물들은 눈을 깜빡이는 것조차 할 수 없다는 듯 그대로 멈추어 숨조차 쉬지 않았다.

그리드는 자신이 만들어낸 작품이 마음에 든다는 듯 고개를 몇 번 주억거린 뒤 말했다.

"이제 좀 낫군."

말을 마친 그리드는 신혁돈에게 시선을 맞춘 뒤 그를 향해 걸음을 옮겼다. 그리고 그가 한 걸음을 내딛을 때마다 덩치가 줄어들기 시작했다.

그리고 열 걸음째 내디뎠을 때.

그는 신혁돈과 비슷한 크기가 되어 있었다.

"대화 좀 하지?"

그의 말에는 힘이 담겨 있었고 신혁돈은 그와 대면하는 순간 깨달았다.

'이길 수 없다.'

그와 시선을 마주한 순간, 그리드는 자신과 같은 곳이 아닌 저 높은 곳에 있음을 알 수 있었다.

비빌 언덕이라도 있어야 어떻게 해보지 않겠는가.

너무나 압도적인 존재감에 눈앞에 나타난 마신을 죽여야 한다는 생각조차도 들지 않았다.

하지만.

'언젠간 죽인다.'

대신 투쟁심이 불타올랐다.

이제 마왕 셋의 힘을 흡수한 상황. 나머지 여섯 마왕의 힘까지 흡수한 뒤 그들의 스킬을 이용하면 충분히 상대할 수 있을 것이다.

거기에 가이아의 서포트와 다른 괴물들이 함께한다면.

'충분해.'

신혁돈의 눈에 담긴 투지를 읽은 것일까. 그리드는 일렁거리는 팔을 움직여 그에게 뻗으며 말했다.

"마신의 자리가 탐나나?"

그때.

─그렇다 하세요.

신혁돈의 머릿속에 가이아의 목소리가 울려 퍼졌다.

─당신도 알겠지만 지금의 상태로 마신과 싸웠다가는 죽음을 면치 못해요.

"흠."

그리드는 신혁돈이 대답이 없자 흥미롭다는 듯 그의 얼굴을 바라보며 말했다.

"지금 말하고 있는 게 가이아인가. 나와 싸우겠다라… 우습군."

그의 말에 신혁돈의 미간이 찌푸려졌다.

가이아의 목소리를 들을 수 있다니?

신혁돈이 대답을 하지 못하는 사이 그리드가 말을 이었다.

"벨라툼에게 듣지… 아니지, 이제 벨라툼을 흡수했으니 그의 기억을 읽어보거라. 그가 나에게 도전했던 때를."

그리드 또한 벨라툼과 같은 강자로써의 여유를 보였다.

하지만 본질적으로 달랐다.

벨라툼의 여유는 기회로 다가왔지만 그리드의 여유는 기회가 아닌, 말 그대로의 강자로 여유로 느껴졌다.

그렇기에 역설적으로 마음의 여유가 생겼다.

만약, 그리드가 지금 당장 신혁돈을 죽이려 했다면 손가락을 움직이는 것만으로 그를 죽일 수 있었을 것이다.

한데 그는 신혁돈과 대화를 하려 하고 있었다.

'이것은 기회다.'

신혁돈은 고개를 끄덕인 후 말했다.

"그러지."

그는 눈을 감았고 방금 흡수한 벨라툼의 기억을 훑기 시작했다.

공포.

벨라툼의 기억 속 그리드는 절대자, 그 이상의 존재였다.

태어나 마왕의 위에 오를 때까지 그에게 적수란 없었고 절대자로 군림하던 시절도 있었다.

하지만 그는 그리드를 만났고 그와의 전투에서 아무것도 하지 못한 채 패배했다.

전투라 할 것조차 없었다.

그리드가 벨라툼을 찾아왔고, 벨라툼은 호전적인 성격 그대로 그리드에게 달려들었다.

그리고 그리드가 손바닥을 뻗었을 때.

벨라툼은 아무것도 하지 못하고 패배했다.

그의 장기나 다름없는 봉인도, 검은 기운도 한 번 사용해 보지 못한 채 패배한 것이다.

그리고 굴복했다.

더 살필 것도 없었다. 신혁돈은 그리드가 벨라툼의 기억을 훑어보라 한 이유를 알 수 있었다.

"강하군."

"그렇지? 너는 날 이길 수 없어."

자신감의 표출도, 허세도 아닌 사실 그 자체.

신혁돈은 고개를 끄덕였고 그리드는 억양이 없는 어조로 말했다.

"어지간하면 그냥 두겠는데 넌 너무 빨라. 아래 차원을 관리하는 마왕들이 있어야 세계의 균형이 유지되거든."

"그래서? 나를 죽일 건가?"

"아니, 그건 아니야."

대답과 동시에 이목구비도 없는 에르그 에너지 덩어리 얼굴이 미소를 지었다는 느낌이 들었다.

"넌 벨라툼과는 달라. 그는 그저 치기 어린놈일 뿐이었는데, 너는 뭐랄까… 재밌거든."

재미.

신혁돈으로서는 상상도 할 수 없을 정도로 오랜 세월을 살아온 그리드.

그의 삶에 '재미'란 무슨 의미일까.

"그럼?"

"마왕이 되어라. 그래서 내 밑에서 힘을 키운 뒤, 도전해."

"그렇지 않으면?"

그리드는 신혁돈이 거절할 것에 대해서는 생각해 보지 않았는지 예의 흠, 하는 소리를 내며 팔짱을 끼었다.

"그것 또한 재미는 있겠군."

그 순간 신혁돈의 머릿속에 섬광 같은 생각이 스쳤다.

'무언가 이상하다.'

강자의 여유.

이 단어로 설명하기에 그리드의 여유는 이해가 되지 않는 점이 너무나 많았다.

그리드와 마왕들, 그리고 시스템들이 입술이 부르트도록 이야기하는 '세계의 균형.'

그것을 빠른 속도로 무너뜨리고 있는 존재가 바로 신혁돈이었다.

만약, 신혁돈이 그리드의 입장이었다면 지금보다 일찍 무거운 엉덩이를 들고 일어나 신혁돈을 없앴을 것이었다.

단순히 재미를 위해서 그를 살려두기에는 피해가 너무 크지 않은가?

아홉밖에 없는 마왕 중 셋이 죽었고 세 개의 차원이 초토화되었다.

한데 살려두는 것으로도 모자라 그냥 두겠다니.

'다른 이유가 있다.'

그의 행동을 두고 보아도 괜찮은, 그리드의 속셈이 있는 것이다.

하지만 대놓고 물어볼 순 없는 노릇.

신혁돈은 천천히 고개를 끄덕였고 그것을 본 그리드가 말을 이었다.

"별다른 이유가 있다 생각하나 본데… 그것 또한 재미지. 한 번 능력껏 알아내 봐. 그리고… 저건 좀 마음에 안 드는군."

말을 마친 그리드의 고개가 돌아간 곳에는 패러독스가 있었다.

그의 시선을 받은 길드원들은 흠칫 몸을 떨며 에르그 에너지를 끌어 올렸고 그 모습을 본 그리드는 헛웃음을 흘리며 말을 이었다.

"가이아. 전에는 마음에 드는 아이였는데 말이지. 한번 열심히 해봐. 훤히 눈에 보이는 거짓말 같은 거 하지 말고. 아니… 아니지. 그게 더 재미있으려나?"

인간의 모습도 아닌, 빛 덩어리 주제에 어지간한 인간보다 더욱 인간적인 모습으로 웃음을 터뜨린 그리드는 천천히 고개를 끄덕였다.

"아니, 그래도 마음에 안 드네."

그 순간 그리드의 몸에서 샛노란 에르그 에너지 한 가닥이 스멀스멀 기어올라 왔다.

제 의지를 가진 뱀처럼 하늘로 기어오른 에르그 에너지 한 가닥은 허공을 빙빙 돌았고 그 모습을 보는 길드원들의 눈에 긴장이 서렸다.

저것이 살의를 가지고 쏟아진다면?

신혁돈이라도 막을 수 없을 것이다.

"아무리 그래도 낳아주고 키워준 주인을 배신하면 안 되는 거 잖아. 그렇지?"

그리드의 시선이 홍서현에게로 고정되었다. 패러독스 또한 그 녀에게로 시선이 돌아갔으며 그와 동시에 하늘거리던 채찍이 빳빳이 서서 그녀의 머리를 노리고 쏘아졌다.

"안……."

누군가 소리치려는 찰나.

괴물들을 멈춘 것과 같이 모든 길드원들의 몸이 시간이 멈춘 듯 멈추었다. 그 사이로 그리드의 채찍이 홍서현의 머리를 꿰뚫었다.

픽!

신혁돈조차 그의 속박을 풀어내지 못했고 그사이 유일하게 움직임을 허락받은 홍서현은 그대로 뒤로 넘어갔다.

털썩.

홍서현이 실 끊어진 인형처럼 그대로 쓰러진 순간.

"이 정도 페널티야 뭐. 괜찮겠지?"

그리드가 신혁돈에게 고개를 돌린 채 크게 웃었다.

얼마나 웃었을까. 그리드는 낄낄거리는 웃음을 멈춘 채 신혁돈과 패러독스, 그리고 모든 괴물들을 한 번 훑어본 뒤 말했다.

"그럼, 기대하고 있지."

그의 말이 끝나자 마치 해가 저물 듯 그의 몸을 이루고 있던 에르그 에너지가 천천히 사라지기 시작했다.

그의 몸이 완전히 사라지고 난 뒤, 멈추었던 시간이 다시 흐르기 시작했다.

"서현 씨?"

제일 가까이 있던 윤태수가 쓰러진 홍서현의 옆에 무릎을 꿇었고 재빨리 달려온 이서윤이 그녀의 맥을 짚었다.

"…어?"

"상처가 없는데."

"살아 있어요."

"분명 머리를 꿰뚫렸는데……."

모두가 보았다.

샛노란 에르그 에너지의 채찍이 홍서현의 머리를 꿰뚫고 들어갔다가 유유히 빠져나오는 것을.

신혁돈까지도 의아한 눈으로 홍서현을 바라보고 있을 때.

그녀가 눈을 떴다.

"서현 씨!"

"괜찮아요?"

홍서현은 자신을 둘러싸고 있는 그 누구도 바라보지 않은 채 초점이 없는 눈으로 하늘을 올려다보았고 길드원들은 미간을 구긴 채 그녀와 하늘을 번갈아 보았다.

"무슨 일이에요?"

"어서… 돌아가야 해요."

"예?"

"그리드가 노린 건 제가 아니었어요."

"그럼……?"

홍서현이 대답하기도 전.

신혁돈이 말했다.

"가이아."

그리드는 배신자를 용서할 수 없다 했다.

그리고 그리드를 배신한 것은 홍서현이 아니었다.

가이아지.

힘껏 눈을 감았다 뜬 신혁돈은 곧바로 가이아의 공간으로 향하는 차원관문을 만들었다.

제3장

죽음

차원관문을 통과한 순간.

촤아아아!

거센 폭풍이 몰아치듯, 호수의 물이 호수를 벗어나 사방에서 날뛰고 있었으며 그 중심에 가이아가 서 있었다.

"가이아."

그녀는 예의 미소를 띠며 신혁돈을 맞이했다.

"잠시만요. 이 아이가 흥분을 해서……."

평소와 다름없는 모습.

하지만 신혁돈은 느낄 수 있었다.

그녀가 구성하고 있는 공간이 부서지고 있음을, 그리고 그녀의 존재를 유지시키고 있는 에르그 에너지가 소멸하고 있음을.

그럼에도 가이아는 아무 일 없다는 듯 물줄기를 부드럽게 어루만지며 진정시켰다.

구르릉!

가이아의 차원 자체가 흔들리고 있었고, 차원 전체를 훑은 신혁돈은 차원관문을 취소했다. 곧, 가이아와 함께 차원이 소멸한다면 그 전에 빠져나갈 수 있는 존재는 신혁돈뿐이기 때문이었다.

차원관문을 없앤 신혁돈은 그녀가 물줄기를 진정시킬 때까지 기다렸다. 곧 물줄기가 호수로 돌아가자 가이아가 그에게 다가오며 말했다.

"어땠어요?"

"뭐가."

"마신이요. 직접 만나보니 어떻던가요?"

"강하더군."

그답게 간결한 대답에 가이아는 작은 웃음을 터뜨리며 시선을 아래로 던졌다가 다시 그의 얼굴을 바라보았다.

"그러게요. 이 정도일 거라고는 생각 못 했는데… 제가 조금 경솔했어요."

"좀 잘하지 그랬나."

퉁명스러운 대답에 가이아가 입술을 비죽이며 손을 앞으로 뻗어 그에게 내밀었다.

"잡아줄래요?"

"그게 도움이 되나?"

"음… 지금 이런 순간에도 그런 것들이 중요한가요?"

"중요하지."

"당신이 당장 마왕의 목을 가져온다 하더라도 전 살아날 수 없어요. 하지만 손을 잡아준다면 마음이 편하게 죽음을 맞이할 수 있을 거 같은데요."

"도움이 된다는 소리군."

신혁돈은 그녀의 손을 쥐려 손을 뻗었지만 가이아는 그의 손을 피해 허리 뒤로 손을 숨겼다.

"이미 늦었어요."

하지만 신혁돈은 그대로 손을 내민 채 그녀의 눈을 바라보았다. 가이아는 굳은살이 잔뜩 배겨 있는 그의 손을 바라보며 말을 이었다.

"일단 목숨보다 소중하게 생각하시는 일에 관한 이야기부터 끝내죠. 전에 말하셨던 마신 전용 바이러스는 완성 직전이에요. 가만히 두기만 해도 완성되겠죠."

가이아의 시선이 호수로 향했다. 신혁돈 또한 어느새 잔잔해진 호수의 수면을 바라보았다.

"남은 여섯 마왕에 대한 정보는 벨라툼의 기억을 훑어보시면 될 거예요. 다른 마왕들과 다툼이 잦았던 이인만큼 그들에 대한 정보를 많이 가지고 있을 테니. 그리고⋯ 또 뭐가 있지?"

가이아는 아직까지 자신을 향해 뻗어져 있는 신혁돈의 손을 바라보며 골똘히 생각에 잠겼다가 얼마 지나지 않아 말했다.

"아, 아이템. 괴물들을 무장시킬 아이템은 완성되었어요. 적당한 곳에 숨겨두었으니 알아서 찾아보시고⋯ 선물이 하나 있는데 그건 괴물들을 무장시킬 아이템을 찾으면 알 수 있으실 거예요."

마치 죽음을 예상하기라도 한 듯 모든 것들이 준비되어 있었다.

"알고 있었나?"

"아뇨. 아까 말했잖아요. 제가 경솔했다고. 뭐, 언젠가 이런 일이 생기지 않을까 하고 대비를 해둔 게 있어서 더 빨리 끝나긴 했지만요."

가이아는 신혁돈과 눈을 맞춘 뒤 말을 이었다.

"이제 일 얘기는 끝. 내 얘기 좀 해도 되죠?"

"마음대로."

그의 대답에 가이아는 전에 본 적 없는 환한 미소를 지으며 손을 뻗어 신혁돈의 손을 쥐고 말했다.

"의외로 따뜻하네요. 시체처럼 찰 줄 알았는데. 말 중에, 손이 차면 마음이 따뜻한 사람이라는 말이 있다던데. 그 말은 틀렸나 봐요."

자신의 농담이 마음에 들었는지 가이아는 히죽거리며 미소를 흘렸다. 신혁돈은 손에서 전해지는 그녀의 체온을 느끼며 가이아의 목소리에 집중했다.

"어쩌면 지금의 저는 시스템보다는 인간에 가까울 것 같아요. 시스템 주제에 그리드의 뜻을 무시하고, 희망이라는 걸 품고 있으니까요. 당신은 궁금하지 않아요?"

"뭐가?"

"제가 당신을 선택한 이유요."

무심한 듯 듣고 있던 신혁돈의 눈이 동그래졌다. 굳이 듣지 않더라도 지장이 없어 묻지 않고 있었지만 궁금하지 않은 것은 아니었다.

"뭔데?"

"피닉스의 심장을 먹은 사람이 당신이 최초였거든요."

"…끝인가?"

신혁돈의 미간이 구겨진 것을 본 가이아는 깔깔거리고 웃고선 고개를 저었다.

"당연히 장난이죠. 제 원대하고도 장엄했던 계획을 전부 들려 드리고 싶지만… 시간이 없으니 짧게 말하죠. 계획에 필요한 사람은 단 하나. 그 한 명을 추려내기 위해 전 인구를 살폈거든요. 그런데 제 가슴에 와닿은 인간은 당신이 처음이자 마지막이었어요."

"와닿았다?"

"뭐랄까… 보는 순간. 무언가 벅차올랐다고 할까. 아니면 이 사람이다라는 확신이 들었다 할까. 그런 느낌이었죠."

"그게 다인가?"

"물론 확실한 검증은 했죠. 얼마나 강한지, 발전 가능성은 어느 정도인지. 솔직히 말씀드리면 당신은 마신이 아닌, 저를 죽이기 위해 만들어진 존재였어요. 전에 말씀드렸다시피 시스템이 죽으면 그 차원은 조사가 끝날 때까지 건드리지 않는 게 규율이거든요."

"인류를 살리기 위해 희생할 생각이었나?"

"그렇죠. 저에 대한 의심이 천천히 퍼졌던 것. 기억하시나요?"

신혁돈이 천천히 고개를 끄덕이자 그녀가 신혁돈의 손을 잡지 않은 손을 자신의 허리에 얹으며 말했다.

"원래는 그게 작전의 엔딩이었죠. 저를 죽이고 인류를 이끌 정

죽음 103

도로 성장한 각성자가 만악의 근원을 없애고 인류를 강하게 만드는 해피엔딩. 그런데…….."

가이아는 허리춤에서 손을 뗀 뒤 그의 가슴을 쿡쿡 찌르며 말을 이었다.

"당신이 빠르게, 그리고 강하게 성장했어요. 시련을 부수고 인류를 규합하고 화이트홀을 막아내고… 게다가 마왕까지 죽이고 말이죠. 그랬더니 어떻게 된 줄 아세요?"

가이아는 대답을 바라지 않는 질문을 한 뒤 그의 나머지 손까지 쥐었다. 양손을 붙잡힌 신혁돈은 그녀의 눈을 바라보며 뒷말을 기다렸다.

"죽기 싫다는 생각이 들었어요. 잠시만 눈을 떼면 몰라볼 정도로 성장하는 당신을 보고 있자니 그리드를 죽이고 저를 구해 줄 것 같다는 생각이 들어버린 거죠. 말하자면… 백마 탄 왕자?"

신혁돈은 그녀가 자신이 인간답다 말한 이유를 알 수 있었다.

시스템들은 자아가 없기 때문에, 살아갈 이유가 없기 때문에 삶에 대한 '욕심'을 가지고 있지 않다.

하지만 가이아는 달랐다.

욕심이 있고 갈망하는 것이 있으며 그것으로 살아갈 동력을 얻었고 한 걸음 다가갈 때마다 희망을 보았다.

남을 위해 희생할 줄 알지만 상황이 바뀌자 마음이 변한 것까지 완벽히 인간의 모습이었다.

"이해를 바라진 않아요."

"이해한다. 넌 충분히 인간적이다."

신혁돈의 말에 가이아는 코끝을 찡그리며 말했다.

"칭찬이죠?"

"이왕이면 좋은 쪽으로 받아들이는 게 좋겠지."

신혁돈의 손을 쥐고 있던 가이아의 손끝이 얇게 떨렸다. 그리고 신혁돈의 시선이 그녀의 손끝에 닿았을 때.

손톱 밑이 투명해지고 있었다.

"이런 이야기, 좀 미리 했으면 좋았을 텐데 말이에요. 맨날 바쁘다고 이리저리 쏘다니느라 이야기할 시간도 없고."

"네 이야긴가?"

"당신 이야기거든요."

가이아는 신혁돈의 손을 놓고 손을 활짝 펴보았고 그녀의 입가에서 미소가 사라질 때쯤 신혁돈이 다시 그녀의 손을 쥐어 손을 가렸다.

"말이나 마저 해라."

그의 말에 가이아의 얼굴에 다시 미소가 서렸다.

"백마 탄 왕자를 본 소녀가 어떻게 되었을까요?"

"글쎄."

"아, 이 말을 하기 전에. 부탁이 하나 있어요. 들어줄 거죠?"

"말해라."

"들어준다고 약속하면요."

"뭔데?"

"들어주는 거죠?"

손톱과 마디가 투명해지며 사라지자 신혁돈은 그녀의 손바닥을 쥐며 답했다.

"알았으니 말해라."

"제 힘과 기억을 흡수하세요. 제가 죽어도 구축해 둔 시스템은 유지될 거예요. 하지만 아이템을 만드는 부분이나 위치를 숨기는 건 더 이상 불가능하겠죠. 그러니 당신이 이어가야 해요."

"…그게 부탁인가?"

"예."

"그러지."

예상보다 간결하고 빠른 대답에 가이아의 미간이 구겨졌다.

"당신, 원래 먹으려고 그랬죠? 내 능력이 탐나서."

"아니다."

"거짓말."

"진짜다."

가이아는 눈을 흘겼지만 신혁돈은 당당하다는 듯 그녀의 눈을 마주했다.

"속는 셈치고 믿을게요. 그럼 아까 하던 이야기로 돌아가서… 자, 소녀는 어떻게 되었을까요?"

"소녀가 넌가?"

"왜요? 소녀 같지 않아요?"

"양심이 없군."

"마지막까지 참. 어쨌거나 소녀는 백마 탄 왕자를 동경의 눈으로 바라보았어요. 자신을 구렁텅이에서 꺼내줄 존재라 생각하면서요. 그리고 매시간, 매일 바라보다 보니 동경 그 이상의 감정이 싹트기 시작했죠. 처음에는 그 감정이 뭔지 몰랐어요. 소녀는 감정이 없는 존재였거든요. 그런데 조금씩 알게 되었죠. 소녀는 모르는 게 많긴 했지만 멍청하진 않았거든요. 그 감정은 사랑이었어요."

갑작스러운 고백에 가이아의 손을 붙잡고 있던 신혁돈의 눈동자가 미세하게 떨렸다.

신혁돈은 가이아를 이성으로 생각해 본 적이 없다.

아니, 그전에 여성과 사랑, 결혼과 후대에 대하여 진지하게 생각해 본 적 자체가 없었다.

육체의 쾌락 자체를 즐기지 않는 것은 아니었다. 저번 삶에서는 방탕하다는 말이 어울릴 정도로 즐기고 다녔으니까.

누군가를 사랑할 정도로 여유가 있진 않았고, 이번 삶은 더욱이나 없었다.

어떤 말, 어떤 표정을 지어야 할지 모르는 신혁돈은 아무런 말도, 표정도 하지 않은 채 가이아를 바라보았고 가이아는 그럴 줄 알았다는 듯 말을 이었다.

"무언가를 바라진 않아요. 아니, 바라지 않는다는 건 거짓말이네요. 바라긴 하죠. 하지만 그게 이루어질 거라는 생각은 하지 않는다는 게 맞겠네요. 그리고 더 바랄 수도 없게 되었고요."

어느새 그녀의 몸은 손목까지 흩어진 상태였고 살짝 시선을 던져보자 발 또한 사라져 있었다.

가이아도 그것을 인지했는지 살풋 미소를 지었다.

"내 복수, 해줄 거죠?"

"당연하지."

"감정에 휩쓸리지 말고 천천히. 뚫을 수 없다면 돌아가는 것도 한 가지 방법이에요. 패배보다 중요한 건 목숨이고요."

"명심하지."

"손 놓아봐요."

"부탁인가?"

"아니면 안 들어주게요?"

신혁돈은 그녀의 손을 놓자 가이아의 손목이 신혁돈의 얼굴로 올라왔다.

"처음 만져보는 것 같아요. 바로 옆에 있었는데."

가이아는 신혁돈의 볼과 입술을 쓰다듬은 뒤 그대로 목까지 내려왔다.

"흡수하세요. 더 이상 에르그 에너지가 흩어졌다간 기억이 위험해요."

신혁돈은 천천히 에르그 에너지를 움직였다. 곧 가이아의 몸을 구성하고 있던 에르그 에너지가 그의 에르그 에너지에 반응하며 흡수되기 시작했다.

그 순간.

가이아가 그의 얼굴을 끌어당겼다.

신혁돈이 그녀를 밀어내기 위해 어깨를 꽉 쥔 순간, 가이아의 감긴 눈 사이로 아무런 전조도 없이 눈물이 한 방울 흘러내렸다.

신혁돈은 이내 손의 힘을 빼고 그녀의 어깨에 손을 얹었다. 그리고 눈을 감고서 입술에 닿은 온기를 느꼈다.

*　　　　　*　　　　　*

이서윤의 집.

고비라 여겼던 벨라툼을 이겨낸 직후였지만 거실에 모인 길드원들의 얼굴에는 기쁨 대신 슬픔이 서려 있었다.

"그럼 이제 형님이 가이아의 힘을 사용할 수 있는 겁니까?"

"맞다."

"가이아는 다시 돌아올 수 없는 거고 말입니다."

"죽었으니까."

신혁돈의 말에 윤태수가 음, 하고 짧은 신음을 뱉은 뒤 홍서현을 바라보았다.

"그럼 가이아의 사제는 어떻게 되는 겁니까?"

"가이아가 구축해 둔 시스템은 독자적으로 유지되기 때문에 상관없어. 새로운 스킬이나 능력치를 얻는 것 또한 아무런 문제없다."

"그렇습니까."

윤태수는 그 외에도 이것저것 질문을 던졌고 신혁돈은 덤덤한 말투로 답했다.

그간 셀 수 없이 많은 전투를 치렀으나 길드원들 중 사망한 사람은 단 하나도 없었거니와 치료할 수 없을 정도의 중상을 입은 이도 없었다.

그랬기에 길드원들 전부가 항상 목숨을 걸고 싸우고 있다는 사실이 바래져 있었던 모양이었다. 한 사람, 아니, 시스템의 죽음으로 가라앉은 분위기는 쉽사리 회복될 기미가 보이지 않았고 그들을 한 번씩 바라본 신혁돈이 말을 이었다.

"다음 전투까지 준비가 필요하다. 작전 회의 전 필요한 것들이 있으니 모두 준비될 때까지는 각자 휴식을 취하도록. 태수,

종화 남고 해산해."

그의 말에 길드원들은 고개를 끄덕인 후 거실을 떠났다. 남은 두 사람의 시선이 신혁돈에게로 집중되었다.

"그리드의 눈을 가릴 수 있는 수단이 있다."

"…예?"

"완성까지는 일주일. 그 안에 그리드의 눈을 가린 뒤 남은 여섯 마왕을 죽이고 힘을 흡수해 그리드의 목을 딸 수 있는 작전을 짜야 한다."

방금보다 조금 긴 정적 후 백종화는 자신의 미간을 문질렀고 윤태수는 똑같이 물었다.

"…예?"

"그리드의 눈을 가릴 수 있는 시간은 길면 일주일. 짧으면 사흘 정도다."

아직까지 이해를 하지 못한 윤태수를 두고 백종화가 물어왔다.

"눈을 가린다는 게 정확히 무슨 의미입니까?"

"우리에게 공격당한 마왕들이 그리드에게 살려 달라 외쳐도 들을 수 없을 거다."

"…만약 그리드가 먼저 나서서 마왕들을 감시하고 있으면 어떻게 되는 겁니까?"

"끝이지. 그렇기에 그리드를 완벽히 속인 뒤 움직여야 한다."

그의 말을 이제야 이해한 윤태수가 짧은 한숨을 토한 뒤 물었다.

"너무 도박수 아닙니까?"

"너도 봤으니 알겠지. 그리드는 강하다. 지금의 나로는 절대 이길 수 없을 정도로. 경험이나 전투의 방식, 기술 따위가 통하지 않을 정도로 체급 차이가 나기 때문에 그리드는 방심하고 있지. 그 틈을 노려야 한다. 내가 천천히 성장하는 모습을 보여주면 경각심을 가질 것이고… 그 순간 내 목이 날아가겠지."

윤태수는 벨라툼의 차원에서 보았던 그리드의 위용을 떠올리며 고개를 끄덕이다가 천천히 고개를 들어 물었다.

"뭐 어마어마하게 훌륭한 작전을 짜서 그리드 모르게 여섯 마왕을 동시에 격파하고 모두 먹었다 칩시다. 그럼 그리드를 이길 수 있으십니까? 확실히?"

"적어도 일격에 죽진 않겠지."

"후… 다윗과 골리앗이네."

"골리앗은 약점이라도 있지."

윤태수의 한탄에 백종화가 일침을 가했고 윤태수는 미간을 구겼다.

"거 말을 해도."

"사실이잖아. 우리 입장에서 보면 그리드는 신이나 다름없어. 생명체를 창조하고 차원을 다스리는 신. 그런 존재를 골리앗에 비교하긴 좀 그렇지 않아?"

"신은 개나 주라지……."

투덜거린 윤태수는 소파에 허리를 기대며 신혁돈을 바라보았다.

"작전이 필요하다 하셨는데, 생각해 둔 게 있으십니까?"

"큰 그림은 있다."

그의 말에 윤태수와 백종화가 허리를 펴며 귀를 기울였고 신혁돈이 설명을 시작했다.

"일단 마왕 하나를 더 잡아서 차원석을 확보한 뒤 그걸 가지고 그리드를 찾아간다."

"그리드가 어디에 있는지 아십니까?"

"자신이 관리하는 차원이라면 전부 보고 있겠지. 특히나 마왕이 죽을 위기에 처해 있는 상황이라면야."

"흠. 알겠습니다."

"그리드에게 가든, 그리드가 오든, 차원석에서 채취한 에르그 에너지에 바이러스를 심어서 넘긴다. 그리고 넘기는 매체는 바커스 인형이 될 거다."

그의 설명을 듣고 있던 백종화가 손을 들며 물었다.

"그게 가능한 겁니까? 마왕의 지식이 없어서 잘 모르겠습니다만, 바커스에게 에르그 에너지를 넣으면 바커스가 살아나지 않습니까? 그리고 바커스를 되살리면 그리드가 굳이 그 바이러스 덩어리를 섭취할 이유도 사라질 것 같은데 말입니다."

"바커스는 이미 죽었고 남은 것은 기초 단계의 정신, 즉 하위 시스템일 뿐이야. 그리고 그리드는 마왕 하나하나가 아쉬운 상황이지. 바커스를 되살리든 그를 토대로 새로운 마왕을 만들든 어쨌거나 바커스에게 에르그 에너지를 연결해야 하고, 그 순간 바이러스에 감염될 거다."

"그놈이 그렇게 쉽게 믿을까 싶은데 말입니다."

"내가 마왕의 위를 받을 거다."

"…예?"

"마왕의 위를 받으면 그놈한테 정신이 복속되는 거 아니었습니까?"

"막을 수 있는 방법이 있다."

벨라툼에게 얻은 스킬 '봉인'.

마왕의 위를 받은 뒤 작전을 시작함과 동시에 마왕의 위를 정신 공격 마법으로 분류한 뒤 봉인을 해버리면 그리드는 신혁돈을 조종할 수 없어진다.

신혁돈의 설명을 들은 두 남자는 그럴듯하다는 표정과 불안하다는 표정을 나누어서 지었다.

"어찌 되었건, 그리드의 눈을 가리고 봉인까지 사용한 뒤 나머지 마왕들을 전부 사냥한다. 기간이 얼마나 될지 모르니 세 팀으로 나누어서 한 번에 세 마왕을 공략할 생각이다."

"…그게 가능합니까?"

"가능해. 벨라툼을 흡수하면서 얻은 스킬만 있으면 나 혼자서도 마왕 하나를 상대할 수 있다. 그리고 벨라툼의 시련 11개에서 에르그 에너지를 추출해 너희에게 나누어준다면 마왕 한둘쯤은 상대할 수 있을 거다."

이번 벨라툼과의 전투에서 수르트의 힘을 체감한 윤태수와 백종화의 고개가 자연스럽게 끄덕여졌다.

마치 에픽 아이템을 전신에 도배한 느낌.

별다른 스킬을 사용하지 않아도 괴물들은 픽픽 쓰러져 나갔고 스킬을 사용하면 몇 배의 위력으로 발휘되었다.

어마어마한 에르그 에너지가 들어가긴 했지만 신혁돈이 나누어준 에르그 에너지로 인해 전투에서 사용하는 데 무리도 없는 상황.

강신을 사용한 길드원 네다섯이라면 마왕도 상대할 만할 것 같다는 생각이 든 것이다.

"사흘에 여섯 마왕이라……."

"여섯을 다 잡지 못하더라도 최대한 수를 줄여놓아야겠지."

신혁돈의 설명이 끝나자 백종화가 고개를 끄덕였다.

"큰 그림은 괜찮은 것 같습니다."

"그럼 밑그림을 그려야겠구먼."

세 남자는 패러독스가 가진 힘과 신혁돈이 새로 얻은 능력 등, 모든 것을 정리하며 어떤 방식으로 사용할지 작전을 세우기 시작했다.

*   *   *

"호수가 생겼네?"

오랜만에 인간 폼으로 변한 도시락을 데리고 정원으로 나온 김민희와 이서윤은 정원에 생겨 있는 호수를 발견하고선 서로를 바라보았다.

"언니가 설치하신 거예요?"

"그럴 틈이 있었겠니."

"…그럼 뭐예요?"

원래는 다 죽어 뿌리가 드러난 나무들과 잡초가 굴러다니던 정원이 거대한 호수로 변해 있었다.

호수는 건물의 입구부터 담벼락까지, 정원 전체를 감싸고 있었는데 그 위로 돌다리가 놓여 있어서 돌아다니는 데 지장은 없어 보였다.

심지어 호수의 가운데는 조그만 정자까지 지어져 있어 고즈넉한 분위기까지 풍기고 있는 상황.

"도대체 뭐지."

벨랴툼의 차원에 다녀오니 호수가 생겨 있었다.

두 여자가 어리둥절해하는 사이 이서윤의 손을 잡고 있던 소녀 모습의 도시락이 그녀의 손을 놓고 호숫가로 걸어가 손을 담갔다.

"혁돈 씨가 한 건가?"

"그럼 위험할 것 같은데. 호수 안에 괴물이 살고 있다거나……."

그때 호숫가에 손을 담그고 있던 도시락이 몸을 일으키며 말했다.

"이거 가이아의 호수예요. 가이아가 죽으면서 차원이 붕괴되고, 주인님이 가이아를 흡수하면서 이쪽으로 옮겨놓으신 모양이네요."

"뭐? 왜?"

"이 또한 생명체니까요."

도시락의 말에 두 여자의 시선이 호수로 향했다.

여느 호수들보다 맑고 깨끗하지만 바닥으로 갈수록 어두워져 깊이를 알 수 없는 호수.

"이게 생명체라고?"

"예. 가이아가 키우… 는 건 단어가 좀 그러네요. 어쨌거나 가이아와 함께하던, 그리고 지구 안에서 가이아의 기적을 숨겨주던 존재가 바로 이 호수죠."

도시락의 설명을 듣고 있던 두 여자의 눈에 의문이 떠올랐다.

"근데 그건 어떻게 알았니?"

"주인님이 아는 건, 저도 알아요. 물론 다 아는 건 아니지만."

지금까지 보아온 도시락은 어린아이 그 이상도 이하도 아니었다. 한데 조금 달라진 느낌이 들었다.

"뭐라고 해야 하지… 몇 년 만에 본 사촌 동생이 불쑥 큰 걸 발견한 그런 느낌이 들었어."

"언니도요?"

"무슨 일 있나?"

"설마요."

"질투할 수도 있지. 쿠엔틴이나… 단카, 요즘 혁돈 씨가 이런 애들한테만 신경 쓰고 도시락이랑 잘 안 놀아주잖아."

"…놀아준 적이 있긴 한가요?"

"뭐 어쨌거나. 갓 태어난 둘째를 본 첫째의 심정. 그런 걸 느끼고 있는 거 아닐까."

이서윤의 추리에 김민희는 미간을 좁히며 도시락의 뒤통수를 바라보았고 이내 고개를 끄덕였다.

점심시간이 조금 지나 시작된 세 남자의 작전 회의는 밤이 깊어서야 끝났다.

"그럼 이대로 진행하고 오늘은 여기까지 하지."

자세한 사항이 정해지자 신혁돈이 회의의 끝을 알렸고 윤태수는 으다다 하는 괴성과 함께 기지개를 폈다.

"작전 짠 대로만 진행이 된다하면 참 좋겠습니다."

"안 되더라도 되게 해야지. 그게 우리 목표고."

"예예. 전 일단 좀 자야겠습니다."

"그래."

윤태수가 일어났고 백종화 또한 피곤한 기색이 역력한 얼굴로 일어나며 신혁돈에게 물었다.

"그럼 내일 아침부터 움직이겠습니다."

"그렇게 하지."

두 사람이 거실을 빠져나가자 신혁돈은 소파에 몸을 묻으며 눈을 감았다.

'선물이라.'

해야 할 일들을 정리하고 나니 가이아가 했던 말이 떠올랐다. 괴물들을 무장시킬 수 있는 아이템들과 함께 있다 한 선물.

가이아는 아이템을 숨겨두었다 했지만 신혁돈은 그 말을 듣는 순간 알 수 있었다.

수만에 달하는 괴물들을 무장시킬 아이템은 부피만 하더라도 엄청날 것이었다. 그리고 가이아가 그 아이템을 보관할 수 있는 장소는 하나뿐.

신혁돈은 감았던 눈을 뜬 뒤 거실 밖으로 나갔다.

"그러고 보니 네 이름이 없군."

호수에 비친 달을 바라보던 신혁돈이 툭 던지듯 말했다. 그러자 호수는 말을 알아듣기라도 한 듯 물줄기를 뻗어 그의 발목을 간지럽혔다.

"가이아가 널 부르던 이름이 있나?"

호수는 아니라는 듯 물줄기를 좌우로 흔들었고 그 모습을 본
신혁돈은 호수를 바라보며 말했다.

"비비안."

신혁돈은 자신이 뱉은 말의 어감이 마음에 드는지 천천히 고
개를 끄덕인 뒤 말을 이었다.

"호수를 지키던 이의 이름이다."

호수, 비비안은 자신에게 주어진 이름이 마음에 드는지 부드
러운 물줄기로 신혁돈을 어루만졌다.

비비안의 재롱 아닌 재롱을 바라보던 신혁돈은 물줄기에 손
을 얹으며 말했다.

"비비안, 나에게 줄 것이 있지 않나?"

신혁돈의 말이 끝난 순간.

그가 서 있는 곳을 기점으로 하여 모세의 기적이 펼쳐지듯 호
수가 갈라졌고 그 사이로 길이 드러났다.

신혁돈은 그럴 줄 알았다는 듯 담담한 얼굴로 호수 사이로 난
길로 걸어 들어갔다. 곧 호수 바닥에 닿았을 때, 차원석을 발견
할 수 있었다.

'이건가.'

지구에 가이아의 힘이 퍼지게 해주는 근원.

가이아의 힘을 흡수한 신혁돈은 차원석을 다루어 시스템을
마음대로 조종할 수 있게 되었다.

신혁돈이 차원석에 손을 얹으려는 순간.

비비안의 물줄기가 신혁돈의 손을 부드럽게 감싸며 밀어냈다.

"이게 아니라는 건가?"

신혁돈의 물음에도 비비안은 신혁돈의 손을 밀어내기만 할 뿐 다른 행동을 보이지 않았다.

'숨겨두었다는 게 이 말인가.'

호수 안이 넓긴 했지만 그 어디를 보아도 괴물들을 무장시킬 무기들이 보이진 않았다. 즉, 어디엔가 숨겨진 공간이 있다는 소리.

생각을 마친 신혁돈은 눈을 감은 채 에르그 에너지에 집중했고 곧 차원석에서 흘러나오는 에르그 에너지 중 미세하게 다른 기류를 포착해 낼 수 있었다.

"흠."

기류는 어떠한 신호처럼 일정한 간격을 두고 흘러나오고 있었다. 신혁돈은 천천히 신호를 분석했고 곧 완벽히 파악할 수 있었다.

"좌표군."

다른 차원으로 향하는 좌표.

가이아가 지구로 오기 전에도 다른 차원들을 관리했었다 말했던 것이 떠올랐다.

그녀의 성격상 아무런 대비 없이 그리드를 배신하진 않았을 것이고 이 숨겨진 차원에 그녀가 준비해 둔 것들이 있을 것이라는 생각이 들었다.

고개를 끄덕인 신혁돈은 곧바로 좌표를 입력한 뒤 차원관문을 열었다.

끝이 보이지 않는 드넓은 초원과 새파란 하늘.

지구 어딘가의 풍경이라 해도 별다를 것이 없는 공간이 신혁
돈의 시야를 가득 채웠다.

초원의 한가운데는 가이아의 취향이 가득 담긴 집이 한 채 지
어져 있었고 그 뒤로 거대한 창고가 네 채 지어져 있었다.

차원에 도착한 순간 차원 전체를 파악할 수 있을 정도로 조그
만 차원이었기에, 신혁돈은 별다른 탐색 대신 바로 앞에 있는 집
으로 발걸음을 옮겼다.

단층집은 에르그 에너지가 담긴 물건 하나 없이 평범했다. 신
혁돈 또한 별다른 기대 없이 집을 둘러보았고 평범한 문 앞에서
걸음을 멈추었다.

"흠."

사람 하나가 들어갈 정도의 공간만 있는, 작은 옷장 사이즈의
문. 별것 없어 보였으나 신혁돈은 그 안에서 흘러나오는 에르그
에너지를 느낄 수 있었다.

그리고 곧, 파악해 낼 수 있었다.

'고정된 차원관문이군.'

신혁돈이 문의 정체를 깨달은 순간.

아무것도 없던 새하얀 벽에 손글씨와 함께 작은 나무 상자가
생겨났다.

첫 번째 선물이에요. 이제 서윤 씨 그만 괴롭히세요.

글귀를 읽은 신혁돈은 나무 상자를 열었고 그 안에 있는 손톱만 한 크기의 차원석 여러 개를 발견했다.

'매개체인가.'

어느 차원에 있던 이 차원석을 가지고 있기만 한다면 가이아의 공간으로 올 수 있는, 일종의 워프 스톤인 것이다.

"나쁘지 않은 선물이군."

굳이 신혁돈이 차원관문을 열어주지 않더라도 길드원들이 자유롭게 오갈 수 있으면서 비밀이 지켜지는 공간이 생긴 것이다.

차원의 크기가 조그맣긴 했지만 신혁돈이 거느린 괴물들은 전부 들어갈 수 있을 정도.

가이아의 첫 번째 선물은 아지트였다.

고개를 끄덕인 신혁돈은 집을 빠져나와 집 뒤에 지어져 있는 창고로 향했다.

네 채 중 세 채에서 느껴지는 에르그 에너지로 봐서는 괴물들을 무장시킬 무기들이 들어 있는 듯했다.

한데 나머지 한 채에서는 아무런 에르그 에너지가 느껴지지 않았다.

"흠."

호기심이 동함과 동시에 저곳에 또 다른 선물이 있을 거라는 생각이 들긴 했지만, 먼저 확인하고 싶지 않았다.

어떤 선물이든 선물이라는 단어가 가진 설렘을 조금 더 오래 느끼고 싶었던 신혁돈은 일단 세 채의 건물을 돌아보았다.

첫 번째 건물에는 사막악어들의 갑옷과 창 세트 수만 개가 구비되어 있었다.

"오······."

어지간한 빌딩 두어 채는 올릴 정도의 금액을 투자한 것이 아깝지 않을 정도의 퀄리티. 창과 갑옷을 하나씩 들어 확인해 본 신혁돈은 탄성을 흘렸다.

일괄적으로 생성된 아이템인지라 별다른 옵션은 없었지만 공격력과 방어력이 레어와 유니크 사이를 오가고 있었다.

만족스러운 표정을 한 신혁돈은 곧바로 다음 창고로 이동해 보았다.

창고들 중 가장 큰 창고에는 드레이크들을 무장시킬 수 있는 갑옷들이 준비되어 있었다.

드레이크들의 등에 덮어 방어력을 올려줄 수 있는 갑옷은 드레이크들의 날갯짓에 방해되지 않도록 끈을 이용해 착용시키는 것이었으며 그 모양 또한 훌륭했다.

특히 창고 중앙에 놓여 있는 거대한 갑옷이 마음에 들었다. 쿠엔틴을 위해 제작된 것이 분명한 새카만 갑옷은 보는 것만으로 위압감이 들 정도로 잘 만들어져 있었다.

마지막 창고에는 놈을 위한 검과 방패가 있었으며 하늘거북과 드레이크들의 위에서 사용할 수 있는 활과 석궁, 노포와 같은 투척 무기들이 준비되어 있었다.

가이아의 꼼꼼함이 느껴지는 대목에 미소를 머금은 신혁돈은 마지막 창고로 발걸음을 옮겼다.

마지막 창고는 가이아의 집 정도로 조그만 크기였으며 입구 또한 아담했다. 신혁돈은 곧바로 문을 열고 들어갔다 곧 실소를 흘리고 말았다.

그곳에는 패러독스가 있었다.

패러독스의 중심에는 가이아와 신혁돈이 서 있었다. 길드원들은 각자 무장을 한 채 두 사람을 보호하듯 바깥을 향해 무기를 뻗고 있는 모습으로 서 있었다.

그들의 정체는 밀랍으로 만들어진 인형이었다.

마치 하나의 작품과 같은 모습.

인형은 전부 정교한 외관을 하고 있었으며 그들이 착용하고 있는 아이템은 당장이라도 사용할 수 있는 고등급의 아이템이었다.

제일 앞에 서 있는 세 떨거지와 윤태수, 그리고 김민희의 아이템을 살핀 신혁돈은 헛웃음을 흘렸다.

"전부 유니크 이상이군."

게다가 그들의 손에 들린 무기는 전부 에픽 등급이었다.

신혁돈은 윤태수 인형이 들고 있는 검을 손에 쥐며 정보를 확인해 보았다.

가이아의 축복이 담긴 검 [Epic]
—공격력 80
—가이아의 가호가 서린 검입니다.
'가이아의 가호'

—괴물을 상대할 때 추가 대미지 30%가 적용됩니다.

—괴물을 상대할 때 모든 스킬에 추가 대미지 30%가 적용됩니다.

—가이아의 축복이 담긴 검입니다.

'가이아의 축복'

—괴물을 상대할 때 모든 능력치가 10% 상승합니다.

'역시.'

딱 두 가지 옵션밖에 없는 검이지만 공격력과 붙어 있는 부가 스킬의 효과가 말이 되지 않을 정도로 엄청났다.

이 검을 들고 괴물을 상대하면 본연의 힘에 50% 이상을 더 낼 수 있을 것이다.

말 그대로 검을 들이대는 순간 피부가 갈라지고 뼈가 썰리는 이적을 볼 수 있게 되는 것이다.

검뿐만 아니라 김민희가 든 방패, 백종화와 안지혜의 지팡이까지 전부 가이아의 가호와 축복이 걸려 있는 무기였다.

이 정도 전력이라면 마왕뿐만 아니라 그리드까지도 노려볼 만했다.

밀랍 인형들을 돌며 아이템을 확인한 신혁돈은 마지막으로 자신의 인형에게로 향했다.

신혁돈과 가이아 인형은 손을 맞잡고 있었다. 신혁돈이 두 인형 사이에 선 순간, 두 인형이 맞잡은 손을 신혁돈에게 펼쳤고 손 안에 있던 반지가 드러났다.

'반지라.'

무기와 방어구를 사용하지 않는 신혁돈이 유일하게 사용할 수 있는 악세사리. 얼굴 가득 미소를 지은 신혁돈은 곧바로 반지를 손에 끼우며 옵션을 확인해 보았다.

가이아의 권능 [Epic]
─가이아의 권능이 담긴 반지입니다.
─가이아의 첫 번째 권능인 '축복'과 '가호'를 사용할 수 있습니다.
─축복과 가호는 대상을 가리지 않고 사용 가능하며 아이템에도 지속 효과를 부여할 수 있습니다.
─사용자의 에르그 에너지양에 따라 지속 시간이 달라집니다.
─가이아의 두 번째 권능인 '구성'을 사용할 수 있습니다.

'구성.'

─아이템의 창조와 분해가 가능합니다.
─사용자의 에르그 에너지에 따라 결과물의 등급과 능력이 결정됩니다.
─가이아의 세 번째 권능이 숨겨져 있습니다.
─조건 충족 시 드러납니다.

꿀꺽.
마른침이 절로 넘어갔다.
"맙소사."

어지간한 마왕들의 고유 스킬보다 훨씬 좋았다. 물론 다른 마왕들이 이 아이템을 가진다면 아무런 의미도 없을 것이었다.

첫 번째 권능으로 얻은 가호와 축복을 신혁돈과 함께하는 괴물들에게 걸어줄 수도 있었다.

마왕군을 상대하는 데 특화된 군단이 완성된 것이다.

두 번째 권능 또한 말이 되지 않는 권능이었지만 가이아가 준비해 준 아이템들 덕에 빛이 바랬다.

하지만 다른 인류를 무장시키거나 활동할 자금을 모으기에 이만큼 좋은 스킬은 없었다.

게다가 숨겨진 권능 또한 존재한다니.

아직 조건이 무엇인지 알 수 없기에 권능 또한 뭔지 알 수 없었지만, 숨겨진 권능이 존재한다는 것 하나만으로도 기대감이 들었다.

*　　　　*　　　　*

"…미친."

"말조심해요."

자신도 모르게 욕설을 뱉은 윤태수는 홍서현의 일침을 한 귀로 듣고 한 귀로 흘리며 검을 감상했다.

"이게… 도대체 뭐야."

정신이 없는 것은 윤태수뿐만이 아니었다.

자신과 똑 닮은 밀랍 인형을 본 패러독스들은 기분 나쁘다는 표정을 지었지만 아이템을 확인한 후엔 가이아에 대한 무한한 감사와 존경을 보내고 있었다.

"에픽 무기라니."

지금껏 몇 가지 보지도 못했던 무기들이 열 개나 있었으며 다른 장비들 또한 무기에 밀리지 않는 부가 옵션들이 붙어 있었다.

게다가 가이아의 세심함이 더해져 각자가 필요로 하는 옵션들이 붙어 있었기에 그 어떤 아이템들보다 큰 만족감을 주었다.

"이거 가져도 되는 겁니까?"

"가이아의 선물이다."

눈앞에 있는 아이템을 제대로 만지지도 못하고 구경만 하던 길드원들은 신혁돈의 말에 환호를 지르며 밀랍 인형에 입혀진 아이템을 벗기기 시작했다.

"챙기면서 들어라."

신혁돈은 가이아의 첫 번째 선물인 차원석의 사용 방법을 설명해 주며 길드원들에게 나누어주었다. 길드원들은 다시 한 번 무한한 감사를 표하며 가이아의 밀랍 인형을 향해 고개를 끄덕였다.

"이 정도 무장이면 마왕이고 뭐고 다 썰어버릴 수 있겠는데 말입니다."

"강신까지 사용하면… 진짜 가능할지도 모릅니다."

마신을 만난 뒤 아무것도 할 수 없다는 무력감에 휩싸여 있던 이들에게 가이아의 선물은 단순한 무기가 아닌, 그들의 자신감을 회복시켜 주는 수단이 되었다.

빛을 잃었던 그들의 눈에 다시 활력이 도는 것을 본 신혁돈의 입가에도 미소가 번졌다.

곧 길드원들의 아이템 장착이 끝나자 그들을 바라본 신혁돈이 말했다.

"이제 움직여야지."

"예."

"태수, 종화한테 설명 들었지."

"네!"

"그럼 가자."

말을 마친 신혁돈이 허공에 손을 저어 세 개의 차원관문을 동시에 만들어냈다. 길드원들은 서로 눈빛을 나눈 뒤 미리 이야기한 대로 세 팀으로 나누어 각자의 차원관문을 넘어갔다.

세 팀이 모두 넘어간 것을 확인한 신혁돈은 차원관문을 없앤 뒤 또 다른 차원관문을 만들었다.

차원관문을 넘기 직전.

만족스러운 미소를 지은 신혁돈은 가이아의 밀랍 인형을 바라보며 말했다.

"고맙다."

제4장

태동

"흐으음……."

아이기스 본부의 최상층, 마스터의 집무실.

이제는 풍성한 머리숱을 가지게 된 조훈현이 긴 비음을 흘리며 윤태수를 바라보았다. 한참 동안 윤태수를 바라보던 조훈현은 이내 생각이 끝났는지 고개를 끄덕이며 입을 열었다.

"아홉 마왕 중 세 마왕이 죽었고 여섯 마왕이 남았다… 그리고 그들을 모두 죽일 생각이며, 그 반향으로 마신 혹은 마왕이 지구를 노릴지 모르니 대비를 해야 한다. 맞습니까?"

"정확합니다."

"언제나 믿기 힘들었지만 이번엔 조금 더 심각하군요."

윤태수의 확답에 조훈현이 한숨을 내쉬는 동안 모든 이야기를 함께 듣고 있던 간수호가 대신 대답했다.

들도 보도 못한 보라색 차원관문을 열고 등장하는 것까진 이해할 수 있다. 그들의 마스터는 아예 날아다니는데 뭔들 못하겠는가.

하지만 그것들은 눈으로 확인할 수 있는 것들이고, 말은 아니었다.

하지만 믿지 않을 순 없었다.

패러독스가 이야기했던 것들은 모두 현실이 되었으며 그들의 말을 믿지 않은 이들은 천천히 도태되었다.

패러독스의 말을 제일 먼저 믿고 따른 이들이 바로 더 가드였다. 그들이 아이기스가 될 수 있던 이유도 패러독스의 말을 들었기 때문이었다.

"그간 이야기하지 않으신 이유는 뭡니까?"

"혼란을 초래할 필요가 없다 생각했고……."

윤태수가 말끝을 흐리자 간수호가 그와 눈을 맞추었고 조훈현은 헛웃음을 흘렸다. 굳이 끝말을 듣지 않더라도 알 수 있었다.

"무엇보다 큰 이유는 아시지 않습니까?"

"예… 저희가 마왕을 상대할 수 있을 만큼 강하지 않아서겠죠."

윤태수는 대답 대신 침묵으로 일관했고 그것은 긍정의 뜻이 되었다.

조훈현은·얼마 전 신혁돈에게 압도적인 힘을 느꼈다. 하지만 대상이 신혁돈이기에, 어디까지 앞서 나가고 있는지 가늠이 안되는 양반이기에 그러려니 할 수 있었다.

한데 윤태수 또한 같았다.

아무런 기세도 흘리지 않은 채 가만히 앉아 있을 뿐인데 범접할 수 없는 기운이 흘러나오고 있었다.

"그럼 말씀드린 그대로 진행해 주실 거라 믿겠습니다."

"예. 그렇게 하겠습니다. 한데, 뭣 좀 물어봐도 되겠습니까?"

자리에서 일어서려던 윤태수는 의아한 눈으로 고개를 끄덕였다.

"마왕을 죽일 때 함께하셨습니까?"

"예."

"마왕은… 무슨 아이템을 줍니까?"

그의 질문에 윤태수는 눈을 동그랗게 떴다가 이내 헛웃음을 흘렸다.

각성자라면, 괴물을 사냥하는 헌터라면 모두가 알고 있는 기본적인 상식. 괴물을 죽이면 그에 합당한 보상이 등장하게 된다.

기본적으로 에르그 코어, 그리고 조금 더 높은 등급을 사냥한다면 완성된 아이템이 등장하는 것.

하지만 그것들은 전부 '시스템'에 귀속된 존재들이 드롭하는 것이고 마왕은 시스템을 만들고 관리하는 그 위의 존재이기 때문에 따로 아이템이 등장하지 않는다.

"그렇군요."

윤태수의 설명을 들은 조훈현은 아쉽다는 듯 입맛을 다신 뒤 다시 한 번 물었다.

"그럼 시스템들은 뭘 줍니까?"

"시련을 클리어할 때와 같습니다."

무엇보다 요즘 들어서는 아이템이 등장하기도 전에 신혁돈이 에르그 에너지를 흡수해 버리고 있었기에 아이템에 신경을 쓰지 못하고 있었다.

"알겠습니다."

"더 궁금한 건 없으십니까?"

"마지막으로 하나만 묻겠습니다. 가이아가 인간을 돕는다고 하셨잖습니까."

"예."

"가이아가 우리를 배신할 가능성은 없는 겁니까?"

"절대 없습니다."

그의 질문이 끝나기도 전에 말을 마친 윤태수가 그대로 자리에서 일어서며 말을 이었다.

"그럼 이만 일어나겠습니다."

윤태수가 자리에서 일어서자 나머지 두 사람도 자리에서 일어나며 악수를 청했다. 악수를 마친 윤태수는 곧바로 차원석 조각을 발동시켜 가이아의 아지트로 통하는 차원관문을 열었다.

*   *   *

쿠엔틴과 단카, 바르칸티와 로스카란토의 자식들, 그리고 엘드요툰의 새로운 왕, 로노도가 가이아의 차원에 모였다.

그들은 '모든 이들을 이끌고 차원을 넘어와'라는 신혁돈의 명령을 듣고서 가이아의 차원으로 넘어왔다.

그들이 자신들을 부른 존재인 신혁돈을 기다리며 주변을 둘러보고 있을 때 바르칸티가 땅을 발로 뒤적이며 말했다.

"신기한 차원이군."

"에르그 에너지가 이토록 충만한 차원은 처음이야."

바르칸티의 말에 곤도네가 몸을 부르르 떨며 답했고 그 모습을 본 단카가 미간을 찌푸렸다.

곤도네의 검은 피부를 보자 세뿔가시벌레들과 종족의 종속을 걸고 싸웠던 기억이 떠오른 것. 단카의 기분을 아는지 모르는지 곤도네는 수없이 많은 다리를 다다닥거리며 몸을 틀어댔다.

"저 거대한 창고들은 뭐지? 부른 이유와 연관이 있으려나."

긴 팔로 머리를 긁적인 바르칸티는 곧바로 창고를 향해 걸었고 그 앞을 단카가 막아섰다.

"섣불리 행동하지 마라."

"넌 뭔데 내 앞을 막지?"

"내가 무언지를 궁금해하기 전에 네 행동이 옳은 것인지부터 궁금해하는 게 어때."

바르칸티는 날카로운 어금니를 드러내며 으르렁거렸지만 단카는 물러서기는커녕 머리를 마주하며 이를 드러냈다.

"그쯤 하게나."

두 괴물의 머리가 맞닿은 순간, 거대한 다리 하나가 두 괴물 사이로 내려왔다. 다리의 주인을 본 바르칸티는 짧게 혀를 찬 뒤 뒤로 물러섰다.

"감사합니다. 곤도네."

"감사까지야."

각자의 개성을 한껏 드러내며 시간을 때우고 있을 때, 그들의 머리 위로 거대한 그림자가 드리웠다.

"차원관문이군."

차원관문의 크기가 무색할 정도로 자그마한 신혁돈이 차원관문을 통과해 나타나, 자신의 발아래 있는 괴물들을 바라보며 입을 열었다.

"창고 안, 너희들이 사용할 무구들이 있다. 각자 착용하도록."

신혁돈은 종족에 맞는 창고를 알려준 뒤 괴물들의 수장에게 말했다.

"곧 전투가 시작될 것이다. 전투는 여섯 마왕의 목을 베고 그리드의 심장을 뽑아낼 때까지 멈추지 않을 거고."

담담한 목소리였으나 그 안에 담긴 힘에 괴물들의 심장은 두근거리기 시작했다. 괴물들은 뒷말을 기다리며 신혁돈을 올려다보았으나 신혁돈은 별다른 말 없이 그들을 바라보고 있을 뿐이었다.

"끝인가?"

결국 기다리다 못한 곤도네가 물었고 신혁돈은 고개를 끄덕였다.

"무슨 말이 더 필요합니까?"

"그건 그렇군."

머쓱해진 곤도네는 장비를 착용하고 있는 괴물들을 슥 바라본 뒤 신혁돈에게 물었다.

"우리 건 없나?"

곤도네의 물음에 신혁돈은 씩 미소를 지으며 말했다.

"그것 때문에 늦었습니다."

말을 마친 신혁돈이 손을 저은 순간, 그의 뒤에 펼쳐져 있던 거대한 차원관문에서 불의 거인들이 커다란 쇳덩이들을 들고 나타났다.

불의 거인의 정체는 강신을 사용한 패러독스 길드원들이었다. 5미터가 넘는 덩치를 한 이들이었으나 그들이 지니고 있는 물건들은 더욱 거대했다.

각자 벌레의 형상을 하고 있는 괴물들이기에 어떠한 장비를 주어야 할까 생각하다 나온 것들이 바로 이것.

"오……."

불의 거인들은 천천히 허공을 날아와 들고 있던 것들을 바닥에 내려놓았고 그것을 본 곤도네가 탄성을 흘렸다.

쇳덩이의 정체는 마치 가시가 돋친 방패를 여러 개 엮어놓은 듯한 모양새의 철판이었다.

"이게 뭐지?"

신혁돈은 대답 대신 불의 거인들을 바라보았다. 패러독스들은 갑옷을 내려놓음과 동시에 곤도네에게 다가가 그의 다리에 철판을 붙이기 시작했다.

철판은 관절부와 쇠로 된 밧줄이 있어 착용하기 편하게 되어 있었기에 하나를 착용시키는 데 오랜 시간이 걸리진 않았다.

마치 고대 그리스 전차의 바퀴에 달린 가시들처럼 툭 튀어나온 가시가 햇빛을 받아 위협적으로 반짝였다.

"마음에 드는군."

수많은 다리로 내려찍는 것과 독을 뿜는 것 외의 공격 수단이 없던 곤도네는 자신의 다리에 달린 가시가 마음에 드는지 미소를 지었다. 그것을 본 다른 로스카란토의 자식들이 내심 기대 어린 표정으로 신혁돈을 올려다보았다.

"그럼 다음은……."

                    *   *   *

신혁돈이 모든 아이템의 분배를 마치자 괴물들은 가이아의 공간에서 각자의 영역을 나누어 자신들의 영역 안에서 휴식을 취하기 시작했다.

패러독스 길드원들 또한 가이아가 만들어둔 집으로 돌아가 휴식을 하고 있을 때.

웅웅웅웅!

거실 한쪽에 있던 문이 에르그 에너지를 발산했고 곧 윤태수가 문을 열고 나타났다.

"오셨습니까."

고개를 끄덕여 인사를 나눈 윤태수는 거실을 한 번 둘러본 뒤 소파에 앉으며 말했다.

"끝났습니까?"

"어. 넌?"

"뭐 잘 됐습니다. 아이기스야 워낙 말을 잘 들어주니까 괜찮습니다만, 하부 조직들이 좀 걱정됩니다."

윤태수의 말에 고준영이 그를 바라보며 말했다.

"걱정할 게 뭐 있겠습니까. 인간이 뒤통수 칠 거라 말한 것도 아니고 마왕이 쳐들어올까 봐 대비하라는 건데."

"그러니까 걱정이지."

고준영이 모르겠다는 눈을 하자 윤태수는 짧게 한숨을 쉬고

선 신혁돈을 바라보고 말했다.

"가이아가 죽은 것을 알리지 않아도 되는 겁니까?"

"왜 알려야 한다 생각하지?"

"그것보단 숨겨야 할 이유가 없다 생각하는 겁니다. 마왕에 의해 만들어진 존재인 시스템이 자신들을 돕기 위해 움직인다는 것 자체를 께름칙하게 생각하는 이들이 있어서 말입니다."

"그걸 아는 이들은 극소수다. 그리고 지금 대다수의 각성자와 일반인에게 필요한 것은 사실이 아니야. 그들이 믿고 기댈 수 있는 초월적인 존재지."

"흠… 알겠습니다."

윤태수의 대답을 들은 신혁돈은 팔짱을 끼고선 백종화와 윤태수를 번갈아 보았다. 그의 시선을 받은 두 사람의 얼굴에 의문이 짙어질 때쯤, 신혁돈이 말했다.

"넌 내일부터 종화랑 민희 데리고 가서 같이 얼굴마담 좀 해라."

"…예?"

"생각해 보니 네 말도 맞다. 어차피 바이러스가 완성되고 괴물들 훈련할 때까지 시간이 남으니 그때까지 얼굴마담이나 하라고."

"그러니까 무슨 얼굴마담을……."

"홍보도 좀 하고, 아이기스 말에 반박하는 애들 있으면 찍어 누르기도 하고. 그런 거 잘하잖아."

아리송한 표정을 짓고 있던 윤태수는 이내 고개를 끄덕였다.

패러독스가 지구에서 대놓고 활동한 지 오랜 시간이 지난 것은 아니었지만 대중들에게 잊히기엔 충분한 시간이었다.

"근데 그걸 지금 할 필요가 있어요?"

신혁돈의 뜻을 파악하지 못한 김민희가 물었고 윤태수가 대답했다.

"만약의 상황을 가정하는 거지. 마왕이나 무언가가 쳐들어왔을 때 우리의 발언권을 유지해야 하니까."

그의 설명을 들은 김민희는 아직도 모르겠다는 듯 고개를 갸웃하며 물었다.

"얼굴마담으로 여기저기 우리를 알리면 일반인이나 각성자들이 우리의 말을 따를 거다… 이런 건가요?"

"그렇지."

"그게 되나?"

김민희는 여전히 잘 모르겠다는 듯 다른 길드원들을 바라보았지만 길드원들 또한 별생각이 없는지 멀뚱멀뚱 그녀를 바라보고 있을 뿐이었다.

"뭐, 하라면 하는 거지."

김민희는 신혁돈을 바라보며 대충 고개를 끄덕였고 윤태수 또한 고개를 끄덕였다.

"그냥 태수 아저씨가 시키는 대로 하면 되는 거죠?"

"그래."

대화가 끝나자 신혁돈은 길드원 전체를 훑으며 말했다.

"남은 시간은 열흘. 그동안 자유 시간을 보내는데 연락망은 24시간 유지해라."

"네."

대화가 끝나자 길드원들은 삼삼오오 모여 지구로 돌아갔고, 그들의 뒷모습을 보고 있던 신혁돈은 그대로 눈을 감았다.

바커스의 차원을 흡수해야 하는 데다가 아직도 제대로 흡수하지 못한 세 마왕의 힘과 가이아의 힘, 그리고 그들의 기억을 최대한 그의 것으로 만들어야 했다.

'바쁘군.'

게다가 마왕 혹은 그리드의 침공 또한 걱정해야 하는 상황.

신혁돈은 지끈거리는 관자놀이를 꾹 누른 후 눈을 떴다.

휴식은 이번 전투가 끝나고 나면 마음껏 취할 수 있다. 지금은 움직여야 할 때.

신혁돈은 곧바로 자리에서 일어섰다.

그렇게 여드레가 지났다.

*   *   *

"후우우."

길다면 길고 짧다면 짧을 열흘의 휴식 후 맡는 다른 차원의 공기는 색달랐다.

심호흡을 한 신혁돈은 발아래 펼쳐진 차원을 내려다보았다.

오로지 검은색만 보이는 발아래, 땅은 보이지 않았고 오로지 검은 대기만이 그의 몸을 감싸고 있었다.

게다가 숨을 들이쉴 때마다 폐부를 가득 채우는 먼지 덩어리들은 어지간한 생명체들을 몇 초 안에 질식사시킬 만큼 짙은 농도를 자랑했다.

물론 신혁돈은 논외였다.

'혼자 오길 잘했군.'

다른 이들과 함께 왔었다면 꽤나 골치가 아팠을 것이었다.

이번 목표는 마왕 제거 후 에르그 에너지의 확보.

굳이 모두를 끌고 올 필요가 없었다.

에르그 에너지를 한껏 끌어 올린 신혁돈은 곧바로 강신을 사용한 뒤 헤이톤의 호의를 발동시켜 지도를 띄움과 동시에 에르그 에너지로 차원 전체를 훑기 시작했다.

세 마왕과 그들이 다스리는 차원의 에르그 에너지를 전부 흡수한 신혁돈에게 이 거대한 차원은 부처님 손바닥 안이나 마찬가지였다.

'저기인가.'

숨긴다고 숨겨두었겠지만 신혁돈에게는 태양만큼이나 밝게 느껴지는 장소가 한 군데 있었다. 다시 한 번 숨을 들이쉰 신혁돈은 곧바로 한 줄기 혜성이 되어, 하늘에 붉은 호를 그으며 날아가기 시작했다.

*   *   *

와아아아아아!

뜨거운 환호를 뒤로한 채 무대를 내려온 윤태수가 넋두리를 뱉었다.

"이 짓도 힘들어."

"그러게요. 연예인들은 어떻게 하는 건지 몰라."

"차라리 괴물하고 싸우는 게 낫지, 어휴."

뒷덜미 미간을 동시에 주무른 윤태수와 김민희, 그리고 백종화는 백스테이지를 지나 복도로 이동했고 곧바로 경호원들과 합류했다.

그들의 실력에 경호원이 무슨 필요냐 싶었지만 그들의 힘을 팬이라 자칭하는 일반인들에게 사용할 순 없는 노릇인 데다가, 무엇보다 귀찮은 게 컸다.

경호원들의 호위를 받으며 승합차에 올라탄 세 사람은 데친 시금치처럼 좌석에 늘어졌다.

"이제 끝이죠."

"그래. 이제 형님 돌아오시면 우리도 시작이다."

"진짜, 아저씨 말대로 괴물들하고 싸우는 게 낫지."

지난 8일.

아이기스에게 부탁해 가능한 많은 방송에 출연시켜 달라 했던 것이 실수였다.

한국의 종편 프로그램 몇 가지를 나갈 것이라 생각했던 그들의 바람과는 달리 한국의 프로그램은 두어 개뿐.

미국과 중국, 유럽과 남미까지 8일간 방송을 하는 시간보다 비행기에 몸을 싣고 있던 시간이 많을 정도로 전 세계를 날아다니며 방송에 나가 토크쇼를 했다.

"그나마 바벨탑의 반지가 있어서 다행이지 없었더라면… 어휴."

모든 언어를 통역해 주는 바벨탑의 반지가 있었기에 별다른 통역 없이도 방송을 진행할 수 있었고, 그 덕에 패러독스가 세상에 전하고자 한 메시지를 전할 수 있었다.

"처음에는 재미있었는데."

"뭐든 일이 되면 하기 싫은 법이야."

"그러게요."

말을 마친 김민희는 긴 한숨을 내쉬며 카시트에 머리를 묻었고 윤태수 또한 눈을 감았다. 백종화 또한 피곤한 기색이 역력하긴 했으나 눈을 붙이지 않고 태블릿 PC를 꺼내 들었다.

그들이 출연한 방송을 모니터링하는 것이다.

실수한 것은 없는지, 전하려던 것은 다 전해졌는지.

패러독스가 일반인들, 그리고 각성자들에게 끊임없이 전한 것은 '위기 상황 시 아이기스의 말을 따르라'는 것이었다.

현 상황, 그러니까 괴물들이 지구에 나타난 것에 대해 가장 많이 알고 있는 것은 바로 패러독스였다.

그리고 패러독스와 직접적으로 연결되어 있는 이들이 아이기스.

패러독스가 어떠한 지시를 내린다면 일 분도 지나지 않아 전 세계로 전달될 것이다.

거의 두 시간가량의 방송을 배속으로 전부 본 백종화는 영상이 끝나고서야 태블릿 PC를 내려놓고 눈을 감았다.

'끝이군.'

이제 모든 것은 신혁돈에게 달렸다.

'잘되어야 할 텐데.'

백종화는 눈을 뜨곤 시계를 보려다 의미 없는 행동임을 깨닫고선 다시 눈을 감았다.

지금쯤 차원을 지키고 있는 마왕 하나를 없앤 후 그의 에르그 에너지를 흡수하며 그리드를 부르고 있을 것이었다.

　괜히 불안한 마음에 다시 눈을 뜨자 세상모르고 자고 있는 두 사람이 들어왔다.

　"허."

　김민희야 그렇다 쳐도 윤태수가 코까지 골며 자고 있자 심통이 난 백종화는 그를 골탕 먹이기 위해 에르그 에너지를 모으다 이내 흩어버렸다.

　"그래, 자라."

　오늘 이후, 신혁돈이 돌아온다면 이렇게 편하게 잠에 들 수 있는 날이 언제 다시 올지 모른다.

　생각을 마친 백종화 또한 눈을 감고 카시트에 머리를 댔다.

　'꼭 성공하십시오.'

　　　　　　*　　　　　　*　　　　　　*

　약하다.

　차원을 지배하고 있던 마왕을 처리한 신혁돈은 짧게 한숨을 쉰 뒤 차원석에 있는 에르그 에너지를 흡수하기 시작했다.

　그리드는 도대체 무슨 생각으로 마왕이라는 것들을 아홉이나 만들어 전 차원에 뿌려둔 것일까?

　그리드가 가진 힘이라면 굳이 시스템들을 만들 필요가 없다. 아니, 이 정도 힘을 가진 마왕을 만들 거라면 차라리 본신의 힘으로 차원 하나하나를 돌아다니며 점령하고 에르그 에너지를 흡수하는 것이 빠르다.

하지만 그리드는 그렇게 하지 않고 아홉 마왕들에게 11개의 차원을 관리하게 하여 총 99개의 차원을 관리하고 있었다.

에르그 에너지를 모두 빨린 차원은 그대로 폐기되며 일을 마친 시스템은 새로운 차원을 찾아 이동했다.

'왜.'

그리드의 힘을 절반으로 나누어 아홉 마왕을 만들었다면 초창기의 신혁돈은 마왕의 얼굴도 보기 전에 짓밟혀 죽었을 것이었다.

한데, 이건 다르다.

마치 노쇠한 왕이 왕국을 물려줄 인재를 찾기 위해 이리저리 시련을 내리는 것과 같은 모양새.

궁금증이 생긴 신혁돈은 세 마왕의 기억과 가이아의 기억까지 모두 훑었으나 이에 관해서 얻을 수 있는 것은 없었다.

대신 마왕들이 사용하던 기술과 가이아의 스킬에 대해 더욱 깊은 이해를 할 수 있었다.

백차의 저주와 바커스의 정신 지배, 그리고 벨라툼의 봉인.

첫 번째로 저주는 백종화의 언령과 비슷했다.

대상에게 조건을 걸고 그 조건을 이행하는 순간, 대상에게 저주가 발동된다.

조건과 저주의 내용은 시전자의 마음대로 사용할 수 있지만 강한 저주 혹은 강한 대상에게 사용하다 실패할 시 역으로 시전자가 당할 가능성이 있었다.

한마디로 정리하자면 비장의 한 수.

눈속임과 같이 불리한 상황이나 상대가 예상하지 못하는 타이밍에 사용해 단 몇 초의 시간이라도 벌 수 있다.

둘째는 정신 지배.

이미 모든 괴물들을 자신의 지배 아래 둔 신혁돈이기에 더 이상의 정신 지배는 필요하지 않았다.

하지만 딱 한 마리.

그의 지배를 받지 않는 괴물이 하나 있었다.

쿠엔틴.

그리드와의 결전을 위해 속전속결로 움직일 필요가 있는 지금은 쿠엔틴의 전심전력을 다한 도움이 필요한 시점이었다.

'이것 또한 마지막 한 수.'

정신 지배를 통해 쿠엔틴을 다스리고 싶지는 않았기에 나중으로 미루어둔 것이다.

마지막은 봉인.

대상의 스킬과 능력 혹은 특성까지도 봉인할 수 있었다. 하지만 벨라툼의 기억을 읽어본 결과 이것 또한 언령과 비슷했다.

신혁돈이 원하는 것을 생각하며 스킬 봉인을 사용하면 그대로 적용되는 것이다.

이를테면 차원의 에르그 에너지 흐름을 봉인하는 것도 가능했다.

만약 지구에서 에르그 에너지의 흐름을 봉인한다면 각성자들은 보유한 에르그 에너지를 모두 사용하는 순간 일반인이 될 것이고, 모든 스킬 또한 발현되지 않거나 갈 곳을 잃고 헤매게 될 터였다.

그뿐만 아니다.

마왕을 잡을 때 사용한다면?

그들과 그리드의 연결고리를 잠깐이나마 차단할 수 있다.

물론 연결고리가 끊긴 것을 의아하게 생각한 그리드가 곧바로 신혁돈에게 올 수도 있지만, 활용 방법은 무궁무진한 것이다.

"후."

생각을 정리하는 사이 마왕의 차원석에 담겨 있던 모든 에르그 에너지의 흡수가 끝났다. 신혁돈은 짧은 한숨을 내쉬었다.

'결론은… 모르겠군.'

결국 그리드의 속내는 그와 직접 만나 싸움에서 승리한 후 그의 기억을 흡수해야만 알 수 있을 것 같았다.

'혹은 그냥 말해주거나.'

종잡을 수 없는 그리드의 성격이라면 신혁돈이 질문했다는 이유 하나만으로 대답해 줄 것 같기도 했다.

"흠."

신혁돈의 고개가 모로 꺾였다.

'물어봐서 나쁠 건 없겠군.'

생각을 마친 신혁돈은 마왕들의 방법으로 그리드에게 메시지를 보냈고 곧 그의 눈앞의 공간이 갈라지며 샛노란 구체가 나타났다.

"…그리드?"

지름 1m 정도의 구체는 작은 태양처럼 빛나며 마왕의 공간을 한 바퀴 돌더니 신혁돈의 앞으로 다가와 말했다.

"내가 만든 마왕을 죽이고 나를 부르다니 배짱도 좋군."

저번에는 10m가 넘는 차원관문을 만들며 나타나더니 이번에는 그냥 공간을 갈라서 나왔다.

'본체가 아닌 건가.'

신혁돈이 대답을 하지 않고 자신을 바라보고 있자 그리드는 허공에 둥둥 뜬 채 인간의 모습으로 변하기 시작했다.

마네킹의 온몸에서 빛이 난다면 이런 모습일까.

이목구비도 무엇도 없는 인간의 형체를 한 그리드는 한 손으로는 턱을 괴고 한 손으로는 그 팔을 받치며 신혁돈을 바라보았다.

"내 등장이 조촐해서 이상한가?"

"아니다."

한 번에 의중을 들킨 신혁돈은 단박에 부정하며 손바닥을 하늘로 향한 채 뻗었다. 그러자 그의 손 위로 샛노란 에르그 에너지가 모여들기 시작했다.

방금 흡수한 마왕의 에르그 에너지가 전부 손바닥 위로 모여들자 그리드는 흥미롭다는 듯 비음을 흘렸다.

"네 마왕을 죽인 건 분풀이다."

"가이아를 죽인 것에 대한?"

"그리고 이건, 앞으로 너를 따르겠다는 의미고."

신혁돈은 대답 대신 자신의 말을 뱉으며 그리드에게 바이러스가 담긴 에르그 에너지를 내밀었다. 그리드는 다시 한 번 비음을 흘렸다.

"값이 싼데."

마왕을 죽인 것이 가이아의 목숨값으로 싸다는 것일까.

아니면 따르겠다는 의미로 부족하다는 것일까.

적과의 대화에 의문이 생길 때, 가장 좋은 답은 침묵이다.

신혁돈은 침묵으로 일관하며 그리드를 바라보았고 이내 그리드는 고개를 끄덕이며 신혁돈에게 손을 뻗었다.

"뭐, 나쁘지 않지."

그리드의 손이 샛노란 에르그 에너지 덩어리에 닿은 순간, 신혁돈이 반응할 새도 없이 빨려들어 가기 시작했다.

그 모습을 본 신혁돈의 미간이 구겨졌다.

그리드에게 전해주기 위해 뽑아낸 에르그 에너지긴 하지만 아직은 신혁돈의 통제하에 놓여 있던 에르그 에너지가 어찌할 새도 없이 그에게로 넘어가 버린 것이다.

'아직은…….'

만약 이 상태로 그리드와 전투를 벌인다면?

신혁돈이 마왕들에게 '흡수'를 사용해 흡수하듯 그가 무슨 행동을 하기도 전에 모든 에르그 에너지를 흡수해 버릴 것이었다.

신혁돈이 생각을 하는 사이 그의 손 위에 올려져 있던 모든 에르그 에너지를 흡수한 그리드가 입을 열었다.

"이걸 위해 부른 건가?"

"그렇다."

"생각보다 실없군."

"내가 해야 할 것이 있나?"

"복종."

"그게 다인가?"

신혁돈의 말에 그리드는 큰 웃음을 터트리며 허리를 꺾었다.

"몰라서 묻는 건 아닐 테고, 받기 싫었다면 이 자리에 오지도 않았을 텐데 말이야. 나와 말장난을 하자는 건가?"

그리드가 말하는 것은 바로 '복종의 인'이다.

그의 스킬인지 혹은 능력인지 무엇인지도 모를 복종.

모든 마왕들의 뇌리에 새겨져 있으며 자신에 말에 복종하게 만드는 능력이었다.

신혁돈은 대답 대신 내민 손을 유지했고 그리드는 다시 한 번 웃음을 흘리며 신혁돈의 손을 쥐었다.

그리고 그리드의 마력이 신혁돈의 몸속으로 파고들기 시작했다.

*   *   *

몸속으로 파고드는 그리드의 에르그 에너지는 거친 파도 그 자체였다.

흐읍!

도화지에 먹을 찍듯, 손을 시작으로 퍼져 들어오는 그리드의 에르그 에너지는 노도처럼 몰아치며 신혁돈의 몸을 헤집기 시작했다.

'막을 수 없다.'

그리드의 에르그 에너지는 신혁돈의 몸이 마치 자신의 몸인 듯 자유롭게 헤집고 다녔다.

어차피 숙여야만 하는 상황.

그리드의 환심을 사기 위해서는 반항을 할 필요, 아니, 그의 뜻을 거스를 필요가 없었다.

하지만.

'짜증이 나는군.'

이를테면, 이름도 모르는 누군가가 자신의 몸 구석구석 만지는 느낌이었다. 이 느낌을 누가 달가워하겠는가.

신혁돈의 의지를 받았을까, 그의 에르그 에너지가 그리드의 에르그 에너지에 반해 반항을 시작했다.

그 순간 노도처럼 신혁돈의 몸을 휘젓던 그리드의 에르그 에너지가 멈추었다.

동시에 신혁돈의 에르그 에너지가 반격을 시작했다.

마치 영토를 빼앗겨 삶의 이유를 잃은 농민들처럼 단박에 일어선 신혁돈의 에르그 에너지는 순식간에 그리드의 에르그 에너지를 멈춰 세웠다.

오른손에서 시작된 그리드의 침범은 그의 심장에 닿기 직전 신혁돈의 에르그 에너지에 막혔고, 순간 신혁돈과 그리드의 시선이 마주쳤다.

"뭐하는 거지?"

신혁돈의 입가가 씰룩였다. 그리고 그의 머릿속에 하나의 생각이 떠올랐다.

'막을 수 있다.'

노도처럼 밀어치는 그리드의 힘을 단 한순간이라도 막아낼 수 있었다.

만약 그리드가 진심을 다하고, 힘을 몰아친다면 모르겠지만, 단 한순간이라도 그에게서 당황을 이끌어낼 수 있었다.

당황이란, 빈틈.

그의 목을 베어내고 모든 에르그 에너지를 흡수하기 충분한 틈을 만들어낼 수 있다.

그것을 인지한 신혁돈의 입가에 미소가 감돌았다.

"누가 내 몸에 들어오는 게 익숙하질 않아서."

그의 말에 그리드는 신혁돈을 향해 뻗고 있던 팔을 거둔 뒤 팔짱을 끼고 말했다.

"내가 전력을 다한 거라 생각하나?"

우문.

"무슨 소리지?"

그리고 현답.

'걸렸다.'

그리드의 말은, 자신이 최선을 다하지 않았으니 언제라도 신혁돈을 집어삼킬 수 있다는 뜻을 담은 것이다.

하지만 그런 말을 하는 것 자체가 상대를 찍어누르기 위해 자신을 과시하는 것밖에 되지 않았다.

그렇기에 신혁돈의 입에 걸린 미소가 다시 한 번 짙어졌다.

순간적으로 그리드가 자신의 아래로 보였다.

그 순간적인 반응.

그리드의 인간적인 반응이 신혁돈으로 하여금 판단을 내리게 만들었다.

'멍청하군.'

잡을 수 있다.

힘은 그리드가 훨씬 위였다.

싸운다면?

이기지 못할 것이 분명하다.

모든 마왕의 힘을 흡수하더라도, 모든 것을 마스터하더라도 신혁돈은 힘만 가지고 그를 이길 수 없었다.

하지만 전투라는 것은 힘만으로 되지 않았다.

변수가 존재하며 그 변수를 만든 뒤 이용하는 이가 승리하게 된다.

'내가 이긴다.'

단 한순간의 에르그 에너지 격돌.

그것만으로 신혁돈은 승리를 자신할 수 있었다.

그 직후.

신혁돈은 자신의 몸을 성난 호랑이처럼 파고드는 그리드의 에르그 에너지를 그대로 받아들였다.

그리드는 그가 자신에게 반항한 것에 짜증이라도 난 것인지 광폭하게 에르그 에너지를 몰아쳤고 신혁돈은 마치 몸이 터지는 듯한 고통을 느꼈다.

하지만 그의 입에 걸린 미소는 걷힐 줄 몰랐다.

단 한 가지를 확신한 것만으로.

'이길 수 있어.'

아니, 죽일 수 있다.

그를 죽이고 모든 것을 되찾을 수 있다.

이윽고, 그리드의 에르그 에너지가 신혁돈의 몸을 빠져나가며 에르그 에너지가 다니는 통로에 상처를 남겼다.

그럼에도 신혁돈은 웃었다.

아니, 웃음을 참느라 애썼다.

'너도 인간을 닮았구나.'

인격을 가진 존재는 모두 비슷한 것인가.

성격이라는 것이 존재하고, 그것의 약점을 발견하는 순간!

그들은 신혁돈의, 아니, 괴물을 포식하는 자의 먹이가 되고 만다.

마신이라 불리는, 세상을 조율한다 자신하는 존재조차도 신혁돈에게 약점을 보이고 말았다.

'죽인다.'

신혁돈의 눈이 날카롭게 빛났다.

그리드의 에르그 에너지가 신혁돈의 몸을 완전히 빠져나갔다.

복종의 인을 남긴 채.

신혁돈은 자신의 뇌 속에 남은 이질적인 에르그 에너지를 느끼며 눈을 꾹 감았다 떴다.

"끝인가?"

그의 나직한 목소리에 노란빛으로 빛나는 그리드의 몸이 번쩍 빛났다.

"그래."

무언가 아쉬움이 남은 목소리.

그 순간.

신혁돈은 확신할 수 있었다.

'그래.'

그리드 또한 인격체였다.

사람 인(人)이라는 한자를 붙일 수 있을지는 모르겠지만, 그 또한 인간과 같은 자아를 가지고 있으며 성격이 있었다.

그리고 그것은 약점이 된다.

가시가 잔뜩 돋친 채찍이 몸속으로 들어와 모든 혈관을 할퀴고 나간 듯한 고통도 신혁돈의 미소를 지우진 못했다.

*　　　　*　　　　*

"오셨습니까?"

입가에 걸린 미소와 초췌해진 눈이 묘한 부조화를 일으키고 있는 신혁돈의 얼굴을 본 윤태수가 자리에서 일어서며 그를 맞이했다.

"…형님?"

신혁돈은 대답 대신 손을 휘저으며 상석의 쇼파에 몸을 묻은 뒤 짧은 신음을 흘렸다.

"괜찮으십니까?"

"아니."

"예?"

"신경과 핏줄이 전부 뜯겨 나간 느낌이다."

신혁돈의 말과 표정이 묘하게 어우러져 그의 목소리를 들은 패러독스의 길드원들이 몸을 떨었다.

"도대체 무슨 일이 있었길래 말 한마디를 그렇게 소름 돋게 하십니까."

"잘됐어."

"그리드가 먹었습니까?"

"아직."

"그럼……."

평소보다 다운되어 있는 그의 분위기에 윤태수조차도 제대로 말을 꺼내지 못한 채 신혁돈의 눈치를 살폈다.

하지만 홍서현은 달랐다.

"무슨 일이기에 그래. 속 시원하게 말해봐."

그녀의 말에 신혁돈은 홍서현에게 시선을 던졌을 뿐 아무런 말도 하지 않았다.

"분위기 안 보여? 곧 목숨을 걸고 싸울 사람들인데 이렇게 사기를 떨궈놔야겠어?"

대답 대신 고개를 끄덕인 신혁돈은 소파에 묻고 있던 몸을 꺼내 양 무릎에 팔꿈치를 기대며 말을 이었다.

"죽일 수 있다."

"그리드를?"

"확실히."

"바이러스는?"

"발동되면 내가 알 수 있다. 그 순간 작전을 시작하지."

신혁돈의 말에 패러독스들의 눈에 이채가 돌았다. 아까 말한 '죽일 수 있다'를 이제야 이해를 한 것이다.

"그리드를 죽일 수 있다 확신하시는 겁니까?"

"그래."

한 번 물은 윤태수는 두 번 묻지 않았다.

그의 몸과 얼굴, 그리고 눈을 바라본 뒤 고개를 끄덕일 뿐.

"믿겠습니다."

평소라면 대답하지 않았을 신혁돈은 윤태수를 바라보며 다시 한 번 고개를 끄덕였다.

"믿어라."

다음 날.

눈을 감고 있는 신혁돈의 앞에 윤태수가 섰다.

"준비가 끝나면 불러주십시오."

신혁돈은 천천히 고개를 끄덕였고 그의 대답을 본 모든 길드 원들은 각자의 일을 마무리 짓기 위해 가이아의 차원을 떠났다.

그리고 얼마나 지났을까.

모두가 떠난 가이아의 차원에 홀로 남은 신혁돈이 오랫동안 감고 있던 눈을 떴다.

"되었다."

드디어 바이러스가 움직이기 시작했다.

신혁돈은 섣불리 움직이지 않았다.

대신 천천히 에르그 에너지를 움직여 그리드가 심어둔 '복종의 인'을 그가 눈치채지 못하도록 천천히 감싸 봉인을 준비했다.

그와 동시에 모든 길드원들에게 신호를 보냈다.

ㅡ준비가 되었다.

모든 길드원들이 신혁돈의 앞에 도착했을 때.

그리드는 바이러스를 완전히 삼켰고 신혁돈은 복종의 인을 봉인시켰다.

모든 준비가 끝난 순간.

신혁돈이 눈을 뜨며 말했다.

"가자, 다 죽이러."

*　　　　　*　　　　　*

윤태수와 이서윤 그리고 김민희, 세 사람은 쿠엔틴의 등에 오른 채 주변을 감싸며 날고 있는 드레이크들을 바라보았다.

"이 정도 병력으로 마왕 하나를 잡을 수 있을까요?"

아직까지도 자신의 실력에 확신이 없는 김민희가 물었다. 그녀의 물음에 이서윤과 윤태수가 헛웃음을 흘렸다.

"강신한 다음에 방패만 휘둘러도 어지간한 괴물들은 두부처럼 부서질걸."

"진짜요? 언니는 어떻게 아는데요?"

그녀의 물음에 이서윤은 고개를 휘휘 저었다. 그때 두 사람의 대화를 듣고 있던 윤태수가 땅을 가리키며 말했다.

"온다."

아차람.

바윗덩어리를 대충 뭉갠 뒤 인간의 모양으로 조형을 해놓은 듯한 모양새를 하고 있으며, 관절부 사이로 용암과 같은 붉은 에르그 에너지가 흐르는 괴물이었다.

죽을 위기에 닥치면 몸을 둥글게 만 뒤 자폭하는 못된 버릇을 가진 놈들이었다. 윤태수가 자주 사용했던 '아차람의 구슬'이 바로 이놈들을 잡아 얻을 수 있는 아이템이다.

김민희의 시선이 아차람에게로 향하자 윤태수가 그녀의 어깨에 손을 얹으며 말했다.

"한번 싸워봐야지."

"…네?"

툭.

"어?"

말을 마친 윤태수는 그대로 김민희의 등을 밀었고 그녀는 허공에 손을 허우적거리다 빠른 속도로 지상을 향해 떨어져 내렸다.

과정을 보고 있던 이서윤은 마치 쓰레기를 보는 듯한 눈으로 윤태수를 바라보았다.

"왜 그런 눈으로 봅니까? 원래 강하기 키우기 위해서는 절벽 아래로 떨어뜨리는……."

"당신이 사자예요?"

"어떤 면에선?"

"어휴."

눈을 흘긴 뒤 고개를 휘휘 저은 이서윤은 아직까지 비명을 지르며 떨어지고 있는 김민희를 향해 떨어져 내리며 강신을 사용했다.

풍선이 불어나듯 순식간에 새파란 불꽃으로 휩싸인 이서윤은 김민희에게 손을 뻗으며 소리쳤다.

"강신!"

지상까지의 거리는 50미터가량.

이서윤의 목소리를 듣고 나서야 정신을 차린 김민희는 곧바로 강신을 사용했다.

그녀의 몸에서 에르그 에너지가 폭발하듯 뿜어져 나오며 새파란 불길을 만들어냈다.

콰앙!

쾅!

겨우 강신을 사용한 김민희는 불길이 타오르고 있는 방패로 바닥을 찍으며 일어섰고 곧 이서윤이 나타났다.

한데, 이서윤은 혼자가 아니었다.

강신을 사용한 그녀는 평소와 같은 크기로 몸만 불타고 있었고 그녀의 뒤로는 거대한 인간의 형상이 하나 더 있었다.

바로 골렘.

그녀의 연구의 집합체인 골렘에게 강신을 입혀 근접전에 약한 자신의 약점을 보완한 것이다.

두 사람과 한 기의 골렘이 떨어진 순간.

"쿠어어어어!"

수백 마리의 아차람들이 기성을 질러대며 두 사람을 향해 달려오기 시작했다.

한 손에는 비홀더의 방패를, 다른 손에는 가이아의 방패를 든 김민희는 강신을 해도 똑같은 모습으로 두 개의 방패를 들고 있었다.

김민희와 이서윤의 골렘이 앞장을 서고 이서윤이 그 뒤에 선 순간.

후우우. 쿵!

그들의 뒤로 강신을 사용한 윤태수가 떨어져 내렸다.

"뒤에서 봐줄 테니까 마음껏 싸워봐."

꿀꺽.

그의 말에 마른침을 삼킨 김민희는 고릴라가 가슴을 두드리며 전의를 불태우듯 두 개의 불타는 방패를 쾅쾅 부딪친 뒤, 아차람들을 향해 마주 달려 나가기 시작했다.

그 모습을 본 이서윤은 그녀의 뒤를 따라 골렘을 출발시키자 윤태수가 이서윤에게 말했다.

"거봐, 된다니까?"

"뭐가요?"

"제 발로 괴물을 향해 달려 나가잖아. 이게 다 위에서 떨어지면서 공포를 떨쳐내……."

"시끄러워요. 최대한 빨리 끝내라는 혁돈 씨 말 못 들었어요?"

신혁돈의 이름이 나오자 꿀 먹은 벙어리가 된 윤태수는 입술을 비죽였지만 씨도 먹히지 않았다.

"이번 전투까지만 민희 내보내고 다음부터는 제일 앞에 서세요. 쿠엔틴도 움직이고."

"네네, 알겠습니다."

그사이 제일 앞으로 달려 나간 김민희의 방패와 아차람의 거대한 주먹이 허공에서 맞부딪쳤다.

제5장

반격의 서막

벨라툼에게서 얻은 '봉인'을 사용해 차원에 흐르는 에르그 에너지를 정지시킨 신혁돈은 짧은 한숨을 토했다.

기관지에 먼지가 잔뜩 낀 듯, 숨을 쉴 때마다 거슬리는 느낌이 여간 불편했지만 신혁돈은 미소를 지었다.

'됐군.'

이로써 신혁돈이 봉인한 차원은 세 개.

패러독스는 신혁돈 한 팀, 나머지 9명이 두 팀으로 나누어서 세 개의 차원으로 동시에 진격했고 세 차원을 봉인시켰다.

이로 인해 마왕들이 그리드에게 구조 신호, 혹은 어떠한 메시지를 남기는 것을 사전에 차단되었다.

게다가 만일에 사태에 대비해 그리드에게 바이러스까지 심어 두었으니 바이러스가 완전히 사라지기 전까지 그리드는 신혁돈의 계획을 눈치챌 수 없을 것이었다.

아니, 그래야 했다.

이제부터는 시간과의 싸움.

에르그 에너지를 잔뜩 끌어 올린 신혁돈은 눈앞에 펼쳐진 차원으로 시선을 던졌다.

지구의 들판과 비슷한 풍경, 하지만 광야를 가득 메우고 있는 것들은 풀과 나무가 아닌 살아 있는 괴물들이었다.

가지각색으로 생긴 괴물들은 허공을 찢고 나타난 신혁돈의 존재를 눈치채지 못하고 있었다.

차원의 에르그 에너지를 봉인시켰기에 신혁돈 또한 에르그 에너지 탐색으로 마왕의 위치를 찾긴 힘든 상황.

하지만 걱정할 필요는 없었다.

차원 안에 있는 모든 괴물들을 잡아 죽이다 보면 하나쯤 마왕의 위치를 알고 있는 놈이 있지 않겠는가.

고개를 끄덕인 신혁돈은 곧바로 몸 밖으로 에르그 에너지를 풀어냈다.

그러자 그의 몸에서 샛노란 안개가 피어올랐고 안개는 마치 의지를 지닌 생명체처럼 뭉게뭉게 퍼져가며 괴물들을 덮쳐갔다.

벨라툼을 잡으며 얻은 스킬, 흡인의 안개를 발동시킨 것이다.

괴물들은 차원의 에르그 에너지가 봉인되어 정체되어 버린 에르그 에너지에 어리둥절하고 있다가 뒤늦게야 자신들을 덮쳐오는 안개를 발견했다.

"키에?"

수백 마리의 괴물들 중 제일 처음 안개에 닿은 촉수 괴물이

기성을 뱉으며 안개를 향해 촉수를 내밀었다.

촤아아악!

거대한 손이 괴물의 촉수를 쥐어짠 듯 엄청난 압력과 함께 괴물의 촉수가 터져 나가며 체액이 사방으로 튀었다.

"끼에에엑!"

마치 털 뭉치처럼 생긴 촉수 괴물은 고통에 비명을 지르며 안개에서 달아나려 했지만 이미 몸의 절반 이상이 안개에 뒤덮인 상황.

콰드득!

촤아악!

촉수 괴물은 단말마조차 지르지 못한 채 안개에 삼켜져 버렸고 괴물들은 자신들을 덮쳐오는 안개에서 도망치기 위해 사방으로 흩어지기 시작했다.

하지만 그것을 가만히 보고 있을 신혁돈이 아니었다.

신혁돈은 더욱 많은 에르그 에너지를 소모해 흡인의 안개에 불어넣었고 그러자 안개의 이동속도가 더욱 빨라지며 순식간에 괴물들의 머리 위를 뒤덮었다.

그 순간.

괴물들의 기억과 스킬, 에르그 에너지가 흡인의 안개를 통해 신혁돈의 머릿속으로 빨려들어 오기 시작했다.

"흐으으으읍."

마치 뇌가 수십 수백 개로 쪼개져 각자 다른 생각을 하는 듯한 괴이한 느낌에 신혁돈은 길게 숨을 들이쉬며 눈을 감았다 떴다.

그 짧은 순간에도 흡인의 안개는 탐욕스럽게 괴물들을 집어

삼켰고 수백 마리의 괴물들은 몇 분이 되지 않아 모두 안개 속으로 사라지고 말았다.

"…후."

안개로 흡수한 에르그 에너지가 신혁돈의 몸속에서 날뛰었으며 머릿속에서는 수백 개의 기억이 충돌하면서 두통을 자아냈다.

하지만 신혁돈의 입가에는 미소가 걸려 있었다.

"미쳤군."

벨라툼을 잡기 전이었다면 강신을 사용하며 어마어마한 에르그 에너지를 소모하고, 시간 또한 지금의 배 이상이 들어서야 정리가 되었을 것이었다.

그 이후에 일일이 기억을 흡수해 정보를 찾고 또 에르그 에너지를 흡수하려 했다면 소모되는 시간은 지금은 대여섯 배, 아니, 그 이상이 필요했을 것이다.

한데 이 스킬 하나로 모든 과정을 압축해 5분이 채 되지 않는 시간에 모든 것이 끝났다.

"흐흐흐……."

자신도 모르게 헛웃음을 흘린 신혁돈은 짧게 헛기침을 한 뒤 머릿속을 헤집고 있는 기억들을 정리하기 시작했다.

그렇게 5분이나 지났을까.

"중간보스군."

지능이 있으며 이들을 통솔하는 존재의 위치를 파악한 신혁돈은 곧바로 강신을 사용해 혜성처럼 하늘을 가로지르기 시작했다.

　　　　*　　　　　*　　　　　*

　쾅! 쾅! 쾅!

　콰아아아아아앙!

　땅에 발을 딛고 서 있을 수 없을 만큼 거대한 폭발이 일어나며 거대한 버섯구름이 피어올랐다.

　"어마어마하네."

　폭발 범위에서 벗어난 윤태수와 김민희, 이서윤은 강신을 유지한 상태로 폭발을 바라보며 혀를 내둘렀다.

　"아무리 강신을 사용했더라도 저 안에 있었으면 무사하진 못했겠는데."

　말을 마친 윤태수는 고개를 들어 장관을 만들어낸 쿠엔틴을 올려다보았다.

　윤태수의 명령에 쿠엔틴을 비롯한 사백여 마리의 드레이크들이 브레스를 쏘았고, 그들의 앞을 막고 있던 엄청난 수의 아차람들이 자신들의 폭발에 휘말려 한 번에 폭사했다.

　"가서 에르그 코어 회수하죠."

　윤태수와 김민희가 놀라고 있는 사이 이서윤이 두 사람에게 말했다. 그제야 정신을 차린 김민희와 윤태수가 움직이기 시작했다.

　수백 미터에 이르는 거리를 강신을 이용해 몇 번의 도약만으로 도착한 세 사람이 어마어마한 크기의 크레이터에 놀라기도 잠시, 에르그 코어를 회수하기 시작했다.

얼마나 지났을까.

에르그 코어를 회수하고 있던 윤태수의 눈이 크레이터 구석에 쌓여 있는 아차람의 시체 무더기로 향했다.

"음?"

아차람은 죽음과 동시에 자폭을 하는 괴물.

그런 괴물의 시체가 마치 누군가가 쌓아두기라도 한 듯 차곡차곡 쌓여 있는 모습이 윤태수의 호기심을 불러일으켰다. 윤태수는 곧바로 시체 무더기를 향해 걸어가며 두 사람을 불렀다.

"왜요?"

두 여자가 도착했을 때, 윤태수는 강신을 사용해 거대해진 육체로 아차람의 시체 무더기를 치우고 있었다. 곧 충격에 의해 무너져 내린 동굴의 입구를 발견할 수 있었다.

윤태수는 씨익 미소를 지으며 동굴의 입구를 가리켰고 김민희는 '오' 하는 탄성을 질렀다.

"어디로 통하는 입구일까요?"

"괴물 놈들이 자기들 본성까지 억누르면서 숨기려는 동굴의 입구잖아. 당연히 마왕에게 가는 입구겠지."

"들어가긴 위험하지 않을까요?"

신혁돈의 봉인 때문에 에르그 에너지 탐지를 할 수 없기에 무작정 들어가기에는 무리가 있는 상황.

김민희의 말에 윤태수는 더욱 짙게 미소를 지으며 말했다.

"뭐하러 들어가?"

"…그럼요?"

"부수면 되지."

그의 얼굴에 걸린 미소를 본 이서윤은 미간을 찌푸리며 되물었다.

"그럼 우리가 못 들어갈 텐데?"

"마왕이 거처로 쓸 크기의 공간이라면 꽤 클 겁니다. 부수면 지반이 가라앉을 거고… 마왕은 생매장당하지 않기 위해서라도 자기 공간을 지켜내겠죠."

"흠."

무식하긴 하지만 확실히 효과적인 방법이다.

이서윤은 긍정도 부정도 아닌 표정으로 팔짱을 꼈고 그 모습을 본 윤태수가 말했다.

"시간 없다 했잖습니까. 빨리 끝냅시다. 아니면 다른 곳 찾아보면 되는 거고."

"어떻게 부수게요?"

"동굴 부수는 데 무슨 방법이 있나. 안에 폭탄 넣고 터뜨리는 거지."

윤태수는 양팔을 펼치며 바닥을 뒹굴고 있는 아차람의 구슬들을 가리켰다.

아차람의 에르그 코어를 회수할 때, 일부 에르그 에너지가 굳어지며 만들어진 아차람의 구슬은 어림잡아도 백여 개는 되었다.

그의 말에 이서윤이 고개를 끄덕였다. 윤태수는 곧바로 드레이크들에게 모든 아차람의 구슬을 모아오게 시켰다.

그러고는 있는 힘껏 동굴의 안으로 집어 던졌다.

쾅! 쾅!

거의 수직으로 나 있는 동굴이었기에 아차람의 구슬은 막힘없이 굴러 들어갔다. 윤태수는 모든 아차람의 구슬을 동굴의 안으로 집어넣은 뒤 말했다.

"물러서십시오."

그의 말에 이서윤과 김민희가 드레이크들과 함께 하늘로 날아올랐다. 윤태수는 마지막 남은 아차람의 구슬을 손에 쥔 채 에르그 에너지를 불어넣었다.

그리고 아차람의 구슬이 그의 에르그 에너지로 밝게 빛난 순간 동굴 속으로 집어 던졌다.

번쩍!

콰아아아아아앙!

쿠엔틴의 브레스와 아차람들이 폭발하던 그때와 버금갈 정도로 어마어마한 충격파와 폭발이 일어났다. 미처 거리를 벌리지 못한 윤태수는 먼지구름에 휩싸였다.

쿠르르르릉!

강신을 사용하고 있던 윤태수는 곧바로 하늘로 올라왔고 동시에 지반이 무너져 내리기 시작했다.

지하 동굴의 크기가 생각 이상으로 거대했는지 마치 빌딩만 한 개미지옥이 땅을 삼키는 것 같은 광경이 세 사람의 눈앞에 펼쳐졌다.

두 여자가 엄청난 광경에 놀라는 사이 윤태수는 팔짱을 낀 채 '내 말이 맞았군' 하는 듯한 표정으로 두 사람을 바라보았다.

이서윤이 그의 표정을 보고 헛웃음을 흘렸을 때.

꾸릉!

티티틱…….

김민희의 귓가에 이질적인 소리가 울려 퍼졌다. 마치 번갯불이 튀는 듯한, 지금 날 리 없는 소리.

김민희는 빠르게 땅을 훑었고 이내 소리의 진원지를 발견할 수 있었다.

"저기 나왔어요."

그 순간.

크아아아아아아아아아아아아!

그녀의 목소리에 반응하듯 거대한 포효와 함께 땅이 일어서기 시작했다.

굉음에 허공에서 엮이고 있던 두 사람의 시선이 땅으로 향했고 이내 굳은 표정을 지으며 말했다.

"저게 마왕이야?"

"벨라툼 말고는 저런 마왕 없다며."

거대한 암석 사이사이로 용암이 뚝뚝 흘러내리는, 어찌 보면 바커스의 차원에서 보았던 용암 골렘과도 비슷하게 생긴 생김새였다.

하지만 다른 점이라면.

"너무 큰데."

저런 큰 덩어리가 어떻게 땅속에 숨어 있었을까, 하는 생각이 들 정도로 거대했다.

높이만 해도 100미터는 넘어 보였으며 온몸을 둘러싸고 있는 돌들은 바위라는 말이 어울릴 정도.

게다가 몸에서 흐르고 있는 용암들은 중력을 역행하듯 마왕의 몸을 둘둘 두르고 있었으며 그것으로 모자라 거대한 바위들 또한 중력을 무시한 채 마왕의 몸을 지키듯 허공에 떠 있었다.

"차원의 에르그 에너지를 멈추다니. 네놈들 짓인가?"

마왕은 거대한 몸을 일으킨 채, 자신을 둘러싸고 있는 수백의 드레이크와 세 화염의 거인을 보며 말을 이었다.

"그놈이 없군."

마왕은 다시 한 번 주변을 둘러보더니 세 사람을 보고선 말했다.

"너희가 다인가?"

마왕의 말을 잠자코 듣고 있던 윤태수가 미간을 찌푸렸다.

"이거 우리 무시하는 거 맞지?"

"그건 그런데… 이길 수 있을까요?"

김민희의 불안한 듯한 물음에 윤태수는 헛웃음을 흘리며 말했다.

"아직도 네가 얼마나 강한지 모르지?"

김민희는 대답 대신 마른침을 삼켰다. 그 모습을 본 윤태수는 짧게 혀를 찼다.

"넌 자신감이 부족한 게 문제야."

말을 마친 윤태수는 허공에 뜬 채 거대한 마왕의 앞으로 다가가며 물었다.

"이름이 뭐냐."

"뭐라?"

"이름을 알아야 어디 가서 자랑을 하지. 내가 마왕 아무개를 쓰러뜨렸다 하면 폼이 안 나잖아?"

윤태수의 말에 마왕은 온몸을 떨 정도로 커다랗게 웃었다. 그 탓에 온몸을 덮고 있던 용암이 사방으로 튀었다.

"신혁돈. 그가 없는 지금, 너희가 날 이길 수 있다 생각하는 건가?"

윤태수는 용암에 닿아 녹아들어 가는 땅을 힐끗 바라본 뒤 답했다.

"됐고, 이름이 뭐냐고. 네가 닳도록 부르는 그 양반께서 빨리 끝내라 하셨거든."

"네우리."

그의 목소리가 윤태수의 귓가를 파고든 순간.

"네우리."

마왕의 이름을 한 번 되뇐 윤태수, 불의 거인의 온몸에서 에르그 에너지가 뿜어져 나오기 시작했다. 그와 동시에 불의 거인의 몸이 걷잡을 수 없을 정도로 거대해지기 시작했다.

*　　　　　*　　　　　*

신들의 전쟁이 이러할까.

네 명의 거인이 한 번 맞부딪칠 때마다 엄청난 충격파가 차원 전체를 흔들었고 지형과 하늘의 구름 모양이 변했다.

콰아아아앙!

"후아!"

네 거인 중 가장 거대한 거인, 네우리가 기합을 지르자 그의 몸을 덮고 있던 바윗덩어리들과 용암이 사방으로 빗발쳤다.

쿵! 쿠쿠쿠쿵!

그를 둘러싸고 있는 세 명의 불의 거인, 윤태수와 김민희, 그리고 이서윤의 골렘은 제각각 에르그 에너지가 가득 실린 바윗덩어리들을 피하고 막으며 기회를 엿보았다.

쿠우우웅!

콰캉!

네우리의 거대한 주먹이 두 개의 방패를 들고 있는 김민희를 내려찍었다.

막아낼 수 있을 것이라 생각했던 김민희는 그대로 곤죽이 되며 땅과 혼연일체가 되어버렸다.

빈틈을 찾으려다 빈틈을 내보인 꼴, 하지만 윤태수는 동료의 실수조차 기회로 삼을 줄 아는 자였다.

콰드드드득!

윤태수의 손에서 불타고 있는 거대한 검이 네우리의 등허리를 파고들며 깊은 상흔을 남겼다.

푸화아아악!

"크어어어!"

피 대신 그보다 짙은 용암이 사방으로 튀었다. 그러면서 네우리의 양손과 바윗덩어리들이 윤태수를 향해 떨어져 내렸다.

'피할 수 없다.'

그렇다면.

'부순다!'

윤태수는 자신을 향해 날아오는 거대한 바윗덩어리를 가로로 베어 공간을 낸 뒤 그 사이로 파고들었다.

자신의 공격이 빗나간 것을 눈치챈 네우리가 거대하다는 말로도 표현이 되지 않을 팔을 뒤틀며 크게 휘둘렀고 그 순간.

타다다닥!

기회를 보고 있던 골렘이 네우리의 척추를 타고 올라 그의 머리를 후려쳤다.

쿠우우우웅!

그 덕에 순간 균형을 잃은 네우리의 주먹은 윤태수 대신 애꿎은 땅을 후려쳤다. 그 틈을 타 윤태수가 네우리의 주먹을 타고 오르기 시작했다.

'기회!'

네우리는 방금까지 죽이려 했던 윤태수를 잊기라도 한 듯 자신의 머리를 후려 치고 있는 골렘을 잡아 죽이기 위해 양손을 머리 위로 들었다.

"지금!"

윤태수의 고함에 마치 배턴 터치를 하듯 골렘이 네우리의 척추에 검을 꽂아 넣으며 낙하하기 시작했다.

콰드드드득!

"크아아!"

화가 난 네우리가 뒤로 돈 순간.

빙글.

탁!

네우리의 팔을 박찬 윤태수가 그의 머리로 뛰어내려 불타는 검을 네우리 정수리에 쑤셔 박았다.

"끄억!"

분노에 차 지르던 지금까지의 비명과는 다른, 확실한 고통의 증거.

윤태수는 거기서 멈추지 않고 불타는 검을 향해 에르그 에너지를 밀어 넣으며 스킬을 발동시켰다.

증폭!

콰과과과과광!

터널을 뚫는 다이너마이트가 터질 때나 날 법한 소리가 네우리의 머리에서 터져 나오며 그의 눈과 귀, 그리고 입에서 피 대신 용암이 뿜어져 나왔다.

"컥! 크어어억!"

네우리는 크게 휘청거렸을지언정 쓰러지지 않았다. 대신 온몸을 휘감고 있는 용암을 뿜어 골렘의 발목을 노림과 동시에, 자신의 머리에서 흘러나온 용암을 조종해 윤태수를 노렸다.

대미지를 입히는 데 성공한 윤태수는 미련 없이 네우리의 머리를 박차며 피했지만 골렘은 그러지 못했다.

휘이이익!

허공에 뜬 채 낙하하고 있던 골렘은 채찍과도 같은 네우리의 용암을 피할 길이 없었고 결국 그대로 낚아채였다.

그 순간.

콰앙!

네우리의 양손이 박수를 치듯 허공에서 맞부딪혔다.

까드득!

그것으로 모자랐는지 네우리는 손바닥을 맞비비며 확인 사살을 마쳤다.

"둘."

아직까지도 입에서 용암을 게워내고 있던 네우리는 입에 고인 피를 뱉듯 용암을 뱉어내며 말했다.

죽인 숫자일까, 남은 숫자일까.

머리를 흔들어 헛된 생각을 털어낸 윤태수의 시선이 김민희가 쓰러진 곳으로 향했다.

'2분? 아니 1분!'

김민희는 죽지 않는다.

네우리의 주먹에 깔려 터져 죽었더라도 그녀는 곧 살아날 것이다.

'시간은 내 편이다.'

생각을 마친 윤태수가 고개를 든 순간 네우리의 거체가 다시 한 번 휘청거렸다.

그러면서 네우리의 몸을 휘감고 있던 용암과 바윗덩어리들이 중력의 영향을 받아 비처럼 쏟아져 내렸다.

'기회인가.'

지금 공격해 끝낼까?

윤태수의 고개가 가로로 저어졌다.

상처 입은 맹수를 함부로 건드렸다가는 자신이 당한다는 것을 알고 있는 것이다.

'기다린다.'

이대로 김민희가 깨어나고, 네우리가 조금 더 힘을 잃는다면 무난히 이길 수 있다.

그때.

콰과과과과광!

네우리의 몸을 구성하고 있던 바윗덩어리에 금이 가기 시작했다. 저 거대한 몸을 에르그 에너지로 구성하고 있던 마왕에게도 타격이 있다는 뜻.

윤태수는 네우리가 상처 입은 맹수가 아닌, 궁지에 몰린 쥐라는 것을 깨달았다.

그리고 그 순간, 윤태수는 한 줄기 혜성처럼 네우리의 머리를 향해 몸을 날렸다.

*   *   *

"칸의 이름으로!"

"후카!"

가이아의 무구로 무장한 사막악어들이 성전을 치르는 광신도들처럼 달려 나갔고,

"다 죽여!"

"쿠아아아아아!"

그에 뒤질세라 바르칸티를 선두로 한 놈들이 게르만의 바이킹들처럼 돌격했으며, 그들의 뒤로는 로스카란토의 자식들이, 머리 위로는 하늘거북들이 그들을 호위하며 진격하고 있었다.

"전쟁이네. 전쟁이야."

"그럼."

모든 하늘거북의 어미 위에 서서 팔짱을 끼고 있던 홍서현의 말에 백종화가 답하며 전장을 내려다보았다.

전장에는 사막악어와 놈, 그리고 로스카란토의 자식들이 거대한 고목들과 전투를 벌이고 있었다.

짙푸른 청아함 대신 어두운 기운을 가득 품고 있는 고목은 무척추 생물처럼 가시 돋친 뿌리를 사방으로 휘두르며 위협적인 공격을 해대고 있었다.

고목의 아래엔 과연 식물이라 부를 수 있을지 의문이 드는 알 수 없는 생명체들이 패러독스 군단에 맞서 싸우고 있었다.

전투의 균형은 로스카란토의 자식들이 도착하면서부터 깨지고 있었지만 고목들의 수가 점점 불어나며 접전을 유지하고 있었다.

그 모습을 잠자코 바라보고 있던 윤태수가 길드원들을 바라보며 말했다.

"우리도 가지."

식물형 괴물에 불이 붙게 되면 아군까지 피해를 입을 수 있다. 그렇기에 엘드요툰과 길드원들은 빠져 있던 것인데, 고목들의 수가 저렇게까지 불어나게 된다면 하늘거북들을 전투에서 뺀 뒤 불이 번지지 않도록 바람을 컨트롤하는 것이 더 낫다.

말을 마친 백종화가 줄 없이 번지점프를 하듯 모든 하늘거북의 어미의 등에서 뛰어내렸다.

엘드요툰의 수장, 로노도 또한 그의 뒤를 따라 뛰어내리자 모든 엘드요툰이 불의 비가 되어 전장으로 떨어져 내리기 시작했다.

"…어휴. 혁돈 형님이나 이 양반이나. 성격은 똑같다니까, 아주."

혼자 구시렁거린 고준영 또한 강신을 사용하며 뒤따라 내려갔다. 그를 따라 고개를 휘휘 저은 길드원들이 속속들이 전장에 합류하기 시작했다.

콰콰콰쾅!

마치 운석이 떨어지듯 대지에 긴 크레이터를 새긴 백종화가 몸을 일으켰다.

그 순간.

"배리어!"

꾸웅!

카가가각!

닿기만 해도 살은 물론이거니와 뼈까지 발릴 것 같은 날카로운 가시가 달린 촉수가 백종화의 배리어를 후려쳤다.

스파크가 튀듯 촉수와 배리어 사이에서 노란빛 에르그 에너지가 터져 나왔지만 뚫리진 않았다.

그 덕에 얻은 찰나의 틈.

백종화는 촉수가 튕겨 나간 그 순간을 이용해 배리어를 해제하며 양손을 내질렀다.

"죽어라!"

강신을 통해 불의 거인의 모습을 하고 있는 백종화의 손에서 레이저라 해도 믿을 법한 선명한 불기둥이 쏘아졌다. 그것에 꿰뚫린 거목이 기성을 토하며 쓰러졌다.

"키에에에!"

한숨을 돌릴 틈도 없이 그의 몸을 향해 수많은 촉수가 쏘아졌다. 백종화는 다시 한 번 배리어를 펼쳤다.

카칵!

서걱! 서걱!

화르르륵!

쿠우우우웅!

그의 뒤로 도착한 불의 거인들이 배리어를 뛰어넘으며 불의 검으로 고목을 베어 넘겼고 뒤이어 도착한 엘드요툰들이 고목을 향해 달려들기 시작했다.

적진의 한복판에 떨어졌지만 엘드요툰과 패러독스들은 긴장은커녕 전투를 즐기듯 모든 괴물들을 불태우고 찢어발기며 학살을 시작했다.

주변이 정리되자 한숨 돌릴 여유가 생긴 백종화는 본능적으로 에르그 에너지를 끌어 올려 주변을 살피려다 에르그 에너지가 정체되어 있는 것을 깨닫고선 짧게 혀를 찼다.

"흠."

신혁돈이 걸어둔 봉인 덕에 마왕을 잡아 죽일 기회를 얻긴 했지만 그 때문에 마왕을 찾아내는 데 너무 많은 시간이 소비되고 있었다.

그렇다면 어떻게 해야 할까.

백종화가 잠깐 고민에 빠진 사이 전투는 어느새 끝을 향해 치닫고 있었다. 엘드요툰과 패러독스가 합류함과 동시에 전황이 패러독스 쪽으로 확 기울어 버렸고, 그대로 전투가 마무리되는 듯했다.

한데.

삐이이이!

갑작스럽게 이명과 같은 고주파가 백종화의 고막을 강타했다. 그는 미간을 찌푸리며 양 귀를 틀어막았다.

삐이— 삐이— 삐이!

손톱으로 칠판을 긁는 것보다 두어 배는 높은 음이 틀어막은 틈을 비집고 고막을 강타했다. 백종화는 그대로 무릎을 꿇었다.

순간 생각을 할 수 없을 정도로 어마어마한 소리에 바닥을 뒹굴던 백종화의 눈에 그와 함께 바닥을 뒹굴고 있는 안지혜가 보였다.

그리고 무슨 일인지 파악하지 못하고 있는 엘드요툰까지.

그 순간.

"멈추어라!"

소리의 매개는 공기. 공기의 움직임을 멈춘다면?

소리는 들리지 않게 된다.

언령을 통해 공기의 대류를 막아버린 백종화는 그제야 귀를 막고 있던 손을 떼며 몸을 일으켰다. 그리고 곧바로 소리의 근원을 찾기 시작했다.

'어디지.'

에르그 에너지로 탐지가 가능하다면 단박에 찾을 수 있을 것을 눈과 감각으로 찾자니 미칠 노릇이었다.

하지만 찾아야 했다.

백종화는 정신이 나간 사람처럼 휙휙 돌며 주변을 둘러보았고 그의 시선이 하늘로 향한 순간, 끝내 찾아낼 수 있었다.

하지만 알릴 방법이 없었다.

공기의 움직임을 멈춘 것을 취소시킨다면 다시 고통에 몸부림쳐야 한다. 백종화 혼자라면 고막을 막으면 되지만 이 많은 괴물들과 길드원들을 한 번에 챙길 수 있는 방법은 이것뿐이었다.

소리로 전할 순 없다.

그렇다면.

생각을 마친 백종화가 땅을 박차며 소리쳤다.

"떠올라라!"

그러자 그가 딛고 있던 땅의 모래가 의지를 가진 듯 떠올르더니 하늘을 가득 메울 듯 거대한 글자를 펼쳤다.

'하늘, 적.'

한글을 아는 이는 길드원들뿐이지만 모든 괴물을 통솔하는 이들이 바로 길드원들이었다.

길드원들의 시선이 동시에 하늘로 향했다. 그리고 그들은 하늘에 떠 있는 생명체를 발견할 수 있었다.

가오리를 연상시키는 넓찍한 몸체와 기다란 꼬리, 그리고 입 주변에서 계속 퍼져 나오는 에르그 에너지를 통해 저것이 모든 것의 원흉임을 단박에 알 수 있었다.

그 순간.

모든 길드원들과 엘드요툰, 그리고 하늘거북이 하늘에 나타난 괴물을 향해 날기 시작했다.

'일단 입을 막는다.'

저 입에서 뿜어져 나오는 에르그 에너지가 고주파의 원인임을 파악한 백종화는 괴물에게 다가섬과 동시에 소리쳤다.

"닥쳐!"

그와 동시에 언령이 발동되며 괴물의 입이 닫혔고, 그들을 괴롭게 만들던 고주파 또한 단박에 사라졌다.

그것도 잠시.

찌이잉.

"까아아아아아아아아아악!"

괴물이 백종화의 언령을 깨버리며 다시 한 번 고주파를 내질렀다. 아무런 방비 없이 괴물을 향해 날아가던 고준영과 한연수, 민강태 세 사람은 그대로 추락하기 시작했다.

*　　　*　　　*

어마어마한 에르그 에너지의 폭발로 인한 언령의 붕괴.

지금의 백종화는 어지간한 시스템, 그 이상의 에르그 에너지를 보유하고 있으며 에르그 에너지의 활용은 시스템 두엇을 손바닥 위에 두고 놀 정도의 수준이었다.

한데 에르그 에너지를 폭발시키는 것만으로 그의 언령을 붕괴시킨다?

이 사실이 가져오는 결론은 단 하나뿐이었다.

'마왕!'

백종화는 곧바로 에르그 에너지를 한계까지 끌어 올리며 언령을 발동시켰다.

"멈추어라!"

그 순간.

그리드가 보였던 것과 같은 상황이 모두의 눈앞에 펼쳐졌다.

마치 시간이 멈추기라도 한 듯 모든 생명체들의 움직임, 그뿐만 아니라 마왕이 질러대던 고주파마저도 멈추었다.

백종화가 멈춘 시간은 찰나.

하지만 모든 길드원들이 정신을 차리고 에르그 에너지로 자신의 고막을 보호하기엔 충분한 시간이었다.

고준영과 한연수, 민강태가 곧바로 정신을 차리며 다시 하늘로 날아올랐다. 그와 반대로 백종화는 모든 하늘거북의 어미에게로 내려섰다.

'능력 파악이 먼저다.'

지금까지 드러난 마왕의 능력은 고주파 단 하나. 그거 하나가지고 직접 모습을 드러내면서까지 전투를 시작하진 않았을 것이다.

백종화가 내려선 순간, 불의 거인 셋이 가오리에게 날아들며 검을 휘두르기 시작했다.

거대한 몸체를 가지고 있다는 것은 공격당할 부위가 많다는 것, 게다가 가오리 형태의 몸체 덕분에 그들을 위협할 수 있는 무기는 꼬리 단 하나뿐이었다.

불의 거인들은 마왕의 몸체를 한 번 훑는 것만으로 구조를 파악한 뒤 가오리의 등과 배, 그리고 눈 쪽으로 나뉘어 공격을 시작했다.

전심전력을 다한 공격이 아닌, 가벼운 잽과 같은 공격.

하지만 검에 담긴 파괴력은 무시할 것이 아니었다. 불의 검이 휘둘러질 때마다 연하늘색의 몸체에는 붉은 줄이 죽죽 그어지며 불타올랐다.

얼핏 보아서는 승기를 잡았다 생각할 수 있는 상황.

하지만 백종화는 긴장의 끈을 놓지 않았다.

'에르그 에너지를 아끼고 있다.'

방금 백종화의 언령을 깨부술 때처럼 강력한 에르그 에너지의 파동이 느껴지지 않았다. 그것을 아는 길드원들 또한 섣부르게 큰 공격을 하지 않으며 간을 보고 있었다.

그때 안지혜와 홍서현이 그의 곁으로 다가오며 물었다.

"저거 마왕이죠?"

"예."

"서포트할까요?"

"기다리십시오."

가오리는 기다란 꼬리를 채찍처럼 휘두르며 세 명의 불의 거인을 쫓아내려 하고 있었지만 단순한 패턴의 공격에 맞아줄 이들이 아니었다.

이대로라면 아무리 마왕이라도 누적되는 피해를 견딜 수 없었다.

'길어야 3분.'

그 안에 무슨 수를 쓸 게 뻔했다.

백종화는 주먹을 꽉 쥠과 동시에 모든 하늘거북들, 그리고 로스카란토의 자식들에게 말했다.

―포위합니다.

그의 말에 하늘을 날 수 있는 모든 괴물들이 날아오르며 가오리의 주변을 포위했고 채 1분이 지나기 전에 가오리를 중심으로 한 거대한 원형진이 완성되었다.

그간 마왕을 잡아오며 맞춰온 합이 빛을 발한 것이다. 종족이 다름에도 원형진은 유기적으로 완벽하게 만들어졌으며 이로써 마왕이 도망갈 구멍은 없어졌다.

만약 힘으로 뚫으려 한다면, 그 뒤를 노리며 몰이사냥을 하면 되는 것이다.

'변수는 마왕의 능력.'

모든 하늘거북의 어미를 통해 원형진의 거리를 조금 더 벌리자 지름이 1㎞가 넘는 거대한 원형진이 만들어졌다.

이로써 갑작스러운 공격을 당한다 하더라도 피해를 최소화할 수 있게 되었다.

백종화가 포위진을 완성하는 동안 고준영과 한연수, 그리고 민강태는 계속해서 가오리의 몸에 생채기를 내고 있었다.

그리고 포위가 완성된 순간.

'더 이상 기다릴 필요가 없다.'

어떠한 변수가 있던 커버할 준비가 된 것이다.

―총공격!

백종화의 말과 동시에 기다렸다는 듯 하늘거북의 바람 칼날이 가오리의 몸체를 향해 쏘아졌다. 그와 동시에 불의 거인들이 하늘 높이 솟아올랐다.

충분한 휴식으로 에르그 에너지를 끌어모은 백종화 또한 모든 하늘거북의 어미를 박차고 하늘로 올라갔으며 홍서현과 안지혜가 그의 뒤를 따랐다.

*   *   *

"…후."

짧은 한숨을 내쉰 윤태수가 그대로 널브러졌다.

날카롭게 부서진 바위와 용암이 들끓는 대지였지만 윤태수에게는 문제가 되지 않았다. 그 광경을 보고 있던 이서윤 또한 별다른 말을 하지 않았다.

"차원석을 가슴에 품고 있었다니… 마왕이라고 다 같은 마왕이 아니네요."

"그러게."

마왕의 시체라 보아야 할까.

마치 용암지대처럼 변해 버린 땅을 바라보던 김민희는 고개를 절레절레 저으며 물었다.

"그나저나 이 에르그 코어는 어떻게 하죠?"

윤태수의 공격에 마왕은 소멸되었고 그가 가지고 있던 에르그 에너지가 코어가 되어 그의 시체 위로 떠올라 있었다.

김민희는 말을 마치며 군침을 쩍 소리 나게 삼켰고 그 모습을 본 이서윤은 헛웃음을 흘렸다. 이십 대 초반의 여자아이라 하지만 그녀 또한 각성자.

에르그 에너지의 정수 그 자체가 샛노란빛을 발하는 것을 보고 있으면 욕심이 드는 것은 당연한 것이었다.

그때, 눈을 감고 있던 윤태수가 잠에서 깨어 뒤척이는 듯한 목소리로 말했다.

"삼등분."

"우리끼리요?"

"어. 혁돈 형님이 그렇게 하라더라."

세 사람, 그리고 드레이크의 노력으로 얻어낸 산물이니 당연한 결과였지만 너무 큰 결과물에 선뜻 손을 대기가 거북스러운 상황.

"아, 쿠엔틴도 줘야 하는구나. 4등분."

하지만 윤태수의 한 마디에 김민희의 표정이 달라졌다.

줬다 뺏는 게 가장 나쁜 짓이라 했던가.

1/3을 받을 것이 1/4로 줄어들자 묘하게 기분이 상한 김민희는 성큼성큼 에르그 코어로 다가가 손을 뻗어 딱 1/4만큼의 에르그 에너지를 흡수했다.

"…후우우우우."

마치 영혼이 맑아지는 듯한 상쾌한 기분에 긴 숨을 몰아쉰 김민희의 다음으로 이서윤, 그 뒤로는 윤태수가 에너지를 흡수했다.

에르그 에너지를 흡수하며 기운을 차린 윤태수는 쿠엔틴을 부른 뒤 에르그 에너지를 흡수하라 말했다.

그러자 쿠엔틴은 거대한 대가리를 살짝 틀며 물었다.

―어째서?

"너도 함께 사냥했으니까."

―그런데?

"보상이다."

―그걸 내가 왜 받아야 하지?

쿠엔틴의 대답에 말문이 막힌 윤태수의 눈이 이서윤에게로 향했다. 이서윤은 쿠엔틴에게 다가가며 말했다.

"혁돈 씨의 명령이에요. 드세요."

그러자 쿠엔틴은 다시 한 번 고개를 틀었다가 이내 알겠다는 듯 고개를 주억거린 뒤 에르그 에너지를 흡수했다.

그러고는 다시 날개를 펼쳐 날갯짓을 하기 직전, 하늘을 바라보기 위해 들었던 고개를 천천히 내려 이서윤을 바라보고 물었다.

─그가 내게 에르그 에너지를 나누어주는 이유를 알고 있나?

"함께했으니까요."

쿠엔틴은 이서윤의 대답을 이해한 것인지, 아닌지 애매모호한 눈으로 그녀를 바라보다가 날개를 마저 흔들며 하늘로 날아올랐다.

"…저것도 별종이야."

"도?"

"제 주인 닮아서는."

그때 마치 윤태수의 말에 반응이라도 하듯 그의 머리 위로 보라색의 차원관문이 나타나며 신혁돈이 모습을 드러냈다.

신혁돈은 등장과 동시에 주변을 슥 둘러보며 말했다.

"끝났나?"

"어… 예."

윤태수는 자신이 한 말을 혹시나 들었을까, 그리고 다른 이들이 말을 하진 않을까 하는 어색한 눈빛으로 대답했지만 신혁돈은 그를 힐끗 바라볼 뿐 별다른 말을 하진 않았다.

그의 모습에 자신감을 얻은 윤태수는 굽어 있던 허리를 쭉 펴며 말했다.

"이곳에 있던 마왕의 이름은 네우리. 거대한 용암 골렘의 모습이었고 지금은… 보시다시피 죽었습니다. 그리고……"

그의 보고를 듣던 신혁돈은 고개를 끄덕이면서 차원관문을 생성했고 윤태수의 보고가 끝남과 동시에 차원관문이 완성되었다.

"그럼 두 개 클리어. 바로 종화가 있는 차원으로 간다."

"네."

"움직여."

윤태수와 김민희, 이서윤이 차원관문을 먼저 넘었고 그사이 신혁돈은 차원관문의 크기를 키우며 쿠엔틴에게 말했다.

"에르그 코어를 먹었나?"

─네 명령이라 들었다.

그렇다, 가 아닌 마치 죄를 짓다 걸린 아이가 누가 시켜서 했다는 듯한 변명.

신혁돈은 헛웃음을 지으며 고개를 끄덕였다.

"그래. 내 명령이었지. 어쨌든 어때?"

─무엇이 말인가.

"마왕의 에르그 에너지를 흡수한 기분이."

재깍재깍 답하던 쿠엔틴은 미간을 찌푸리며 신혁돈에게 시선을 고정시켰다.

"빨리 말해. 시간 없어."

그의 독촉에 쿠엔틴은 천천히 고개를 끄덕이며 답했다.

─새로웠다.

"그래? 새로웠다라."

신혁돈 또한 거대한 대가리의 움직임에 맞추어 고개를 몇 번 주억거린 뒤 쿠엔틴의 턱을 툭툭 두들기며 말했다.

"알았다. 먼저 넘어갈 테니 드레이크들 데리고 넘어와라."

말을 마친 신혁돈은 곧바로 차원관문을 넘어가 버렸다. 그 뒤에 남은 쿠엔틴은 신혁돈이 넘어간 차원관문을 바라보며 대가리를 흔들거렸다.

*　　　　*　　　　*

"피해!"

까드드득!

"아니, 무슨!"

쐐애애액!

고준영은 보이지 않는 창이 자신에게 쏘아지는 것을 느끼며 불길에 휩싸인 검을 휘둘렀다.

파앙!

'막았다!'

보이지도, 들리지도 않는다.

믿을 것이라곤 오로지 에르그 에너지를 느끼는 감뿐.

하지만 고준영은 해냈고 길드원들 또한 초긴장 상태를 유지하며 공격을 막아낼 수 있었다.

"이거 어떻게 합니까!"

가오리 형태를 한 마왕의 숨겨둔 한 수는 바로 대기를 다루는 것이었다. 바람을 다루는 하늘거북들과 같다 볼 수 있었지만 차원이 달랐다.

에르그 에너지로 바람을 다루는 하늘거북들과는 달리, 가오리는 숨을 쉬듯 대기를 다루며 공격을 해왔고 지금 상태로는 공격을 막는 것이 한계였다.

대기는 어디에나 존재하고 숨을 쉬지 않으면 인간은 죽는다.

가오리는 그것을 노리고 있었고, 바로 직전 한연수는 폐 속에서 생겨난 검에 관통당해 치명상을 입었다.

홍서현의 치료와 한연수의 빠른 대처 덕에 목숨을 건지긴 했지만 당분간 전투의 참여는 힘든 상황.

길드원들은 숨을 쉬면서도 마치 독가스를 흡입하는 듯한 공포에 휩싸여야 했다.

그때.

휘이익!

백종화를 노리고 보이지 않는 칼날이 날아들었다.

"멈추어라!"

하지만 백종화는 언령의 소유자.

그의 사지를 절단 낼 듯 날아오던 칼날은 그대로 멈추었고 백종화가 짧은 숨을 들이쉰 순간.

"컥!"

공기 사이에 숨어 있던 마왕의 에르그 에너지가 백종화의 목구멍을 찔러 들어왔다.

"흐어어……."

백종화는 빠르게 몸속에 침투한 에르그 에너지를 흩어버렸다. 홍서현의 치유가 쏟아져 상처를 회복할 수는 있었지만 간담이 서늘해지는 것까진 막을 순 없었다.

이미 수많은 하늘거북이 명을 달리하고 바다로 추락한 지금.

'…미치겠군.'

가까이 다가가 몸에 상처를 입히기는커녕 마왕의 공격을 피하기 위해 점점 더 거리만 벌리고 있었다.

'어떻게 해야 하지?'

공기를 다루는 마왕이라니.

상상도 못 했고, 현실로 닥친 지금에도 묘수가 떠오르지 않았다.

'일단 퇴각을 해야 한다.'

이대로 가다가는 전멸을 면하기 힘든 상황. 목을 다친 지금 언령조차 제대로 사용할 수 없는 백종화의 선택지는 퇴각, 하나뿐이었다.

마음먹은 백종화가 에르그 에너지를 퇴각 신호를 쏘아 올리려 고개를 든 순간.

하늘이 찢어지며 보라색 차원관문이 모습을 드러냈다.

                    *   *   *

보랏빛 차원관문이 열리며 불의 거인이 넘어왔고 그와 동시에 섬뜩한 파육음이 들렸다.

서걱!

단 한 번의 파육음이었지만 제일 먼저 넘어온 불의 거인의 사지가 잘려 나갔다.

실체가 없는 에르그 에너지로 만들어진 몸이긴 했지만, 타격이 없을 순 없는 상황.

하지만 불의 거인은 추락하기는커녕 예상했다는 듯 그대로 가오리를 향해 돌격했고 그와 동시에 거대한 불의 방패를 만들어냈다.

'안 돼!'

마왕이 불의 거인이 실체가 아님을 알아챈 이상, 본체를 공격할 것은 당연지사. 지금 돌격하는 것은 볏짚을 지고 불구덩이로 몸을 던지는 것이나 마찬가지였다.

퍽!

다시 한 번 울린 파육음.

그와 동시에 불의 거인의 복부에 있던 사람이 폭발했다.

몸의 내부에서부터 터져 나온 폭발에 의해 형체를 알아볼 수 없을 정도로 터져버린 김민희.

그녀가 죽지 않는다는 것을 알고 있었지만 시체 조각을 건지기 힘들 정도로 터져 버리자 마음 한구석에 불안이 서리는 것은 어쩔 수 없었다.

김민희의 시체가 허공에 흩뿌려지는 사이, 윤태수와 이서윤, 그리고 골렘이 차원을 넘어와 그 광경을 목격했다.

"…미친."

"흩어져요."

마치 몸속에 폭탄이라도 심어둔 듯 터져 버리는 김민희의 모습을 본 윤태수와 이서윤은 마왕의 모습을 힐끗 바라봄과 동시에 최대한 거리를 벌렸다.

짧은 순간, 백종화의 위치를 파악한 윤태수는 그에게 날아가 물었다.

"뭡니까?"

"공기를 다루는 마왕."

말 한마디에 사태를 파악한 윤태수는 짧게 혀를 차며 바닥에 떨어지고 있는 김민희의 시체로 시선을 던졌다.

"살 수 있겠지 말입니다."

"그렇겠지."

윤태수는 땅에 새겨진 붉은 자국들을 애써 무시하며 마왕을 올려다보았다.

"민희가 먼저 넘어와서 다행이라 해야 하나."

"형님은?"

"곧 오실 겁니다. 저거 공격 범위가 얼마나 됩니까?"

"일단 이 정도까진 공격하지 못하는 듯하다."

가오리의 형태를 하고 있는 마왕은 여느 마왕들이 그러했듯, 여유를 부리며 제자리를 돌고 있었다.

그와의 거리는 1km가량.

"반경 1km가 다 공격 범위란 말입니까?"

"대충. 하늘거북들 밀어 넣으면서 범위 확인할 순 있겠다 만……."

그랬다간 반 이상의 하늘거북을 잃을 각오를 해야 한다. 물론 신혁돈조차도 수가 없다면 그렇게 해야겠지만 지금은 아니었다.

"이 양반은 뭘 하길래 안 넘어와."

백종화의 말을 들은 윤태수는 궁시렁거리며 차원관문을 올려다보았고 그때, 신혁돈이 넘어왔다.

'마왕이군.'

거대한 가오리를 보는 순간 마왕들이 가진 특유의 에르그 에너지 파장을 느낀 신혁돈은 곧바로 상황을 살폈다.

얼핏 보아선 패러독스가 마왕을 포위한 형국. 하지만 기세를 보자면 완벽히 넘어가 있는 상황이다.

'스킬이군.'

거의 1㎞ 거리의 거리를 두고 있다는 것은 강력한 원거리 공격 수단을 가지고 있다는 뜻.

'거리를 줄이고 한 번에 끝낸다.'

강력한 원거리 공격 수단을 가진 괴물들을 처리하는 방법은 굉장히 단순하다.

공격할 시간을 주지 않고 단번에 숨통을 끊어버리는 것.

고개를 끄덕인 신혁돈은 드레이크들이 넘어오기 시작한 차원관문을 그대로 둔 채 새로운 차원관문을 하나 더 열었다.

그 순간, 가오리의 머리 위로 신혁돈 한 사람이 이동할 정도 크기의 차원관문이 생겨났다. 가오리가 눈치챘을 때 이미 신혁돈은 마왕의 머리 위로 이동한 뒤였다.

그와 동시에 마왕의 에르그 에너지가 신혁돈의 몸속을 파고들었다.

쏴아아아악!

몸 안쪽에서부터 찢어발겨 버리겠다는 의지가 가득 담긴 에르그 에너지.

'이거였군.'

외피가 단단한 생명체들도 내부까지 단단한 경우는 드물었다.

아니, 생명체라면 몸 내부를 구성하고 있는 기관은 연약하게 마련이다.

즉, 가오리의 공격은 생명체에게는 극약이나 마찬가지인 상황.

파악!

하지만 한눈에 모든 것을 파악한 신혁돈에게는 통하지 않았다.

몸속에 응축된 에르그 에너지를 터트리는 것으로 마왕의 에르그 에너지를 쫓아내 버린 신혁돈은 곧바로 수르트의 불꽃을 통해 거대한 검을 만들어냈다.

거대한 불의 검이 가오리의 등을 꿰뚫기 직전.

"끼아아아아아아아아아!"

자신의 공격이 통하지 않은 것을 깨달은 가오리가 비명을 질렀다. 예상치 못한 공격에 신혁돈의 손끝이 흔들리며 검 또한 빗나갔다.

순식간에 에르그 에너지로 고막을 보호한 신혁돈은 자세를 바로 하며 곧바로 공격을 이어갔지만 가오리 또한 쉽게 당하지 않겠다는 듯 몸 주변으로 에르그 에너지를 내뿜으며 허공의 공기를 폭발시켜 댔다.

팡! 팡! 팡!

폭발한 공기는 파편 대신 날카로운 바람의 칼날을 사방으로 흩뿌려댔고 신혁돈은 한 번 벌어진 거리를 줄이기 힘들어졌다.

'마왕이라는 건가.'

확실히 강했다.

에르그 에너지를 효과적으로 사용하는 방법을 알고 있으며 전투 경험 또한 풍부한 듯했다.

하지만.

'넌 혼자지.'

신혁돈이 마왕의 시선을 빼앗는 동안 패러독스와 괴물들 또한 천천히 움직이기 시작했다.

하늘거북들과 로스카란토의 자식들, 그리고 패러독스의 길드원들은 어느새 공격이 가능한 범위까지 들어와 있었고 마왕이 눈치를 챈 순간!

"공겨어어억!"

어느새 넘어온 드레이크들의 브레스가 쏟아졌다. 그 뒤로 강신을 사용한 길드원들이 달려들었다.

"끼에에에에에!"

마왕은 위기에서 벗어나기 위해 고주파를 뿜었지만 이미 대비를 마친 상황. 드레이크들이 뿜어낸 브레스는 마왕의 몸을 때렸고 그와 동시에 몸체에 달라붙은 길드원들의 공격이 시작되었다.

마왕의 정신이 분산된 순간.

그 기회를 놓칠 신혁돈이 아니었다.

푸우욱!

"끼에에!"

5미터가 넘는 거대한 불의 검이 마왕의 몸체에 틀어박히며 고주파가 아닌, 고통에 찬 비명이 길게 울려 퍼졌다.

그 순간.

신혁돈의 입가에 승리를 직감한 미소가 번졌다.

     *   *   *

"괜찮아?"

멍한 눈의 김민희는 천천히 고개를 끄덕였다가 다시 고개를 휘휘 저었다.

"어떻게 된 건지도 모르고 당했어요. 그래서 아픈 줄도 몰랐네."

김민희는 윤태수가 챙겨온 여분의 길드복의 단추를 채우며 대답을 이어갔다.

"제 몸이 터졌었다고요?"

그녀의 말에 윤태수가 양 주먹을 모았다가 활짝 펼치며 말했다.

"펑 하고 몸속에서 폭탄이라도 터진 것처럼."

광경을 상상해 본 김민희는 미간을 찌푸렸고 그녀의 얼굴을 본 윤태수는 실실거리며 말을 이었다.

"그렇게 터지고 나서도 무슨 자석들처럼 신체 조각들이 한군데로 모이는데 겁나 신기하더라."

"…예?"

"괴물들이 못 먹게 하려고 애쓰긴 했는데, 한두 개 모자랄 수도 있으니까 확인 잘 해봐."

그의 말에 김민희는 사색이 되어 자신의 몸 이곳저곳을 만져보았고 윤태수는 한마디를 덧붙였다.

"혹시 갈비뼈 하나 비지 않아? 아까… 읍."

결국 듣고 있던 이서윤이 윤태수의 발등을 밟아버리고 나서야 그의 입이 다물렸다.

"걱정하지 마. 다 모았으니까."

"참 위로가 되네요……."

"어쨌거나 네 덕에 우리 두 사람이 살 수 있었어. 고마워."

"예."

김민희가 몸을 회복하고 얼마나 지났을까, 다시 심심해진 윤태수가 김민희를 놀리려다 이서윤에게 주둥이를 얻어맞고 있을 때쯤.

마왕의 차원석을 부수러 갔던 신혁돈이 돌아왔다.

그는 거대한 에르그 코어를 손에 든 채 돌아왔고 그것을 본 길드원들의 눈에 이채가 서렸다. 특히 이번 차원에서 전투를 벌였던 이들의 눈에서는 빛이 날 정도였다.

하지만 결정적인 역할을 하지 못했기에 대놓고 달라 하기는 뭐한 상황. 그럼에도 신혁돈은 이번 차원을 담당한 길드원들에게 공평히 에르그 에너지를 나누어주었다.

'등을 맡길 이가 필요하다.'

신혁돈이 원한다면 모든 에르그 에너지를 독식할 수도 있었다. 하지만 그렇게 하지 않는 이유는 모든 것을 버리고 홀로 남았을 때의 최후를 기억하기 때문이었다.

곧 에르그 에너지의 흡수를 마친 길드원들은 한결 가뿐해진 얼굴로 신혁돈을 바라보았다. 그들이 돌아온 것을 확인한 윤태수가 신혁돈에게 물었다.

"이제 남은 마왕은 셋… 바로 칩니까?"

그의 물음에 신혁돈이 대답하기 전, 백종화가 질문을 던졌다.

"그전에, 바이러스는 언제 끝납니까?"

"이곳을 벗어나 봐야 확실히 알겠지만, 아직은 유지되고 있다."

차원의 에르그 에너지 자체를 봉인해 둔 상태기에 바이러스가 유지되고 있다는 것만 알 수 있을 뿐, 얼마나 더 유지될지까지는 알 수 없는 상황.

"그럼 일단 돌아갑니까?"

윤태수의 물음에 신혁돈은 고개를 끄덕이고서는 말을 이었다.

"돌아가지."

＊　　　＊　　　＊

난생처음.

태어난 것이, 아니, 지성을 가지고 생각이라는 것을 하게 된 것이 언제인지는 정확하지 않지만 어쨌거나 처음 느껴보는 느낌에 그리드는 기분이 좋지 않았다.

뭐랄까.

분명 눈앞에 존재하지 않는 것들인데 손을 뻗어보면 만져지는 느낌이랄까.

그렇다고 아무것도 보이지 않는 것은 아니었다.

딱 손에 닿는 그 부분만.

마치 공간이 잘려 나가기라도 한 듯 느껴지지 않았다.

'네우리, 모이넬, 각스투, 라우드르, 인바슈, 그리고 아이가투스.'

여섯 마왕과 그들이 거느린 차원 전부까지.

그들이 한 장소에 모여 난투를 벌이다 모두 죽었다는 가정 외에 이 상황을 설명할 수 있는 말은 없었다.

아니, 한날한시에 죽었다 한들, 그리드에게는 그들의 죽음이 느껴져야 했다.

한데 아무것도 느껴지지 않았다.

마치 그들과 자신을 연결하는 끈이 끊어지기라도 한 듯.

'…그런 것인가.'

이 세상, 그리드가 지배하고 있는 이 세상에 자신의 뜻을 반할 수 있는 이는 없었다.

하지만 이 세상 외의 존재가 간섭했다면?

'이해할 수 있다.'

듣도 보도 못한 지구라는 차원에서 등장한 생명체. 그는 모든 생명체의 정점이라 부를 수 있는 마왕들을 차례로 죽이고 포식해 가며 세력을 확장함과 동시에 그리드의 무력함을 증명하고 있었다.

그럼에도 그리드가 그의 목을 치지 않는 이유.

'궁금하다.'

과연.

누군가.

'존재'라 부를 수 있는 무언가가 과연 존재할 것인가.

모든 것을 조율하고 자신을 만들어냈으며 차원을 만들어내는 존재가 과연 실존할 것인가.

만약 존재한다면.

어째서 자신을 만들어, 이런 일을 하게 만들었는가.

그리고 신혁돈이 나타난 이유는 무엇일까.

너무 오래 존재해 타성에 젖어버린 자신을 없애고 새로운 관리인을 앉히기 위해서일까.

그렇다면.

나는 어떻게 해야 하는가.

신혁돈을 죽인 뒤 생을 이어가야 하는가.

혹은 목숨을 담보로 그 존재의 실존 여부를 확인해야 하는가.

그리드는 결론을 내리지 못했고, 그랬기에 아직까지 신혁돈은 살아 숨 쉬고 있었으며, 종래에는 그를 위협할 만큼 성장할 것이었다.

'모르겠군.'

지금껏 아무런 의심 없이 행해왔던 모든 것들이 자신의 의지에 의하여 했던 행동들인지.

자신 위의 '존재'가 존재한다면 어떻게 해야 하는 것인지.

그리드는 다시 한 번 상념에 빠져들었다.

자신과 마왕들의 연결이 끊긴 것이, 그 어떠한 존재도 아닌 자신이 만들어낸 마왕, 그리고 그 마왕이 만들어낸 시스템이 심어놓은 바이러스 때문이라는 것은 의심, 아니, 상상조차 하지 못한 채로.

제6장

성동격서

"아직 작동하고 있다."

지구로 돌아온 신혁돈은 곧바로 바이러스의 작동 유무를 확인했고 아직 제대로 작동하고 있음을 깨달았다.

"…아직도 말입니까? 사흘이 지났는데."

차원의 존속 여부를 손바닥 뒤집듯 결정하는 존재가 아직까지 바이러스의 존재를 알아채지 못했다니.

백종화의 말에 신혁돈 또한 의아한 얼굴로 고개를 끄덕였다.

"처음 겪어보는 것이니 그럴 수도 있지."

그리드의 힘이라면 언제든 바이러스를 걷어낼 수 있었다. 하지만 바이러스는 지금까지 유지되고 있었고 이것이 의미하는 것은.

"일단 움직인다."

하늘이 신혁돈을 향해 웃어주고 있다는 것.

말을 마친 신혁돈은 자신의 생각을 확고히 하듯 천천히 고개를 끄덕이며 말을 이었다.

"빠르게 남은 마왕을 정리하고, 그리드의 침공을 대비한다."

남은 마왕은 셋.

가장 강한 아이가투스를 제외한 나머지 둘은 길드원들과 신혁돈만의 힘으로도 정리할 수 있을 것이다.

"아이가투스를 제외한 나머지 둘을 지금 친다."

아홉 마왕 중 가장 강한 힘을 가지고 있는 아이가투스를 제거한다면 앞으로의 일이 편해지겠지만 굳이 위험을 감수할 필요는 없다 판단한 신혁돈의 말에, 길드원들이 고개를 끄덕였다.

그때, 윤태수가 불쑥 손을 들며 말했다.

"형님, 혹시 남는 무기 있으십니까?"

"왜."

그의 물음에 윤태수는 검을 뽑아 신혁돈의 앞으로 내밀었고 신혁돈의 시선이 검으로 향했다.

"몇 번 더 휘두르면 부러질 거 같은데 말입니다."

검의 상태는 처참했다.

이가 나간 부분은 그렇다 쳐도 표면 여기저기에 잔금이 가 있어서 이대로 들고 싸우다간 윤태수의 말대로 검이 부러질 것이었다.

"쯧."

가이아가 만든 무기의 효능은 대단하긴 했지만 문제는 내구성이었다.

장인의 담금질을 받은 무기였다면 좋았겠지만, 그런 것이 아닌 그저 에르그 에너지로 만들어낸 무기.

게다가 무기에 대한 지식이 거의 없는 가이아가 만든 것이라 이런 문제가 발생한 것이다.

그의 말에 길드원들 또한 자신의 무기를 살폈다. 대부분의 무기 또한 윤태수의 검과 마찬가지인 상황이었다.

짧게 혀를 찬 신혁돈이 물었다.

"통장 잔고, 얼마나 있지?"

"⋯예?"

"잔고 남은 거 아이기스한테 다 쏴주고 사올 수 있는 유니크 등급 아이템 다 사와라."

"지금 말입니까?"

"그럼 무기 없이 싸울래?"

"그건 아니지만⋯⋯."

"그럼 가."

윤태수는 울어야 할지, 웃어야 할지 모르는 표정으로 망설이다 이내 고개를 끄덕이고는 가이아의 차원을 떠나 아이기스로 향했다. 그 모습을 보고 있던 고준영이 한숨 섞인 목소리로 말했다.

"저 무기, 그리드 잡고 나면 똥값 되겠지."

"이름값이 붙지 않을까? 그리드를 죽인, 패러독스가 사용했던 무기! 이런 식으로 말이야."

"흠. 싸우다 깨지기라도 하면 우리 다 거지 되겠네."

고준영의 말에 백종화가 헛웃음을 흘리며 답했다.

"싸우다 깨지면 죽겠지."

"아? 그러네."

고준영의 멍청한 목소리에 여기저기서 웃음이 터져 나왔다. 고준영은 웃음거리가 된 게 분한지 코를 쿨쩍 삼키더니 말했다.

"전 그래도 목 좋은 데다가 건물 한 채 사뒀습니다."

그의 말에 백종화의 미간이 구겨졌다.

"언제?"

"노후 대책은 자기가 알아서 챙겨야 하는 거 아닙니까?"

백종화는 어이가 없다는 듯 세 떨거지들을 바라보았지만 그들은 백종화의 시선을 피했다.

"설마 너희들도……."

"하하… 준영이 말이 꼭 틀리진 않잖습니까?"

"사실 저도……."

"에라, 이 새끼들아."

서로의 은닉 재산을 털며 웃고 떠드는 사이 얼굴이 창백해진 김민희가 창백해진 얼굴로 물어왔다.

"…진짜요?"

"뭐가?"

"다들… 그렇게 돈이 많아요?"

그녀의 물음에 백종화가 짧게 한숨을 쉬며 물었다.

"너 네 통장 마지막으로 확인한 게 언제냐?"

"…첫 월급, 어머니 드리고 나서 확인한 적 없는데요?"

"그래. 이 전투 끝나고 나서 확인해 봐라."

김민희는 아리송한 얼굴이 되었다가 묘한 기대감이 서린 얼굴로 길드원들을 바라보았다.

"저… 저도 건물 살 수 있어요?"

그녀의 물음에 다시 웃음바다가 된 사이 신혁돈은 길드원들의 모든 무기를 모아 손을 뻗어 에르그 에너지를 흡수했다.

'이 정도면……'

따로 무기 제련 혹은 제작 일을 배운 적이 없는 신혁돈이었지만 저번 삶에서 수많은 무기를 다뤄본 경험이 있었다.

그렇기에 어떤 식으로 제작되어야 내구성이 강해지고 공격력이 강해지는지 정도는 알고 있었고, 가이아가 만든 무기보다 강한 무기를 만들어낼 수 있을 것이라 생각했다.

30분쯤 지났을까.

아이기스를 만나러 갔던 윤태수가 돌아왔다.

"장비는?"

"여기… 그리고 이건 아이기스에서 무상으로 지원했습니다."

윤태수는 아공간에서 장비를 털어내며 말했다. 그의 말에 길드원들의 눈이 휘둥그레졌다.

그의 아공간에서 나온 무구의 수는 적게 잡아 서른 점.

이 정도면 강남 한복판에 빌딩 몇 채는 우습게 지을 수 있는 금액이었다.

"휘유. 아이기스도 할 땐 하는구나."

"그만큼 해먹은 거 아닐까?"

"그런가? 하긴 나라도 아이기스의 마스터면……"

고준영과 한연수가 헛소리를 내뱉는 사이 신혁돈은 모든 무구의 에르그 에너지를 흡수하기 시작했다.

그러자 무구들은 형체를 잃고 젤라틴 덩어리처럼 출렁거리기 시작했으며 이내 신혁돈의 손에 따라 한곳으로 뭉치기 시작했다.

신혁돈은 직경 2미터 정도의 덩어리가 된 무구를 바라보며 가이아의 선물인 반지, 가이아의 권능에 에르그 에너지를 주입하여 그녀의 스킬, 구성을 사용했다.

그 순간 젤라틴 덩어리 같은 것들이 샛노란빛으로 빛나기 시작했다.

"오… 그리드 같다."

"그러게."

이내 젤라틴 덩어리들은 아홉 조각으로 나뉘어졌고 보이지 않는 손이 주물을 하듯, 점차 모양을 잡아가기 시작했다.

검과 지팡이, 그리고 방패의 모습으로 변해가는 무구들은 누구의 것인지 한 번에 알아볼 수 있을 정도로 개성 있게 생긴 모습이었다. 길드원들은 기대감 어린 눈으로 자신의 무구 앞에 자리를 잡았다.

"이건 딱 봐도 내 거네."

양쪽 날이 날카롭게 서 있는 중세의 롱소드와 같은 모양새지만 손잡이가 딱 한 손에 잡힐 정도로 짧은 검 앞에 선 윤태수가 얼굴 가득 미소를 지으며 말했다.

곧 모든 무기가 완성되었고 길드원들은 살짝 실망한 표정이 되었다.

"무슨 검이……."

양쪽 날과 손잡이, 폼멜까지 모두 검은색으로 칠해져 있어 빛조차 반사하지 않는 검. 다른 이들의 무구 또한 마찬가지였다.

흔한 장식 하나 없이 철저히 실용적으로 만들어져 투박하다
는 생각이 들 정도로 단순한 모양새.

"하긴, 만드는 분이 누구신데……."

윤태수의 한숨 섞인 말에 모든 길드원들의 고개가 끄덕여졌
다.

편하다는 이유 하나만으로 트레이닝복을 입고 차원관문을 부
수고 다니던 인간이다.

뭘 더 바라겠는가.

살짝 실망한 채 검을 들어본 윤태수는 이내 벌어지는 입을 주
체하지 못했고 곧 소리를 질렀다.

"이런 미친……."

가이아의 축복이 담긴 검 [Epic]

―공격력 120

―가이아의 가호가 서린 검입니다.

'가이아의 가호'

―괴물을 상대할 때 추가 대미지 30%가 적용됩니다.

―괴물을 상대할 때 모든 스킬에 추가 대미지 30%가 적용됩니
다.

―가이아의 축복이 담긴 검입니다.

'가이아의 축복'

―괴물을 상대할 때 모든 능력치가 10% 상승합니다.

다른 옵션은 전과 같았다.

하지만 공격력이 50% 올라 있었다.

다른 이들 또한 마찬가지인지 무기를 듦과 동시에 경악스러운 욕설과 비명을 질렀다.

"이게 뭐야……."

120의 공격력이라면 어지간한 괴물들은 스치는 것만으로 살은 물론이거니와 뼈까지 잘려 나갈 것이다.

간단히 말하자면 공격력에 영향을 받는 모든 스킬의 대미지, 그리고 검을 휘둘러 적중시킬 때마다 대미지가 50% 상승한 것이다.

"이런 걸 만들 줄 아셨습니까?"

경악한 윤태수가 신혁돈을 바라보며 물었고 신혁돈은 어깨를 으쓱하며 답했다.

"처음 만들어본다."

"미친……."

자신도 모르게 욕지거리를 한 윤태수는 신혁돈의 눈치를 보며 배시시 웃었지만, 신혁돈은 그에게 시선도 주지 않은 채 말했다.

"전에 사용하던 것과 무게까지 똑같으니 적응 기간은 필요 없겠지. 바로 간다."

신혁돈은 곧바로 두 개의 차원관문을 열기 시작했다.

아이가투스를 제외하더라도 남은 두 마왕 또한 방심할 수만은 없는 상대.

그렇기에 신혁돈은 엘드요툰과 함께 오른쪽 차원관문을 넘었고 나머지 길드원들과 괴물들이 왼쪽 차원관문을 넘었다.

후우웅!

노란빛, 순수한 에르그 에너지로 가득 찬 공간에 바람이 일었다. 그러자 공간의 중앙에 있던 거대한 덩어리가 꿈틀거렸다.

'모르겠군.'

오랜 고민 끝에 그리드가 내린 결론은 '모르겠다'였다.

어떤 존재가 자신의 머리 위에서 자신을 조종하든, 누군가가 자신을 죽이기 위해서 치고 올라오든 두 가지 모두 중요한 것이 아니었다.

그리드에게 중요한 것은 '자신'.

모든 차원을 규율에 따라 생성 혹은 제거하며 마왕을 만들고 그들이 차원을 관리하게 만드는 일을 하는 자신이 가장 중요했다.

'일단은……'

만약 자신보다 상위에 있는 존재가 자신의 죽음을 계획했다면, 자신은 무슨 짓을 하더라도 죽을 것이다.

하지만 개입하는 이가 없다면?

신혁돈은 죽을 것이고 자신은 살아남을 것이다.

마음을 굳힌 그리드는 자신의 눈을 가리고 있던 바이러스를 의지만으로 제거한 뒤 눈을 떴다.

그 순간.

'네우리, 모이넬, 각스투……'

고민하는 사이 세 명의 마왕이 죽었다.

어느새 남은 마왕은 셋.

아홉의 마왕 중 여섯 마왕이 신혁돈에게 흡수당한 것이다.

'생각 이상이야.'

기껏해야 벨라툼, 혹은 모이넬 선에서 정리될 것이라 생각했던 놈이 어느새 목전까지 치고 올라왔다.

그의 힘이 마왕들을 능가하고 있다는 뜻.

묘한 짜증과 동시에 기대감이 피어올랐다.

이 짧은 시간 동안 신혁돈은 얼마나 강해졌을 것인가.

과연 자신에게 비견할 수 있을 정도로 강해졌을까?

그리드가 생각한 순간 그의 머릿속으로 그간 있었던 모든 일이 흘러들어 왔다.

네우리와 모이넬, 그리고 각스투의 죽음. 그 사이 벌어진 신혁돈의 성장과 그의 군대가 벌인 일까지.

찰나의 순간 모든 것을 파악한 그리드는 자조적인 웃음과 함께 고개를 끄덕였다.

'약해.'

신혁돈이 나머지 세 마왕을 처치해 홀로 독식하지 않는 이상, 그는 그리드를 이길 수 없을 것이다.

아니, 다 흡수한다 한들 자신의 힘으로 만드는 시간이 걸릴 터. 그리드는 더 이상 시간을 줄 생각이 없었다.

'가이아, 참 영리하군.'

그 어떤 마왕도 생각하지 못한 방법으로 한계가 없는 성장 방법을 만들어냈고 그로 인해 신혁돈이라는 괴물을 만들어냈다.

아니, 그는 괴물 이상이다.

괴물들을 잡아먹고 성장하는… 뭐랄까, 그래.

괴물 포식자다.

생각의 종국에 미소를 흘린 그리드가 나지막이 말했다.

—나의 권속들이여. 나에게 오라.

이제, 반격의 시간이다.

*   *   *

화아악!

젤리로 된 풀장에 몸을 던지는 느낌 뒤에 눈앞이 밝아지며 새로운 차원의 광경이 시야를 가득 채웠다.

지구의 황무지와 비슷한 풍경.

머리 위로는 거대한 태양이 떠 있었으며 바람이 불 때마다 이리저리 먼지가 휘날리고 있었다.

"후……."

제일 먼저 넘어온 김민희는 차원이 안전한 것을 파악하자마자 신호를 보냈고 그녀의 뒤로 펼쳐진 차원관문을 통해 수만의 군세가 건너왔다.

고대 로마의 병사들이 이러했을까.

몇 백번 이상의 전투를 치른 베테랑들처럼, 다들 차원관문을 넘자마자 누가 지시를 하지 않아도 각자의 위치를 잡아 주변의 경계 포인트를 점령하고 아군을 호위하기 시작했다.

그리고 모두가 넘어온 순간.

"…어?"

그들의 머리 위로 어마어마한 에르그 에너지가 모여들었다. 하지만 경계를 하던 이들은 적의를 드러내는 대신, 의구심을 피워 올렸다.

"저거 형님 차원관문 아니야?"

그들의 머리 위에 모여든 에르그 에너지는 신혁돈의 시그니처와 같은 보라색 차원관문을 만들어냈다.

길드원들은 일말의 경계도 하지 않은 채, 차원관문을 바라보았다.

차원관문이 완성된 순간 신혁돈과 엘드요툰들이 마치 혜성처럼 쏟아져 나오며 땅바닥에 내리꽂히기 시작했다.

기겁한 길드원들과 괴물들은 사방으로 흩어지며 유성우를 피했다.

이내 모든 엘드요툰이 어벙한 얼굴로 주변을 둘러보기 시작했을 때, 신혁돈이 넘어왔다.

"너희가 왜 여기 있지?"

"형님이 이리 보냈으니 여기 있지 않겠습니까?"

"……"

무언가 잘못되었다.

신혁돈은 빠르게 에르그 에너지를 돌리며 봉인의 여부를 확인했지만 차원의 에르그 에너지를 봉인한 자신의 스킬은 여전히 유지되고 있었다.

두 번째는 바이러스.

그리드가 눈치를 채고 수작을 부렸을 가능성을 체크하기 위해 확인해 보았지만 바이러스는 여전히 그리드를 옭아매고 있었다.

'그렇다면……'

자신의 실수란 말인가.

신혁돈은 곧바로 차원관문의 좌표를 확인했지만 좌표는 정확히 두 마왕의 차원을 가리키고 있었다.

즉, 자신의 실수는 아니었다.

그의 얼굴이 보기 좋게 구겨졌다.

'도대체……'

지금껏 차원관문을 사용하며 이런 적이 없었기에 신혁돈의 얼굴에 당황이 그대로 드러났다.

'이대로 있을 순 없다.'

길드원들과 괴물의 시선이 자신에게 집중된 것을 느낀 신혁돈은 그들을 바라보며 말했다.

"일단 이곳부터 정리한다."

일분일초가 아까운 상황.

지금 지구로 돌아가 문제의 원인을 규명한 뒤 움직이다가 그리드가 정신을 차리기라도 한다면 남은 두 마왕을 정리할 수 없어진다.

'바이러스는 제대로 작동하고 있어.'

마음속에 싹트는 일말의 불안감을 꾹 누른 신혁돈은 자신의 의지를 확실히 다지듯 고개를 끄덕인 뒤 다시 한 번 말했다.

"움직이자."

다시 원래의 표정으로 돌아온 신혁돈의 목소리를 들은 길드원들은 의아한 얼굴을 하고 있었지만 일단은 고개를 끄덕였고 이내 진군을 시작했다.

모든 괴물들이 한곳에 모여 진군하는 장면은 말 그대로 장관이었다.

사막악어들과 놈의 갑옷은 햇빛을 받아 반짝였고 그들 사이사이에 불뚝 솟아 있는 엘드요툰들의 불꽃은 바라보는 것만으로 위압감을 자아냈다.

그들의 머리 위로는 사백에 달하는 드레이크들이 편대를 지어 날고 있었으며 그들의 중심에는 하늘거북들이 쉼터 겸 사령탑이 되어주고 있었다.

하늘을 뒤덮는 거대한 날개를 가진 쿠엔틴은 그들의 선두에서 날고 있었으며 쿠엔틴보다 거대한 모든 하늘거북의 어미는 후미를 맡고 있었다.

언제 어디서 기습을 당한다 하더라도 대응을 할 수 있는 완벽한 대형.

그렇게 한 시간.

한 시간 동안 진군하는 동안 살아 있는 생명체를 단 하나도 보지 못한 것 때문일까.

심장 근처의 혈관이 탁 막혀 피가 잘 돌지 않는 그런 느낌이 계속해서 신혁돈을 괴롭혔다.

'불안하다.'

신혁돈은 불안감에 매 분마다 바이러스의 작동 유무를 살피고 있었으나 바이러스는 여전히 작동하고 있었다.

'만약… 그리드가 바이러스의 존재를 알아챈 것이라면? 그리고 나를 속이고 있는 것이라면?'

신혁돈은 도시락의 위에 선 채 눈을 감았다.

'내가 그리드라면…….'

신혁돈과 싸우기 전, 일단 지구를 박살 낼 것이다.

그가 돌아올 곳을 없앤 뒤 맹수가 먹잇감을 사냥하듯 천천히 몰아갈 것이다. 그리고 사냥감이 지쳐 모든 것을 내려놓았을 때.

그때 목을 벨 것이다.

"…씨발."

"…뭐?"

갑작스러운 욕지기에 그의 옆에 서 있던 홍서현이 신혁돈을 바라보았다.

"갈라진다."

"뭐? 왜?"

말을 마친 신혁돈은 대답 대신 강신을 사용하며 하늘로 날아올라 모든 길드원들에게 말했다.

─나를 중심으로 시계 방향으로 전부 갈라져서 차원 전체를 뒤져라. 생명체 하나를 발견하는 즉시 신호하도록.

갑작스럽게 떨어진 의아한 명령에도 괴물들은 신혁돈의 '정신지배'의 영향을 받아 곧바로 움직이기 시작했다.

그러나 길드원들은 망설였다.

괴물들이 사방으로 흩어지는 것을 본 윤태수는 강신을 사용해 신혁돈의 옆으로 다가오며 물었다.

"무슨 일입니까? 이렇게 흩어졌다가 마왕이라도 만나면……."

"함정인 것 같다."

"네?"

"너도 흩어져. 뭐 하나라도 찾으면 신호해라."

"형님은 어떻게 하시려고 그러십니까?"

"지구에 다녀오마."

일단 지구의 안전을 확인해야 한다. 신혁돈이 잠깐 없더라도 순식간에 당할 길드원들이 아니다.

그의 의중을 읽은 윤태수는 고개를 끄덕임과 동시에 길드원들을 지휘해 퍼져 나가기 시작했다. 그 모습을 본 신혁돈은 지구로 향하는 차원관문을 열고 몸을 던졌다.

*   *   *

"끄으윽……."

조훈현은 뇌를 후벼 파는 듯한 통증에 온몸을 뒤틀며 신음을 흘렸다. 이내 통증은 사라졌지만 강렬한 충격에 잠이 깨버린 조훈현은 눈을 벅벅 비비며 시계를 확인했다.

새벽 4시.

"후."

요즘 너무 무리했나?

아빠가 집에 없는 날이 많아 첫째가 외로워한다는 마누라의 말에, 오랜만에 불타는 나날을 보낸 게 문제였을까.

조훈현은 풍성해진 머리를 쓸어 올리며 침대에서 일어났다.

"여보?"

"어, 자."

그의 기척에 잠에서 깬 와이프를 안심시킨 조훈현은 거실로 나가 물을 한 잔 떴고 그 순간.

"끄으으으읍!"

챙그랑!

다시 한 번 격통이 그의 머리를 강타했다.

마치 압축기에 뇌를 넣고 짜내는 듯한 통증!

뇌와 눈, 척추까지 타들어가는 듯한 고통에 조훈현은 손에 들고 있는 유리컵이 깨져 그 파편들이 손바닥을 파고드는 것조차 모르고 주먹을 꽉 쥐었다.

"그으으읍……."

"여… 여보?"

유리가 깨지는 소리에 나왔던 조훈현의 와이프는 얼굴이 새빨개진 채 유리 조각을 쥐고 있는 그의 모습을 보고 비명을 질렀다.

고통에 온몸에 혈관이 불룩 튀어 나왔고, 눈의 미세 혈관이 터져 붉어졌음에도 조훈현의 시선은 창밖으로 향해 있었다.

그의 와이프는 비명을 지르다 핸드폰을 쥐었고 곧 119를 누르려다가 조훈현의 시선이 창밖으로 고정되어 있음을 깨달았다.

"…어?"

초가을 새벽 4시.

절대 해가 떠오를 수 없는 시간.

창밖은 대낮처럼 환했다.

'설마……'

대규모로 화이트홀이 나타날 때도 이토록 고통이 심하진 않았다.

그렇다면 지금의 고통은…….

"허억… 허억……."

달그락.

조금씩 고통이 가시며 조훈현의 손이 펴졌고 그의 손에 들려 있던 유리 조각들이 거실 바닥으로 떨어졌다.

"여보 손! 손!"

조훈현은 무언가에 홀린 듯 그녀의 말을 무시한 채 베란다로 걸어가 창문을 열었다. 그리고 이내 자신의 눈으로 확인했다.

"화이트홀……."

그는 자신의 눈을 의심했다. 그러고는 이것이 현실이 아니길 바랐다.

하지만 유리가 박힌 손에서 올라오는 고통이 이것이 현실임을 계속해서 자각시켰다.

그의 눈앞에는 크기를 가늠할 수 없을 정도로 거대한 화이트홀이 펼쳐져 있었고, 그곳에서는 셀 수도 없이 많은 괴물들이 꾸역꾸역 뛰쳐나오고 있었다.

"몬스터 브레이크."

그 지옥 같은 풍경이 그의 눈앞에서 다시 한 번 펼쳐지고 있었다.

"여보. 전화기."

"네?"

조훈현은 한마디 더 하는 대신 그녀가 들고 있는 핸드폰을 빼앗듯이 받아 간수호에게 전화를 걸었다.

네 번의 수화음.

억겁같이 긴 시간 동안 조훈현은 자신의 핸드폰을 찾아 들며 비상 연락망에 전화를 걸었다. 그리고 간수호의 목소리.

—이 시간에 무슨……

"코드 GWH. 컬러 레드. 비상 연락망 켜고 관리국에 연락해."

—…예?

간수호가 대답한 순간, 그의 핸드폰으로 전화했던 비상 연락망이 발동되었다. 조훈현은 간수호와 전화하던 것을 끊고는 비상 연락망이 연결된 핸드폰에 대고 말했다.

"전 세계 아이기스에 전한다. 코드 GWH. 컬러 레드. 국가 비상사태선언. 다시 한 번 말한다. 전 세계 아이기스에 전한다. 코드 GWH. 컬러 레드. 국가 비상사태선언."

말을 마친 조훈현은 곧바로 전화를 끊었고 그의 옆에서 불안감에 떨고 있는 와이프를 보며 미소를 지었다.

"여보. 첫째 깨워."

"무슨 일이에요?"

"가면서 설명할게. 일단… 빨리 나가야 해. 최대한 빨리!"

나긋하게 시작했으나 움직임은 갈수록 급해졌다. 그의 표정에 서린 다급함을 읽은 와이프도 곧바로 움직였다.

콰직!
쿠어어어어어어!

콰드드득!

운전대를 잡은 조훈현은, 자신이 육체 능력 각성자가 아니라는 사실에 입술에서 피가 날 정도로 분노했다.

사방에서 무고한 시민들이 죽어나가고 있었다.

갑자기 나타난 괴물들은 사람과 자동차, 건물을 가리지 않고 때려 부쉈고 그 앞에 민간인들은 반항은커녕 반응조차 하지 못한 채 명을 달리했다.

"으아아아아!"

이른 새벽, 빠르게 잠에서 깬 덕에 도로에 나와 있는 차는 얼마 없었고 그 덕에 조훈현은 어마어마한 속도로 도로를 달릴 수 있었으나 그것이 위로가 되진 않았다.

그가 소리를 내지른 순간.

위이이이잉!

콰아아앙!

끼기이이익!

그의 눈앞으로 기괴하게 생긴 괴물 한 마리가 떨어져 내렸다. 조훈현은 급하게 브레이크를 밟으며 차를 돌렸다.

"쿠어억!"

사슴의 머리와 사자의 주둥이, 그리고 고릴라의 몸을 섞어놓은 괴물은 조훈현의 차를 발견하고 돌진했다.

조훈현은 핸들을 쥔 채 액셀러레이터를 풀로 밟으며 에르그 에너지를 모아 괴물의 정신을 공격하는 '착란' 스킬을 발동시켰다.

"끄아악!"

그의 스킬이 발동됨과 동시에 괴물은 고장 난 샤워 헤드처럼 사방으로 날뛰며 애꿎은 도로를 부수기 시작했고 조훈현은 괴물과 멀어졌다.

백미러를 통해 괴물의 모습, 그리고 아이를 안고 있는 와이프의 모습을 확인한 조훈현이 안도의 한숨을 내쉬었다.

후우우웅!

콰드드득!

'한 마리가 아니었나…….'

그러나 방금의 괴물과 똑같이 생겼지만 조금 더 큰 놈이 차의 앞으로 뛰어들었다.

조훈현은 정신 계열의 메이지.

어지간한 괴물이라면 정신을 붕괴시켜 끝내겠지만 이 놈들은 딱 봐도 10등급 이상의 괴물들이었다.

캐스팅 없이 사용할 수 있는 마법으로는 잠깐 몸을 멈추는 것밖에 할 수 없는 상황.

다수 대 다수의 대결에서는 보통의 메이지 뺨을 칠 정도로 어마어마한 위력을 발휘했지만 일대일의 상황에서 그가 할 수 있는 것이라곤…….

"블라인드!"

눈을 멀게 하거나 잠시 행동을 멈추는 것뿐이었다.

"퍼지!"

괴물에게 메즈를 사용함과 동시에 핸들을 돌려 후진을 하고 길을 찾아 차를 돌린 순간.

쿠웅!

착란에 걸려 있던 괴물이 그의 앞을 가로막았다.

앞과 뒤가 모두 막힌 진퇴양난의 상황.

그의 얼굴에 절망이 서렸다.

*   *   *

차원관문을 통과한 순간.

신혁돈은 자신의 눈을 의심했다.

"…형님?"

그의 눈앞엔 강신을 사용한 뒤 달려가다가 에르그 에너지의 유동을 느낀 윤태수와 김민희가 서 있었다.

"지구로 가신다고……."

이를 악문 신혁돈은 다시 한 번 차원관문을 열고 지나갔지만 또다시 같은 차원으로 이동되었다.

"어떻게 된 겁니까?"

"막혔다."

신혁돈은 당황하는 대신 긴 심호흡을 한 번 한 뒤 차원을 봉인하고 있던 모든 에르그 에너지를 흡수했다.

한데.

'봉인이 해체되지 않는다.'

그리고 미세하게 느껴지는 에르그 에너지가 따로 있었다.

'그리드…….'

단 두 번 느꼈으나 절대 잊을 수 없는 그리드의 에르그 에너지가 차원 전체를 뒤덮고 있었다.

"당했다."

신혁돈이 사용했던 방법 그대로.

차원을 봉인한 뒤 거짓된 정보를 그에게 흘린 것이다.

"예?"

"봉인. 그리드가 이 차원을 봉인했다."

"그럼……"

"우리를 묶어두고 지구를 공격하고 있겠지. 모든 길드원들과 괴물을 이리로 모아라."

멍한 표정을 짓고 있던 윤태수는 고개를 한 번 끄덕임과 동시에 결연한 얼굴이 되어 왔던 길로 돌아갔다. 그 모습을 본 김민희 또한 반대 방향으로 쏘아졌다.

그들의 뒷모습을 본 신혁돈은 양손으로 얼굴을 쓸었다.

"후……"

완벽히 당했다.

상상도 못한 방법으로.

머릿속이 하얗게 비어버릴 정도로 아주 세게 뒤통수를 맞았다.

"후우……"

다시 한 번 긴 한숨을 내쉰 신혁돈은 눈을 꾹 감았다가 뜬 뒤 하늘을 바라보았다. 후회와 자책은 언제든 할 수 있다.

지금 일분일초를 허비할 때마다 지구의 피해는 커진다.

신혁돈은 자신의 뺨을 짝 소리가 나게 두들긴 후 생각을 시작했다.

'그럼 여긴 어디지?'

그리드는 차원을 만들 수 있는 존재. 그가 만든 차원일 가능이 가장 높다.

'그렇다면 어떻게 벗어나야 할까.'

봉인을 깨야 한다.

그리고 봉인을 깨려면…….

'그리드를 죽여야 한다.'

에르그 에너지 보유량으로는 그를 넘어설 수 없다. 즉, 그의 봉인을 깨기 위한 방법이 없다는 뜻.

신혁돈은 가능성이 없는 작전을 모두 제하며 계속해서 머리를 굴렸다.

그의 속에 잠들어 있는 모든 시스템과 마왕의 기억을 전부 훑고 다시 또 훑으며 탈출할 방법을 모색하기 시작했다. 이내 김민희와 윤태수의 말을 들은 괴물과 길드원들의 그의 주변으로 모이기 시작했다.

그들은 설명을 바라는 대신 신혁돈을 믿기로 한 듯 그의 주변에 앉아 곧 있을 전투에 대비해 무구를 정비하기 시작했다.

주변이 번잡해질수록 신혁돈은 더욱더 자신의 속으로 파고들어 갔다.

봉인의 능력을 가졌던 벨라툼의 시작부터 끝까지 모든 삶, 그리고 그가 봉인을 사용한 모든 순간을 훑은 그는 특이한 상황을 발견하고선 눈을 떴다.

'봉인을 해체한 이가 있다.'

벨라툼이 차원을 정복하던 중, 그에 버금갈 정도로 강한 괴물이 있었다.

그 괴물은 불사조와 같이 죽여도 죽여도 다시 살아나는 무한한 생명력을 가진 존재였고 벨라툼은 그 괴물의 '불사'를 봉인시켰다.

그리고 그 괴물을 죽인 순간.

시체에 남아 있던 불사의 권능이 다시 적용되며 괴물은 봉인을 깨버린 뒤 다시 살아났다.

결국 벨라툼은 괴물의 다른 능력을 봉인시킨 뒤 계속해서 죽이고 또 죽여서 괴물의 모든 에르그 에너지를 소모시켜 죽였다.

'…대상이 소멸하는 순간 봉인은 해제된다.'

즉, 차원 자체를 소멸시켜 버린다면?

봉인을 깬 뒤 지구로 돌아갈 수 있을 것이다.

씨익.

신혁돈의 입가에 미소가 걸렸다.

노심초사 그의 얼굴만 살피고 있던 길드원들의 얼굴에도 미소가 번졌다.

"이제 뭘 하면 됩니까?"

"차원석을 찾아라."

"네!"

지금까지와는 다른, 당당한 그의 목소리와 모습에 길드원들은 확신을 얻었고 터져 나간 폭죽처럼 사방으로 뻗어나갔다.

*   *   *

사슴의 머리와 사자의 주둥이, 고릴라의 몸을 섞어놓은 모습의 기괴한 괴수들은 조훈현을 잡았다 생각했는지 지금까지와는 다른 느릿한 몸놀림으로 그의 차를 포위했다.

"후……."

벗어날 수 없음을 직감한 조훈현은 짧게 핸들을 내려친 뒤 백미러로 와이프와 아이를 바라보았다.

하지만 시간은 끌 수 있을 것이다.

"여보. 내가 내리면 앞자리로 와서 여길 벗어나. 이놈들 처리하고 따라갈게."

만약 자신이 육체 계열, 하다못해 원소 계열 메이지였다면 어떻게든 가족과 함께 이곳을 벗어날 수 있을 것이었다.

하지만 조훈현은 정신 계열의 메이지.

그의 얼굴에 서린 비장함을 힐끗 본 조훈현의 아내는 입술을 꽉 깨물며 고개를 저었다.

"안 돼요. 그러지 말아요."

"이 길로 쭉 가면 아이기스 본사 나오는 거 알지? 지나가다 많이 봤잖아."

쿵! 쿵!

어느새 괴물들이 지척까지 다다랐다. 더 이상 지체할 수 없음을 깨달은 조훈현은 아직까지 잠들어 있는 첫째 아이를 눈에 담은 뒤 차문을 열고 밖으로 나섰다.

"크릉."

"개 같은……."

아이러니하게도 이 상황에 제일 먼저 생각나는 얼굴은 신혁돈이었다.

와이프와 아이는 방금까지 보고 있어서 그랬나.

그는 이 상황까지도 예상하고 자신에게 경고했으나, 집에서 잠이나 처자다가 뒤지게 생겼다.

"허."

쿠쿠쿠쿵!

콰아앙!

꺄아아아아!

괴물들이 한 걸음씩 다가오는 사이, 주변의 건물들이 터져 나가고 무너지는 소리와 누군가의 비명이 그의 귓가를 어지럽혔다.

"씨발 새끼들. 좀 잘 살아보자는데."

말과 동시에 조훈현은 양손을 쫙 펼친 뒤 괴물들에게 뻗었다.

그 순간 블라인드와 퍼즈, 환각과 착란, 신경통까지 캐스팅 없이 그가 사용할 수 있는 모든 기술들이 두 괴물에게 적중되었다. 괴물들은 비명을 내지르며 머리를 감쌌다.

"쿠에에에!"

"내가 씨발! 아이기스 마스터 자리를 딱지치기로 딴 줄 알아!"

여전히 캐스팅을 할 여유는 없었다.

조훈현은 계속해서 에르그 에너지를 운용하며 차에 소리쳤다.

"가!"

쾅!

쾅쾅!

두 괴물은 수많은 정신 공격을 당했음에도 쓰러지기는커녕 발광을 하며 주변의 모든 것을 다 때려 부수고 있었다.

"이런……."

그가 끌 수 있는 시간은 1분 이하.

문제는 차 쪽으로 이동하며 주변을 다 때려 부수고 있는 놈이었다.

이대로라면 괴물이 차를 덮친다.

조훈현은 계속해서 정신 공격을 퍼부으면서 다시 한 번 소리쳤다.

"여편네야! 가라고!"

조훈현의 와이프는 벌게진 눈으로 차에서 내려 운전석으로 이동했다.

그때.

쿠웅!

차의 뒤에 있던 괴물이 다짜고짜 차를 향해 뛰며 주먹을 내려쳤다.

"안 돼!"

어떤 마법을 발동시킬 시간도 없었다. 그저 소리치는 것 외엔.

조훈현의 집중이 흩어졌고 그와 동시에 차의 앞에 있던 괴물 또한 기성을 지르며 그를 향해 달려들었다.

'젠장…….'

그때 차를 향해 날아오던 괴물의 몸이 갑작스럽게 느려졌고 차에 닿을 때쯤에는 아예 멈추었다.

마치 시간이 느리게 흐르는 것처럼.

'이게… 주마등인가.'

한데 이상했다.

괴물들의 기성과 건물이 부서지는 소리는 그대로 들리고 있었다.

"응?"

콰득!

까드드득!

조훈현의 얼굴에 의문이 떠오른 순간 그의 차까지 다가왔던 두 괴물이 보이지 않는 거인의 손아귀에 쥐어진 듯 구겨졌다.

푸확!

무른 토마토처럼 두 마리의 괴물이 터져 버리자 하늘에서 천사가 강림하듯 새하얀 로브와 빛나는 지팡이를 든 여자가 떨어져 내렸다.

"마스터!"

"백연희!"

"괜찮으세요?"

조훈현은 온몸에 소름이 돋는 것을 느끼며 차 안을 확인한 뒤 정신없이 고개를 끄덕였다.

"고맙다! 고마워!"

"인사는 나중에! 차 안에는 사모님?"

"어."

"타세요!"

조훈현은 곧바로 조수석에 탑승했고, 동시에 그들이 타고 있는 차가 허공으로 떠오르기 시작했다.

한때는 신혁돈의 시다 역할을 하던 백연희.

그녀는 어느새 아이기스의 마스터 메이지가 되어 있었다.

* * *

콰앙!

후드드득!

거대한 폭발과 동시에 바윗덩어리들이 사방으로 튕겨 나갔고 그 아래 숨겨져 있던 속살이 만천하에 드러났다.

강신을 사용한 윤태수는 손을 휘휘 저어 먼지를 흩어낸 뒤 공간에 시선을 집중시켰고 이내 함박웃음을 지었다.

─찾았습니다!

윤태수의 외침에 신혁돈은 곧바로 그가 있는 곳으로 날아갔다. 그러고는 차원의 근간을 유지하는 차원석을 발견하자 윤태수와 같은 미소를 지었다.

"얼마나 걸렸지?"

"세 시간하고 삼십오 분입니다."

차원 간 시간의 간극이 얼마나 되는지 모르기 때문에 이곳에서의 세 시간이 지구에서의 몇 시간일지는 예상할 수 없다.

최악의 경우 몇 년이 지나 있을 수도 있는 상황.

신혁돈은 곧바로 차원석에 손을 얹은 뒤 모든 에르그 에너지를 흡수하기 시작했다.

쏴아아아아!

'…무슨.'

차원석에 있는 에르그 에너지의 양이 어지간한 마왕을 넘어
섰다.

이내 신혁돈이 다른 생각을 할 수 없을 정도로 어마어마한 양
의 에르그 에너지가 그의 손을 타고 몸속으로 쏟아져 들어왔다.
신혁돈은 생각을 접은 뒤 모든 에르그 에너지를 받아들이기 시
작했다.

"뭐지?"

차원석 주변에 경계를 서고 있던 윤태수는 갑작스럽게 터져
나오는 어마어마한 에르그 에너지양에 당황해 신혁돈을 바라보
며 입을 쩍 벌렸다.

"그리드!"

"아니, 혁돈 형님이다."

당황하며 검을 뽑았던 윤태수는 백종화의 만류에 눈살을 찌
푸리며 차원석을 바라보았고, 그제야 샛노란 에르그 에너지 속
에 묻혀 있는 신혁돈의 모습을 확인할 수 있었다.

"저게 뭡니까?"

"글쎄."

신혁돈과 차원석은 에르그 에너지 그 자체라 부를 수 있을 정
도로 샛노란빛을 뿜고 있어서 맨눈으로는 바라보기도 힘들 정도
였다.

그렇게 15분.

차원석은 점점 더 어두워졌고 신혁돈은 점점 더 밝아졌으며 그의 몸에서 흘러나오는 에르그 에너지 때문에 주변에 서 있기조차 힘들어졌다.

신혁돈과 거리를 벌린 길드원들은 곁눈질로 신혁돈이라 추정되는 거대한 에르그 에너지를 힐끗힐끗 바라보며 말했다.

"혁돈 형님이 저렇게 오랫동안 에르그 에너지를 흡수한 적이 있었나?"

"없었지 말입니다."

"그럼 저건 도대체 얼마나 많은 에르그 에너지를 가지고 있다는 거야?"

"확실한 건 제 실력으로는 얼마나 많은 양인지 감도 안 잡힌다는 겁니다."

"나도 마찬가진데."

윤태수와 고준영의 말을 듣고 있던 백종화가 입을 뗐다.

"아마 그리드는 우리를 이곳에 오랜 시간 동안 잡아둘 수 있을 거라 생각한 모양이다."

"예?"

"그러니 이렇게 거대한 차원을 만들고 우리를 가두어두었겠지. 우리가 빠져나갈 수 없다는 것을 깨닫고선 차원을 때려 부수더라도 버틸 수 있도록. 그리고 혁돈 형님이 봉인을 깨부술 수 없도록 엄청난 에르그 에너지를 담아둔 것 같아."

"근데 혁돈 형님이 그리드의 생각 이상으로 강했다?"

"그거지."

윤태수는 자신이 한 일도 아닌데 알 수 없는 뿌듯함이 드는 것을 느끼며 다시 한 번 신혁돈을 바라보았다.

"그럼 저 차원석이 얼마나 많은 에르그 에너지를 품고 있을 거 같으십니까?"

"그것까지야 모르지. 하지만 그리드와의 결전에 어마어마한 도움이 될 건 분명하다."

그의 말에 동의하듯 길드원들이 고개를 끄덕일 때, 차원석을 밝히고 있던 모든 에르그 에너지가 사라졌다. 이내 신혁돈의 손이 차원석에서 떨어졌다.

제7장

최후의 결전

그 순간.

번쩍!

태양이 폭발하듯 신혁돈의 몸을 감싸고 있던 에르그 에너지가 사방으로 폭발하며 엄청난 빛을 뿜었다. 길드원들은 침음을 흘리며 눈을 가렸다.

"끄어……."

꾸르으응!

갑작스러운 빛에 눈이 멀 뻔한 길드원들은 각자 눈을 비볐고 곧 시각을 되찾았을 때 눈동자에서 노란빛을 발하고 있는 신혁돈이 그들을 바라보며 말했다.

"가자."

"…형님?"

"뭐."

"괜찮으십니까?"

"최곤데."

신혁돈은 고개를 끄덕이며 자신의 몸을 살폈고 이내 말을 이었다.

"지금이라면 그리드의 모가지라도 딸 수 있을 것 같아."

무엇보다.

"그러려면 지구로 돌아가야겠지."

그리드의 실수 덕에 에르그 에너지를 흡수하기 전까지는 상상만 했던 일이 가능해졌다.

그가 말을 마치자 신혁돈의 몸에서 에르그 에너지가 흘러나오기 시작했다.

마치 실타래가 풀리듯 한 올, 한 올 풀린 에르그 에너지는 마치 자가 증식을 하듯 하나가 두 개가 되고, 두 개가 네 개가 되며 주위를 잠식해 나가기 시작했다.

그리고 정신을 차렸을 때,

샛노란 에르그 에너지는 차원 전체를 잠식해 나가고 있었다.

"…이런 미친."

한 사람의 몸속에, 아니, 한 생명체가 가지고 있는 양이라고는 믿을 수 없는 엄청난 양에 기가 질린 윤태수가 나직이 욕설을 뱉었다.

"움직인다……."

그의 에르그 에너지가 천천히 움직이기 시작했다.

아주 미세한 공기의 흐름처럼 흐르던 에르그 에너지는 어느

순간을 기점으로 바람이 되었고, 바람이 분다는 것을 느꼈을 때
는 태풍이 되어 있었다.

"됐군."

"뭐가 말입니까?"

"봉인이 깨졌다."

신혁돈이 한 짓은 간단했다.

봉인당해 정체되어 있는 차원 전체의 에르그 에너지를 자신
의 에르그 에너지로 메워 버린 뒤 차원의 균형을 부수어 봉인을
깨버린 것.

다분히 미친 짓이라 생각했던 일이 그의 의지대로 펼쳐졌고
머릿속에 그린 그대로 성공했다.

"차원의 균형을 깼다. 곧 차원이 붕괴될 거고, 눈치챈 그리드
는 우리가 못 넘어오게 막을 테지."

말을 마친 신혁돈은 천천히 양손을 휘저었고 그와 동시에 차
원 전체를 집어넣어도 들어갈 만큼 거대한 차원관문이 생겨났
다.

"차원의 틈에 끼어 죽고 싶지 않으면, 뛰어라."

말도 되지 않는 광경에 멍하니 있던 길드원들과 괴물들이 곧
바로 차원관문을 향해 달리기 시작했다.

$$* \qquad * \qquad *$$

아이기스 한국 총본부 회의실.

"21분 전, 전 세계에 100개 이상의 거대 에르그 에너지 반응

이 감지됐고, 그와 동시에 그레이트 화이트홀이 나타났습니다. 관측된 것만 100개 이상. 지금도 계속해서 수는 늘어나고 있습니다."

얼마나 급하게 나왔는지 반바지에 반팔 차림인 간수호는 추레한 복장과는 달리 굳은 얼굴로 보고했다. 그의 말을 들은 아이기스의 수뇌들의 얼굴 또한 그와 같이 굳어갔다.

"피해는?"

"측정 불가입니다. 일단 전 세계의 아이기스와 각국의 관리국들, 그리고 모든 각성자들이 나서서 정리하고 있긴 합니다만 각성자들의 수준과 숫자, 모두 괴물들이 앞섭니다."

"후."

짧은 한숨을 흘린 조훈현은 얼굴을 쓸어 올린 뒤 말했다.

"우리나라의 화이트홀은?"

"확인된 것은 아홉 개. 주요 도시, 인구 밀집 지역 위주로 나타나 주변의 모든 것을 파괴하고 있습니다."

"관리국은?"

"국가 비상사태 선포 후 군과 함께 소탕 작전을 펼치고 있습니다. 현재 한국에 있던 모든 아이기스 길드원들 또한 관리국과 함께하고 있긴 합니다만… 말이 소탕이지 전선을 만드는 데 급급합니다."

그레이트 화이트홀이 아홉 개.

단 하나만으로도 전 세계의 각성자들이 모여 죽음을 불사하고 전투를 벌여야 처리할 수 있는 괴물들이 한 나라에만 아홉 개가 나타난 것이다.

조훈현의 얼굴에 드리운 절망을 읽은 간수호가 말을 덧붙였다.

"그나마 다행인 점은 지금까지 나타났던 그레이트 화이트홀의 에너지 보유량보다 모자란 것들입니다. 그래서 전선을 만들 수 있는 상황이고… 무엇보다 혁돈 씨의 경고 덕에 비상 연락망이 만들어진 뒤 벌어진 상황인지라 대처가 빨랐습니다."

간수호의 말에 조훈현은 다시 한 번 한숨을 내쉬었다.

아이기스 건물로 오는 도중 보았던 아수라장이 떠올랐기 때문.

'그래도 이 정도면 다행이다.'

애써 자신을 위로한 조훈현은 천천히 고개를 끄덕인 뒤 자리에서 일어서며 말했다.

"일단 아이기스, 우리는 우리가 할 수 있는 것을 합니다. 관리국과 군대가 만든 전선 중 힘든 곳을 지원하고 각성자들의 지원을 받지 못하고 있는 곳을 최우선으로 지원합니다."

그의 말에 여섯 명의 수뇌부가 고개를 끄덕였고 그 모습을 본 조훈현이 말을 이었다.

"여섯 분은 두 분씩 짝지어서 개별적으로 소탕 작전을 시행해 주시길 바랍니다. 이 시간부로 모든 작전권은 현장 사령관에게 일임하며 그것으로 인해 발생하는 모든 것에 대한 책임은 제가 지겠습니다."

괴물을, 그것도 그레이트 화이트홀에서 튀어나오는 괴물을 상대하려면 불시에 벌어지는 상황이 발생하게 마련이고, 그것을 대비하기 위해서는 절대적인 명령권이 필요하다.

그들의 명령이 옳다면 괜찮다. 하지만 잘못되었다면?

수뇌의 말 한마디에 각성자 수십, 수백은 물론이거니와 민간인 수천수만의 목숨이 사라진다.

자신들의 어깨에 올려진 무게를 아는 이들은 천천히 고개를 끄덕이며 답했고 그들의 답을 들은 조훈현은 한 명, 한 명과 눈을 맞춘 뒤 말했다.

"시간이 없습니다. 당장 움직입시다."

"예."

"모두… 살아서 다시 만납시다."

그리고 그들이 회의실을 빠져나가려는 순간 끝까지 고민을 하고 있던 조훈현이 말을 덧붙였다.

"인간의 목숨에 가치를 매길 순 없습니다. 하지만… 긴 싸움이 될 겁니다. 그렇기에… 단 한 명의 각성자라도 더 살아남아야 이 사태를 막아낼 수 있습니다. 그 점 유의해 주시길 바랍니다."

아리송한 말에 고개를 갸웃한 사람이 있는 반면, 그의 말을 이해한 이들은 입술을 씹거나 미간을 찌푸렸다.

인명을 구하기 위해 움직이지만, 그들의 목숨보다 각성자들의 목숨을 우선으로 생각하라는 명령.

"…알겠습니다."

제일 먼저 대답한 사내가 문을 부술 듯 열고 나갔고 그의 뒤로 나머지 다섯 사람이 나름의 대답과 함께 침울한 얼굴로 회의실을 빠져나갔다. 그들의 등을 바라보고 있던 간수호가 말했다.

"참… 개 같습니다."

"차라리 개새끼라 그래라."

"마스터가 개새끼겠습니까. 이런 상황을 만든… 이런 선택을 할 수밖에 없도록 몰아넣은 마왕인가 뭔가 하는 그 새끼들이 개새끼죠."

간수호는 말을 마치며 짧게 혀를 찼고 조훈현은 자책하듯 양손으로 양 관자놀이를 꾹 눌렀다.

"내 선택이 옳다고 생각하진 않아. 그러니 후대에게 판단을 맡기련다. 역사책에 한 줄 정도, 그 정도는 새길 수 있겠지. 욕이든, 칭찬이든."

말을 마친 조훈현은 남은 앙금을 털어내듯 고개를 휘휘 저었고 그 모습을 본 간수호가 말했다.

"그럼 역사책 쓸 후대 한 명이라도 더 살리러 갑시다."

"그래."

그때, 닫혔던 회의실의 문이 열리며 새하얀 로브를 걸친 백연희가 들어왔다.

"아주 훌륭한 영웅들 납셨네요."

"뭐야? 너 왜 안 가?"

백연희를 본 조훈현이 물었고 그녀는 손에 든 지팡이를 휘휘 휘두르며 말했다.

"마스터 지켜야죠."

백연희는 전 세계의 수재들이 모이는 아이기스 내에서도 마스터 메이지에 오를 정도의 실력을 지닌 이, 즉 괴물과의 전투에서 엄청난 전력이 될 사람이었다.

그녀의 말을 들은 조훈현은 크게 호통을 쳤다.

"네가 여기 있으면 안 되지!"

"나 하나 빠지는 건 다른 사람으로 커버되니까 괜찮아요. 근데 마스터는 대체할 수 있는 사람이 없거든요."

순식간에 붉어진 얼굴로 소리를 치려던 조훈현은 꿀 먹은 벙어리처럼 말문이 막힌 채 간수호를 바라보았다.

그런데 간수호는 그의 시선을 피했다. 그 모습을 본 백연희가 허리에 손을 얹으며 말했다.

"'손과 다리가 뜯기고, 심지어 눈이 파이고 귀가 떨어져 나가도 살아남을 순 있다. 하지만 머리가 잘리면 그대로 끝이다'라고 말을 하면서 마스터를 지키라고 한 사람이 있거든요. 근데 그 사람이 이 자리에 있어요. 난 아니고, 마스터도 그 말을 안 했으니 누굴까. 참 궁금하네."

그녀의 말이 끝나자 백연희에게 고정되어 있던 조훈현의 시선이 간수호에게로 향했다.

간수호가 어찌하지 못하고 있을 때 그의 태블릿 PC가 요란히 울렸다.

액정에 뜬 메시지를 본 그의 미간이 확 굳었다.

"관리국이… 습격당했다고 합니다."

*　　　　*　　　　*

"국장님!"

"오지 마!"

크르르르륵…….

평소라면 그의 말을 무시하고 당장에라도 괴물들을 뚫고 들

어가 오훈을 구했을 것이다. 이남정이라면, 그의 성격이라면 진
즉에 그러고도 남았을 사람이다.

한데 발이 떨어지지 않았다.

기분 나쁜 도깨비불로 된 몸을 가진 늑대들이 오훈을 포위하
고 있어서?

아니다.

오훈이, 관리국의 수장이 죽으면 지휘 체계가 무너진다.

그 자리를 대신할 사람은 남아 있어야 하고, 그것은 부국장,
즉 이남정 자신이었다.

"으아아아아!"

"부국장님. 피하셔야 합니다."

왜 하필!

메이지들이 없을 때 정신체 괴물들이 습격을 온단 말인가.

그리고 정신체 괴물들은 도대체 어떻게 알고 다른 이들은 거
들떠보지도 않은 채 오훈만을 노린단 말인가.

반파, 아니, 형체를 알아볼 수 없을 정도로 파괴된 관리국의
건물 기둥 사이 새파랗게 불타는 늑대들은 자신들을 포위하고
있는 관리국 각성자들과 자신들이 포위하고 있는 오훈의 거리를
재고 있었다.

이대로라면 곧 싸움이 시작될 것이고, 오훈은 죽는다.

메이지들이 있었다면 정신체 괴물들을 피 한 방울 흘리지 않
고 정리할 수 있었겠지만, 메이지들이 없는 지금이라면 밀리 계
열의 각성자들 수십이 죽어나갈 것이었다.

찰나에 수많은 생각이 이남정의 머리를 흔들어놓았고 그는 판

단을 내리지 못했다.

그때 오훈의 몸에서 에르그 에너지가 흘러나오기 시작했다.

"가! 그리고 살려!"

오훈이 무언가를 한다고 생각한 정신체 괴물들은 지체할 틈도 없이 곧바로 오훈에게로 달려들었다.

그와 동시에 그의 몸이 폭발하듯 엄청난 양의 에르그 에너지가 터져 나왔다.

＊　　　　＊　　　　＊

번쩍!

관리국 건물이 있던 곳, 이제는 폐허가 되어 버린 장소에서 엄청난 에르그 에너지의 폭발이 일었다. 그리고 하늘 높이 차원관문이 생겨났다.

"스피릿 울프, 일곱. 등급은 네이비… 라."

등급 외로 규정된 화이트홀을 제외한 7개의 차원관문 중 두 번째로 강한 남색 차원관문에 등장하는 이들을 '네이비 등급'이라 칭했다.

즉, 퍼플 홀 바로 아래 등급인 네이비 홀에 등장하는 괴물이라는 뜻.

습관적으로 괴물의 정보를 읊은 신혁돈은 그대로 수직 하강을 시작했다.

쏴아아아아!

마치 별똥별이 떨어져 내리듯, 순식간에 강신을 사용한 신혁돈은 불길에 휩싸이며 관리국의 중앙으로 쏘아졌다.

"…어어어어!"

"피해!"

오훈의 희생에 슬퍼할 새도 없이 갑작스럽게 떨어져 내린 불덩어리를 발견한 관리국 직원들은 부리나케 도망쳤다.

불덩어리가 바닥에 닿은 순간!

후웅!

"으아아… 아?"

예상했던 폭발이 아닌 부드러운 바람이 그들의 몸을 감쌌다.

*   *   *

지금껏 보아온 괴물들에 비하자면 크다고 볼 순 없는 체구.

3미터 정도 크기의 괴물이 인천항을 헤집고 있었다.

"눈을 감아라!"

"크아아아!"

말의 몸에 인간의 상체를 합쳐놓은 켄타우로스와 비슷하지만 이 괴물은 말의 몸 대신 맹수의 몸을 가지고 있었다.

상체는 인간 여자의 몸을 하고 있었으며 노랗게 타오르는 머리칼이 등 전체를 가리고 있었다. 그리고 한 손에는 기다란 채찍, 다른 한 손에는 노란 불꽃을 들고 있었다.

수많은 각성자들이 괴물을 둘러싼 채 대치를 하고 있었으나 괴물의 공격을 단 한 번이라도 막아내는 각성자는 없었다.

그뿐이 아니다.

찌이이잉!

노란 불꽃이 환하게 빛을 뿜을 때마다 그 빛을 피하지 못한 이들의 시력은 사라져 버렸고 소리를 들은 이들은 귀가 멀어버렸다.

화이트홀 발생 당시, 인천항에 파견된 각성자의 수는 삼백.

하나 지금 남은 수는 오십이 채 되지 않았다.

'막을 수 없어. 이대론… 전멸이다.'

공격대 삼백 명의 지휘관으로 임명받은 김태환은 이를 악물며 눈을 질끈 감았다. 노란 불꽃이 다시 한 번 빛을 뿜을 준비를 했기 때문이었다.

눈을 감음과 동시에 사방에서 단말마와 파육음이 터져 나왔다.

더 이상 버틸 수 없다 판단한 김태환이 퇴각을 외치기 위해 입을 벌린 순간.

그의 눈앞으로 거대한 채찍이 날아들었다.

*   *   *

쿠릭!

빵!

푸화아아악!

짐승의 단말마와 공기가 터지는 소리, 그리고 물풍선이 터지는 소리가 하나의 하모니가 되어 울려 퍼졌다. 그리고 오훈이 자신의 몸을 매개체로 터뜨렸던 거대한 에르그 에너지의 폭발이 사그라졌다.

어떻게 된 것인지 감조차 잡지 못하고 있던 찰나.

지이이이잉!

당황하고 있는 관리국 직원들의 머리 위로 지금껏 보지 못했던 거대한 차원관문이 나타났다.

"…세상에."

"피… 피해!"

오훈의 희생으로 떨어지지 않던 다리가 단박에 움직이기 시작했다. 모든 관리국의 직원들은 차원관문에서 멀어지기 위해 사방으로 도망치기 시작했다.

하지만 이남정은 달랐다.

'다르다.'

신혁돈과 함께 사냥을 다닌 결과 관리국의 실세로 거듭날 수 있었던 그는 관리국의 누구보다 많은 에르그 에너지와 경험을 보유할 수 있었고, 그 때문에 느낄 수 있었다.

'괴물들의 차원관문이 아니야.'

그렇다면.

이남정은 도망치는 관리국 직원들과 반대로 무너진 건물 사이로 달려 들어갔고 곧 오훈이 서 있던 자리에 도착할 수 있었다.

그리고 그는 지금의 상황에 어울리지 않는 헛웃음과 함께 허탈한 목소리를 내었다.

"보스."

검은 코트와 연결된 검은 후드. 그 사이로 힐끗 보이는 눈빛. 그것만으로 이남정은 그 사람이 자신의 인생을 바꿔놓은 사람임을 직감할 수 있었다.

그와 동시에 전율이 일었다.

'강해졌다.'

아니, 달라졌다. 전에는 많이 강한 사람 정도로 생각할 수 있었다면 지금은 넘볼 수 없는 존재가 되어 있었다.

그가 숨을 쉴 때마다 들락날락하는 에르그 에너지만으로도 이남정이 가진 모든 에르그 에너지를 넘어섰다.

압도적인 존재감에 경외 그 이상의 감정을 느낀 이남정이 마른침을 삼킬 때, 신혁돈의 시선이 그에게로 향했다.

"좀 늦었다."

보스, 신혁돈은 마치 점심 약속에 늦은 사람처럼 덤덤한 어조로 말했다. 이남정은 그의 시선이 향한 곳으로 향했다.

"…국장님?"

신혁돈의 시선이 닿은 곳에는 새카맣게 타버린 한 구의 시신이 무릎을 꿇은 채 앉아 있었고 모르는 사람이 봤다면 신혁돈이 일으킨 불꽃이 그를 태웠을 것이라 오해할 수 있었다.

하지만 이남정은 그게 아니라는 것을 알았고 가볍게 고개를 숙여 묵념하는 것으로 조의를 표한 뒤 신혁돈을 바라보았다.

"안 늦었습니다."

그의 대답이 마음에 들지 않는 듯 짧게 혀를 찬 신혁돈은 하늘을 올려다보았다. 이남정의 시선이 다시 한 번 그를 따라 차원 관문으로 향했다.

그리고…….

"맙소사… 저거 도시락입니까?"

어느새 하늘 전체를 뒤덮을 정도로 거대해진 차원관문에서는 빌딩이라 해도 믿을 수 있을 만큼 거대한 드레이크가 모습을 드러내고 있었으다. 그 주변으로도 수많은 드레이크들이 나타나고 있었다.

신혁돈은 대답 대신 차원관문이 아닌 다른 하늘을 바라보았다. 대답을 기다리던 이남정 또한 똑같이 고개를 돌렸다.

"아이기스?"

그곳에서는 조훈현과 백연희, 그리고 간수호가 하늘에 멈춰 선 채 차원관문을 올려다보고 있었다.

그들은 공격을 해야 하는지, 당장 대피해야 하는지 맥을 잡지 못하고 있다가 신혁돈의 몸에서 자연스럽게 흐르는 에르그 에너지를 느끼고서야 그를 발견했다.

"혁돈 씨?"

신혁돈을 발견한 아이기스 일행이 그에게 다가가 하늘을 올려다보며 물었다.

"저게… 뭡니까?"

하늘에 나타난 보라색 차원관문에서는 여전히 괴물들이 쏟아져 나오고 있었으며, 그들에게서 느껴지는 에르그 에너지는 어지간한 그레이트 화이트홀 괴수에게 맞먹을 정도였다.

"아군."

말을 마친 신혁돈은 조훈현과 이남정을 바라본 뒤 살짝 고개를 끄덕였다.

"괜찮군."

"예?"

"안 그래도 부르려고 했는데 모여 있으니."

전에 보았을 때와 조금은 달라진 말투와 느낌에 조훈현은 의아한 표정을 지었다가 고개를 휘휘 젓고선 그에게 물었다.

"그때 예견하신 일, 그게 지금 전 지구상에 일어났습니다. 그리고……."

"알고 있습니다. 그래서 온 거고. 잠깐……."

신혁돈은 손바닥을 뻗어 그의 말을 끊으며 눈을 감았다.

그 순간.

그들의 머릿속에서 심장 박동이 뛰듯 두근거리는 박동이 느껴졌다.

그들뿐만이 아니다.

지구에 있는 모든 이들의 머릿속에 똑같은 박동이 느껴졌고 그와 동시에 목소리가 이어졌다.

패러독스의 문양이 새겨져 있는 괴물들은 적이 아니다. 그들은 인간을 도와 괴물을 박멸할 나의 사자들이다.

한 문장이 끝남과 동시에 목소리가 말한 '괴물들'의 생김새가 모든 사람들의 머릿속에 각인되기 시작했다.

각기 다른 색의 드레이크들과 놈, 하늘거북과 사막악어, 거대한 곤충의 모습을 한 로스카란토의 자식들과 엘드요툰까지.

마치 원래 알고 있던 지식인 듯 머릿속 깊이 '이 괴물들은 우군이다'라는 지식이 새겨졌고 다음 말이 이어졌다.

그들은 인간의 말을 할 줄 안다. 그들은 자신의 목숨을 바쳐 인간을 도울 것이다. 대화하고 소통하여 마지막 시련을 이겨내라.

가이아의 권능을 통해 모든 인류에게 메시지를 전한 신혁돈은 가볍게 밀려오는 두통에 관자놀이를 꾹 눌렀다 떼었다. 그리고 자신에게 꽂히고 있는 네 사람의 시선을 느꼈다.

"…맙소사."

"설마… 혁돈 씨… 아니, 혁돈 님께서… 가이아……."

조훈현은 적잖은 충격을 받은 듯 말까지 더듬어가며 어버버거렸고 신혁돈은 고개를 저었다.

"가이아는 죽었습니다."

"…예?"

"그럼 어떻게……."

"그녀의 권능을 제가 포식했고 이제 내가 행사하는 것일 뿐입니다."

모두의 얼굴에 경악과 의심, 혼란과 공포가 피어올랐다.

"설마… 가이아를 죽이신……."

조훈현의 물음에 신혁돈은 어이가 없다는 듯 헛웃음을 머금고 말을 이었다.

"저놈에게 죽었습니다."

신혁돈은 턱짓으로 저 멀리 보이는 그레이트 화이트홀을 가리켰고 네 사람은 그제야 고개를 끄덕였다.

"각자 할 일을 하십시오."

신혁돈이 말을 마쳤을 때, 그의 머리 위로는 수많은 하늘거북들과 드레이크들이 떠 있었으며 어느새 넘어온 패러독스의 길드원들의 그의 명령을 기다리고 있었다.

아직까지도 눈동자에 혼란이 가득한 네 사람은 무슨 말을 해야 할지 모르는 얼굴로 눈꺼풀을 뻐끔거릴 뿐이었다.

그들을 본 신혁돈은 여전히 덤덤하게 말을 이었다.

"저는 패러독스를 이끌고 마왕과 마신을 죽일 테니 여러분은 괴물들을 이끌고 괴물들을 몰아내십시오."

말을 마친 신혁돈은 도시락을 제외한 모든 병력들에게 말했다.

"지금부터 이 땅에 모든 마물이 사라질 때까지, 너희들의 지휘권은 여기 서 있는 이 남자에게 양도된다."

그의 목소리엔 바커스에게 흡수한 '정신 지배'가 녹아 있었고 모든 괴물들은 아무런 반항 없이 신혁돈의 명령을 받아들였다.

순식간에 수만에 달하는 괴물 부대의 지휘권을 양도받은 조훈현은 멍한 얼굴로 신혁돈을 바라보았다.

신혁돈은 그의 어깨를 툭 치며 말했다.

"가십시오."

그의 손길에는 그의 정신을 맑게 해줄 정도의 정신 지배가 담겨 있었다. 그제야 정신을 차린 조훈현이 한층 맑아진 눈으로 고개를 끄덕였다.

"알겠습니다."

조훈현의 눈이 맑아진 순간.

신혁돈은 그의 정신에 자신의 수하, 즉 괴물들에 대한 모든 정보와 지금 해야 할 일에 대한 것들을 욱여넣었다.

조훈현은 갑작스러운 정보의 홍수에 관자놀이를 부여잡고 괴로워했지만 시간이 없는 상황에 이보다 좋은 수는 없었다.

지휘관이라면 자신이 지휘하는 부대가 어떤 이들인 줄은 알고 있어야 할 것 아닌가.

괴로워하는 조훈현의 모습에 당황한 세 사람의 시선이 신혁돈에게로 향했고 그는 별일 아니라는 듯 말을 뱉었다.

"곧 조훈현 씨가 정신을 차리면 시작하십시오."

말을 마친 신혁돈은 숨을 쉬듯 자연스럽게 하늘로 날아올랐다. 그와 동시에 아홉 명의 불의 거인, 그리고 도시락이 그의 뒤를 따라 하늘로 날아올랐다.

"허……."

지금껏 제대로 숨을 쉬지 못했다는 걸 이제야 깨달은 이남정이 짧게 숨을 뱉었고 나머지 두 사람 또한 짧은 숨을 뱉었다.

"…도대체 뭐가 어떻게 된 거죠?"

"그러게……."

"도대체……."

세 사람은 멍한 얼굴로 떠나 버린 신혁돈과 하늘에 떠서 자신들을 바라보고 있는 괴물들, 그리고 아직까지 관자놀이를 부여잡고 끙끙거리는 조훈현을 번갈아 보며 생각의 고리를 부여잡기 위해 노력했다.

그리고 얼마 지나지 않아 조훈현이 모든 정보를 받아들이고 고개를 들었다.

"움직입시다."

그의 명령에 따라 세 사람, 그리고 모든 괴물들이 움직이기 시작했다.

*　　　　　*　　　　　*

굳이 감지하려 하지 않아도 마왕은 자신의 존재감을 사방으로 뿜어대며 신혁돈을 부르고 있었다.

신혁돈은 마왕의 기운이 느껴지는 곳으로 날아가며 에르그 에너지를 활용해 마왕의 정체를 탐색했다.

그리고 얼마 지나지 않아 그의 정체를 알아낼 수 있었다.

"아이가투스."

신혁돈의 말에 윤태수의 눈이 휘둥그레졌다. 그 또한 마왕의 에르그 에너지를 느끼고 있긴 했지만 아이가투스라는 이름이 가진 무게가 있기 때문이었다.

"지금 저쪽에서 느껴지는 게 아이가투스입니까?"

그의 물음에 신혁돈은 고개를 끄덕였고 윤태수를 비롯한 길드원들이 침음을 흘렸다.

그들을 백차의 차원에서 자신의 차원으로 데려와 개고생을 시킨 장본인이자 신혁돈에게 '아이가투스의 눈속임 망토'라는 아이템을 안겨준 마왕.

마왕들의 서열 중 가장 위에 있는 마왕이자 언젠가는 넘어야 할 산으로만 여기고 있던 마왕이 바로 앞에 있다는 생각에 길드원들의 손에 힘이 들어갔다.

모두가 침음을 흘리고 있을 때, 덤덤한 얼굴로 팔짱을 끼고 있던 백종화가 물었다.

"다른 마왕이나 그리드는 안 느껴지십니까?"

"그게 문제다."

아이가투스가 홀로 있는 것이라면 잡아먹을 수 있을 수 있고, 그리드를 잡는 데 지대한 도움이 될 만한 에르그 에너지와 스킬을 줄 것이다.

하지만 함정이라면?

백종화가 생각하는 것도 그것이었다.

*   *   *

그의 말에 길드원들의 시선이 신혁돈에게 향했다.

함정이라면?

수많은 괴물들과 두 명의 마왕, 그리고 그리드가 그곳에서 기다리고 있을 것이었다.

평소라면 마왕의 자존심을 감안해 함정 따위 없을 것이라 확신할 수 있었겠지만 이미 그리드의 함정을 부수고 나온 상황이었다.

신혁돈이 고민하는 상황에도 도시락은 힘찬 날갯짓을 하고 있었고 곧 아이가투스가 있는 인천에 도착할 터였다.

그때, 벨소리가 울렸다.

윤태수가 지구에 도착함과 동시에 연락망 구축을 위해 아공간에 넣어두었던 핸드폰을 꺼낸 것이었다.

윤태수는 핸드폰을 꺼내 받으며 예, 예 하고 대답한 뒤 전화를 끊고 말했다.

"아이기스입니다. 정확한 장소는 인천항. 그레이트 화이트홀의 출현과 동시에 삼백의 각성자가 파견되었고 지금은 연락 두절이랍니다."

그들이 인천쪽으로 향하는 것을 발견하고 곧바로 전해준 정보. 아이기스의 행동력에 감탄할 순 있었지만 별다른 도움이 되지 않는 소식에 고준영이 짧은 침음을 흘렸다.

"흐음……."

"그게 끝이야?"

"예. 일단 더 알아보겠습니다."

"10분이면 도착한다."

백종화의 말에 고개를 끄덕인 윤태수는 아예 자리를 잡고 여기저기 전화를 하기 시작했다.

그 모습을 확인한 백종화는 신혁돈을 바라보며 말했다.

"함정이 아닐 겁니다."

"근거는?"

"형님의 감각에서 빠져나갈 수 있는 마왕은 없습니다."

"그리드가 감춘 거라면?"

"굳이 그럴 필요가 없습니다. 만약 저희를 몰살시키는 게 목표였다면 저희가 나타남과 동시에 습격을 했을 겁니다. 그리고 형님이 느끼시기에, 지금 한국 땅에 마왕은 아이가투스밖에 없는 거 아닙니까?"

"맞아."

"다른 마왕들, 그리고 그리드의 기운은 전혀 느껴지지 않고요?"

백종화의 말을 들은 신혁돈은 에르그 에너지를 더욱더 조밀하게 퍼뜨려 한국 땅 전체를 살핀 뒤 말했다.

"그렇군."

그리드가 패러독스가 지구에 도착했다는 사실을 모를 리는 없다.

그렇다면 무엇일까.

신혁돈과 백종화가 고민을 하는 사이, 전화를 마친 윤태수가 말했다.

"등급 외 괴물, 그러니까 마왕급으로 추정되는 놈들 둘이 북미와 유럽과 나타났다고 합니다."

"둘?"

백종화의 물음과 동시에 신혁돈은 확신할 수 있었다.

'그리드는 사태를 관망하고 있다.'

그리고 드는 의문.

어째서?

그와 동시에 마인드맵이 펼쳐지듯 신혁돈의 머릿속에서 수많은 시스템과 마왕들의 지식, 기억이 펼쳐지기 시작했다.

다른 차원을 침공할 때 그리드는 고사하고 마왕들조차 직접 나선 적이 없었다.

모두 시스템의 씨앗을 심은 뒤 조금씩 잠식해 나갈 뿐.

그러다 실패를 하더라도 시스템을 다시 만들 뿐, 마왕이 직접 나서는 경우는 아예 없는 것이나 마찬가지였다.

'왜?'

그 누구의 기억에도 '왜'라는 의문은 없었다.

그저 그렇게 행해왔을 뿐.

그와 동시에 신혁돈의 머릿속에 한 가지 가설이 떠올랐다.

'안 하는 게 아니라 못하는 거라면?'

마왕들이, 아니, 그리드가 직접 간섭할 수 없는 이유가 있던 것이라면?

신혁돈의 머리가 팽팽 돌기 시작했다.

그의 얼굴을 본 백종화는 생각이 끝나길 기다리며 윤태수와 계속해서 정보를 나누었다.

'만약 아이가투스가 전력을 다했다면……'

그의 능력은 오감을 빼앗는 것.

"태수, 삼백의 각성자들이 파견된 시간은?"

"화이트홀이 열리고 즉시… 그러니까 세 시간 전입니다."

"마지막 연락은?"

"두 시간 전입니다."

그와 동시에 확신할 수 있었다.

'아이가투스는 자신의 힘을 전부 사용하지 못했다.'

패러독스급의 각성자도 아닌, 지구의 각성자 삼백을 상대하는 데 한 시간 가까이 걸린다?

벨라툼이 와도 그것보단 빠를 것이다.

한데 벨라툼보다 강력한 아이가투스가 그러지 못했다는 것은……

'분명, 제약이 있어.'

그것을 알아내야 한다.

무슨 제약이 있는 것인지, 그 제약은 어떻게 발동하며, 어떻게 풀 수 있는 것인지.

그래야만 제약을 유지하며 아이가투스를 잡아낼 수 있을 것이다.

그 순간.

"태수, 바커스 인형."

"예?"

그의 눈빛을 받은 윤태수는 아, 하고선 아공간을 열어 바커스의 혼이 담긴 인형을 꺼내 신혁돈에게 건넸다.

신혁돈은 곧바로 인형을 살피기 시작했다.

'더 약해졌다.'

바커스의 영혼을 묶어두기 위해 최소한의 에르그 에너지만 남겨둔 상태였지만 그것마저 약해져 영혼을 묶어두는 끈조차 위태위태한 상태가 되어 있었다.

신혁돈은 인형이 뚫어질 듯 노려보았지만 곁에서 지켜보는 것만으로는 파악하는 데 한계가 있었다.

밖에서 볼 수 없다면?

안에서, 그것이 되어 살핀다.

"멈춰라."

신혁돈의 말과 동시에 도시락은 천천히 속도를 늦추었다가 이내 허공에 정지했다. 그 순간 신혁돈은 바커스의 인형에 손을 얹은 채 스킬 '동화'를 사용했다.

솨아아악!

그의 몸이 마치 액체가 된 것처럼 바커스 인형의 몸으로 빨려

들어 갔다.

신혁돈의 갑작스러운 행동에 당황한 길드원들은 멍한 얼굴로 바커스 인형을 바라보다가 곧바로 인형을 둘러싸며 경계 모드로 들어갔다.

*   *   *

후으으읍!

깊은 심해에 아무런 장비 없이 가라앉는다면 이런 느낌일까.

아무것도 하기 싫고, 할 수 없는 무력감이 온몸을 짓눌렀고 곧 사지의 감각이 사라졌다.

그리고 찾아온 것은 공허.

뇌까지 무기력에 눌려 사라져 버린 듯 그 무엇도 느껴지지 않았다.

절대적인 무력함에 익숙해진 순간.

'찾아야 한다.'

그의 머릿속에 한마디 목소리가 울려 퍼졌고 그와 동시에 생각의 고리가 생겨나기 시작했다.

'찾아야 한다!'

목소리는 한층 강렬해졌다. 신혁돈은 모든 감각을 되찾았으며 온몸을 짓누르던 무기력의 무게를 털어냈다.

'이유를 찾아야 한다.'

"후."

아이가투스는 마음에 들지 않는다는 듯 잇새로 숨을 뱉었다.

그간 다른 차원에 침공을 해본 적이 없는 것은 아니었다. 하지만 이토록 적은 에르그 에너지를 가진 차원은 처음이었고, 그것이 계속해서 아이가투스의 심기를 거슬리게 하고 있었다.

'너무 적다.'

심지어 자신의 힘이 아닌, 그리드의 차원관문을 통해 넘어온 것이었음에도 불구하고 원래의 힘을 내기 힘들었다.

마치 온몸에 족쇄를 차고 움직이는 듯 행동이 굼떴다. 평소라면 생각만으로 죽였을 벌레들에게 직접 채찍을 휘둘러 목숨을 거두어야 했다.

단순히 에르그 에너지양에 관한 문제는 아니었다.

차원의 에르그 에너지는 고유의 파장을 가지고 있고, 마왕들은 누구보다 에르그 에너지에 민감한 존재였다. 그렇기에 자신의 파장과 다른 차원을 침공할 때, 미리 파장을 맞추기 위해 차원관문을 열어 차원을 융화시켜야 했다.

차원의 에르그 에너지를 자신의 것으로 만들기 편하게 하기 위해서.

하지만 지구는 가이아의 영향으로 인해 파장의 융화가 거의 진행되지 않은 상황이었다. 때문에 파장이 맞지 않는 마왕이 힘에 겨워 하고 있는 것이었다.

하지만 그것까진 괜찮았다.

그리드가 직접 건네준 힘이 몸속에서 잠들어 있었으니까.

몸속에서 에르그 스톤, 즉 차원석이 박동할 때마다 느껴지는 그리드의 기운이 계속해서 에르그 에너지를 공급해 주고 있어

괜찮았다.

'한 번에 방출할 수 있는 양이 적어서 문제지만.'

심장은 그대로인데 혈관이 수축한 모양새라면 딱 설명을 할 수 있는 상황.

불평만 하고 있을 수는 없었다.

그리드는 이 차원의 멸망을 바랐고 아이가투스는 그의 명을 받드는 존재기 때문.

'신혁돈이라.'

아홉 마왕 중 여섯 마왕을 죽이고 힘을 섭취한 포식자. 그를 벌하기 위해 그리드가 직접 세 마왕을 파견했다.

신혁돈의 이름을 떠올린 순간 갑자기 치솟은 짜증에, 아이가투스는 채찍을 휘둘러 주변에 세워져 있는 컨테이너의 산을 후려쳤다. 엄청난 소리와 함께 컨테이너의 산이 무너져 내렸다.

그때.

"쿵."

냄새가 났다.

자신의 권속의, 자신의 힘을 나누어 가진 존재의 냄새가.

아이가투스의 얼굴에 배인 짜증 위로 미소가 번졌다.

"찾았다."

*　　　　*　　　　*

'파장.'

지구에 에르그 에너지가 가진 고유의 파장이 바커스의 에르

272 괴물 포식자

그 에너지를 끊임없이 짓누르고 있었다.

어느 정도 힘을 가진 마왕들이라면 자신의 힘으로 이겨낼 수 있었겠지만 바커스는 가진 힘도, 지성도 없었기에 이겨내지 못했고 그랬기에 파장에 잠식을 당하고 있었다.

그래서 더욱 빨리 알아낼 수 있었다.

'그런 것인가.'

가닥을 잡은 신혁돈은 거기서 멈추지 않고 차원이 가진 파장을 파악하고 읽어들였으며 종래에 깨달았다.

그리고 미소를 지었다.

'가이아… 그랬군.'

지구라는 차원이 가진 파장.

그것은 가이아가 각성자들에게 나누어준 각성의 씨앗이 품고 있는 근본적인 에너지와 같았다.

'너는 어디까지 내다보고 있었던 거지.'

지구라는 차원이 가진 에르그 에너지는 타 차원에 비하면 풀한 포기 자라지 않는 불모지, 태양 앞 반딧불에 불과했다.

하지만 텃밭에서 자란 잡초가 정원에서 자라난 꽃보다 질기듯, 성장하기만 하면 어느 파장에도 적응할 수 있게 되는 것이었다.

그래서 신혁돈이 모든 괴물들이 지닌 에르그 에너지를 포식할 수 있었던 것이다.

그래서 가이아가 신혁돈에게 모든 것을 걸 수 있었던 것이다.

그리드의 마왕들조차 하지 못했던 것을 가이아는 해낸 것이다.

가이아의 축복과 권능.

그것 또한 모두 일종의 '파장'을 부여하는 것이었다.

마왕과 괴물들이 겪어보지 못한, 그들에게 독이나 다름없는 파장을.

그녀가 의도적으로 했을 것인지는 중요하지 않았다. 그저 지금 상황에서 가장 큰 무기를 쥐어주었다는 것에 감사할 뿐.

'고맙다.'

상황이 반전되었다.

그리드의 유인책은 외려 자신들의 무덤을 파는 꼴이 되어버리고 만 것이다.

자신이 우습게 보던, 손짓 한 번으로 죽인 가이아의 차원 때문에.

그래도 방심할 순 없었다.

아무리 억눌러진다 한들 보유하고 있는 에르그 에너지의 양이 어마어마하기 때문.

하지만 괜찮았다.

그리드가 정신을 차리기 전에 모든 마왕을 죽인 뒤 그들의 에르그 에너지를 섭취해, 그리드의 힘마저도 흡수해 버리면 되니까.

모든 것을 깨달은 신혁돈은 곧바로 바커스의 몸에서 빠져나왔다.

쏴아아!

액체처럼 쏟아져 나왔지만 소리는 모래가 흐르는 것과 비슷했다.

바커스 인형에서 나는 소리에 길드원들의 시선이 동화를 마치고 나온 신혁돈에게로 향했다. 그들의 시선을 받은 신혁돈은 미소를 흘렸다.

"가자."

"해결된 겁니까?"

"그래⋯⋯."

신혁돈은 말꼬리를 흐리며 길드원들 뒤로 펼쳐진 하늘을 바라보고 말을 이었다.

"오는군."

그리드가 직접 나서지 않은 이유, 그리고 세 마왕을 굳이 떨어뜨려 놓은 이유.

간단했다.

그리드조차도 가이아, 아니, 신혁돈의 차원에서는 제대로 된 에르그 에너지 운용을 할 수 없기 때문이었다.

그 순간.

콰드드드드드드!

어떠한 소리가 난 것이 아니었다.

어마어마한 에르그 에너지의 폭풍이 그들의 피부를 두들기고 있었다.

신혁돈은 어떠한 말도 없이 도시락의 등에서 뛰어내리며 강신을 사용했고, 뒤이어 모든 길드원들이 불길에 휩싸이며 뛰어내렸다.

열 개의 불기둥은 땅을 부술 듯 내리꽂히다 지면이 가까워진 순간, 속도를 줄이며 발을 딛고 섰다.

그리고 5미터에 달하는 불의 거인, 열 명이 일어섰을 때 아이가투스가 그들의 앞에 나타났다.

*   *   *

원래 모습을 찾아볼 수 없는 항구의 입구.

건물은 터만 남은 채 폐허가 되어 있었고 자동차들은 본래의 형체를 잃은 채 불타고 있었으며 인간의 것으로 보이는 혈흔과 조각들이 사방에 널려 있었다.

그리고 그 가운데, 노랗게 타오르는 머리카락을 한 나체의 여인이 있었다. 다리가 있어야 할 자리엔 사자의 사지가 붙어 있었으며 양손에는 채찍과 불꽃을 들고 있었다.

괴랄한 생김새에 덜컥 겁을 집어먹을 법도 했으나 저보다 끔찍한 혼종을 수없이 본 패러독스 길드원들은 겁을 집어먹는 대신, 가이아의 가호가 담긴 무기를 쥐어 들며 에르그 에너지를 끌어 올렸다.

'강하다.'

아이가투스를 만난 순간, 윤태수의 머릿속을 가득 채운 생각이었다.

다른 길드원들 또한 마찬가지인지 무기를 쥔 손에 힘을 줄 뿐 선불리 행동하지 않았고 그것은 아이가투스와 신혁돈 또한 마찬가지였다.

―네놈이로군.

정신을 통해 아이가투스의 목소리가 모든 길드원의 머릿속에 울려 퍼졌다. 모든 길드원들은 가장 앞에 서 있는 신혁돈의 등을 바라보았다.

불의 거인들 중 유일하게 네 개의 팔을 가진 신혁돈은 대답 대신 샛노란 불길에 휩싸인 네 개의 검을 만들어내었다. 그것을 본 길드원들은 언제라도 달려 나갈 수 있도록 다리에 힘을 주었다.

긴장의 끈이 금방이라도 끊어질 듯 팽팽해진 순간.

신혁돈이 공간을 도약하듯 엄청난 속도로 움직이며 아이가투스의 뒤로 이동해 네 개의 검으로 찌르고 베었다.

화아악!

그와 동시에 아이가투스의 손에 들려 있던 화염구가 빛을 뿜었으며 어마어마한 에르그 에너지의 폭풍이 신혁돈을 비롯한 모든 길드원들을 밀어냈다.

아니, 밀어내려 했다.

모든 길드원이 밀려났으나 한 사람만은 달랐다.

신혁돈은 밀려나기는커녕 오히려 아이가투스의 등으로 파고들며 그대로 검을 휘둘렀다. 네 개의 검 중 세 개가 채찍과 에르그 에너지에 밀려 튕겨났다.

하지만 하나는 그대로 아이가투스의 옆구리를 베어 들어갔다.

콰드득!

"쿠으으!"

마치 쇠로 된 갑옷이 구겨지듯 아이가투스의 피부가 우그러들었고 그것을 본 신혁돈은 확신할 수 있었다.

'잡을 수 있다.'

다른 길드원들 또한 마찬가지.

아이가투스의 에르그 에너지 폭발에 밀려나지 않도록 다리에 힘을 주면서도 신혁돈의 공격으로 인해 그의 몸이 부서지는 것을 눈에 확실히 새겨 넣었다.

"공격!"

에르그 에너지의 폭발이 멈춘 순간 백종화가 소리쳤다.

윤태수와 세 떨거지, 그리고 김민희가 혜성처럼 긴 궤적을 남기며 아이가투스를 향해 쏘아졌다.

3미터밖에 되지 않는 아이가투스는 순식간에 불의 거인들에게 둘러싸여 사방에서 떨어져 내리는 무기들을 바라보았다.

그때.

찌이이이이!

다시 한 번 아이가투스의 화염구가 기성을 토하며 엄청난 빛이 터져 나왔다.

에르그 에너지의 폭발은 같았으나 다른 스킬이 발동된 것이었다. 가까이 붙었던 모든 길드원들의 시각과 청각이 순간 마비되었다.

콰득! 콰드드득!

신혁돈이 어떻게 할 새도 없이 아이가투스의 채찍이 감각이 마비된 불의 거인들의 몸을 조각냈다. 곧이어 아이가투스의 머리 위로 신혁돈의 네 개의 검이 떨어져 내렸다.

'길드원들은 살 수 있다.'

불의 거인의 몸이 조각난 것이지 육체는 멀쩡한 상황.

신혁돈은 지체 없이 아이가투스의 머리를 내려찍었다.

콰앙!

아이가투스의 채찍이 기이한 각도로 휘어지며 신혁돈의 검 네 자루를 막아냈다.

'기회다.'

하지만 길드원들을 공격하느라 한 템포가 늦은 상황.

공격의 활로를 찾은 신혁돈은 네 개의 팔을 눈에 보이지 않을 속도로 움직이며 아이가투스를 몰아붙이기 시작했다.

쾅! 쾅! 쾅! 쾅!

신혁돈의 검과 아이가투스의 채찍, 그리고 화염구가 부딪칠 때마다 샛노란 에르그 에너지가 사방으로 튀었고 그사이 밀리 계열 길드원들을 구해낸 메이지 계열은 그들을 살폈다.

백종화에 의해 전장을 빠져나온 윤태수는 다시 강신을 사용하며 말했다.

"저 채찍, 에르그 에너지를 흩어냅니다."

"화염구에서 나오는 빛과 소리를 들으면 눈과 귀가 멀고."

"한 3초 정도."

"형님은 괜찮은 것 같은데."

"우리가 뭘 할 수 있지?"

신혁돈과 아이가투스의 전투는 눈으로 따라갈 수 없을 정도로 빠르고 긴박하게 벌어지고 있었기에 길드원들이 끼어들 수 없었다.

그때.

그들의 말을 듣기라도 한 것일까. 허공에 그레이트 화이트홀이 나타났다.

지금껏 느껴본 적 없는 거대한 에르그 에너지 반응.

"마왕이군."

방금 받았던 타격을 어느 정도 회복한 길드원들은 자신들이 해야 할 일을 본능적으로 파악하고선 생성되고 있는 그레이트 화이트홀을 둘러쌌다.

그 순간.

"…하나 더 있다."

"마왕이 둘이었지."

길드원들의 얼굴에 그늘이 드리웠다. 아무리 이쪽이 아홉이라지만 마왕이 둘이라니.

게다가 가장 강한 신혁돈은 아이가투스에 묶여 있는 상황.

신혁돈이 승리를 장담하긴 했지만 지금 상황으로 보아서는 쉽게 결판이 나지 않을 것 같았다.

그런 분위기를 읽은 백종화는 곧바로 길드원들에게 말했다.

"태수, 민희, 내가 이쪽을 맡고 나머진 저쪽을 맡는다."

백종화의 말에 길드원들은 곧바로 포지션을 잡은 뒤 그레이트 화이트홀의 앞에 섰다.

그리고 두 명의 마왕이 동시에 모습을 드러냈다.

직경 5미터 정도 되어 보이는 샛노란빛 덩어리 하나와 온몸에 가시가 돋아 있는 거대한 공벌레.

그들을 확인한 순간.

"김민희, 안지혜. 나랑 같이 빛 덩어리. 나머지 공벌레."

백종화는 명령을 정정했고 길드원들은 마치 미리 이야기가 된 것처럼 빠르게 포지션을 바꾸며 두 마왕의 앞에 섰다.

겉으로 보기에는 조금 강한 차원지기 정도로 생겼으며 아이가투스만큼의 압도적인 존재감도 없었다.

하지만 그들의 몸에서 뿜어지는 에르그 에너지는 평범한 괴물이 아니라는 것을 피부로 느끼게 해주었다.

꿀꺽.

거대한 불의 방패 두 개를 든 불의 거인, 김민희가 마른침을 삼킨 순간.

샛노란빛의 구체가 김민희를 향해 빛의 기둥을 쏘았다.

쩌엉!

빛의 기둥은 김민희의 방패에 막혀 그대로 소멸되었다. 김민희 또한 에르그 에너지가 가득 담겨 샛노란빛을 발하고 있는 아엘로의 창을 쏘아붙였다.

휘이이익!

공기를 찢어발길 듯 엄청난 속도로 날아간 아엘로의 창이 빛의 구체에 닿았다.

티티티티티팅!

그 찰나 백종화의 배리어와 같은 반투명한 막이 나타나 아엘로의 창을 막아냈으며 곧바로 빛의 기둥이 쏘아지기 시작했다.

백종화는 김민희의 방패 뒤에 숨은 채 빛 덩어리의 공격을 살피며 안지혜에게 공격을 명령했다.

"일어서라!"

그녀의 명령에 땅거죽이 들썩이며 흙으로 된 거인이 일어서

빛 덩어리를 공격하기 시작했다. 빛 덩어리는 여전히 반투명한 막으로 공격을 막아냈다.

그때 윤태수 쪽도 전투가 시작되었다.

공벌레는 가시가 돋아 있는 거대한 몸을 무기 삼아 무식하게 굴러왔고 길드원들은 간단히 피해냈다.

"방어력이 엄청난데."

문제는 공격이 통하질 않는다는 것.

몇 번 더 공격을 해본 윤태수는 백종화와 신혁돈을 힐끗 바라본 뒤 말했다.

"준영아."

"예?"

"이 새끼 멀리 끌고 가서 시간 좀 끌 수 있겠냐."

"저 혼자 말입니까?"

윤태수는 빠르게 길드원들을 훑었고 그와 눈이 마주친 이들의 이름을 불렀다.

"너, 연수 그리고 도시락 셋이."

"해보겠습니다."

세 마왕과 동시에 전투를 벌이고 있는 상황.

셋 중 하나라도 제거할 수 있다면 전투를 유리하게 끌어나갈 수 있을 것은 자명한 사실.

그것을 이해한 도시락과 한연수, 고준영은 곧바로 가시 달린 거대한 공벌레에게 달라붙어 공격하며 거리를 벌렸다. 공벌레는 생긴 것 그대로 무식하게 두 사람을 따라갔다.

그 과정을 본 이서윤과 홍서현은 곧바로 백종화의 뒤로 합류했다.

카드드드득!

신혁돈의 맹공에도 아이가투스의 채찍은 끊어지기는커녕 흠집조차 나지 않았다.

외려 부딪힐 때마다 신혁돈의 검을 이루고 있는 에르그 에너지가 뭉텅뭉텅 흩어지고 있었다.

쩌엉!

게다가 잊을 만하면 터져 나오는 화염구와 디버프는 신혁돈의 신경을 거슬리기에 충분했다.

'빠르게 처리해야 한다.'

하지만 강했다.

가이아의 축복과 권능을 이용해 파장을 만들어내고 있는 신혁돈이었지만 아이가투스가 가진 에르그 에너지의 양이 워낙 많았기에 별다른 효능을 보지 못하고 있었다.

아이가투스가 생각조차 하지 못할 한 수가 필요하다.

살을 내주고 뼈를 취한다?

살을 내주는 순간 뼈는커녕 살을 취할 기회가 사라질 것이다.

'파장을 몸속에 밀어 넣을 수만 있다면……'

그 순간 전투의 흐름이 깨질 것이고 신혁돈은 곧바로 아이가투스의 에르그 에너지를 흡수할 수 있을 것이었다.

'옆구리.'

제일 처음 공격을 성공했던 옆구리를 다시 한 번만 더 공격할 수 있다면 승기를 잡을 수 있다.

하지만 아이가투스 또한 그것을 알고 있었기에 신혁돈의 공격을 허용하지 않고 있었다.

'봉인을 사용해야 한다.'

아이가투스에게 얻은 눈속임은 통하지 않을 가능성이 높다.

그렇기에 사용해 아이가투스의 방심을 이끌어낸 뒤 봉인을 사용한다면?

'통할 가능성이 높다.'

문제는 무엇을 봉인해야 하는가.

체급의 차이가 거의 나지 않기 때문에 봉인의 시간도 길지 않을뿐더러 능력을 봉인하는 것 또한 제한적일 것이다.

'가장 치명적인 한 수.'

쾅!

콰드득!

불의 거인과 아이가투스의 공격이 허공에서 맞부딪치며 굉음을 내었고 그 반동에 네 개의 팔 중 두 개가 뒤로 밀렸다.

그 순간 신혁돈의 가슴이 열렸다. 그 빈 공간을 아이가투스의 채찍이 치고 들어왔다.

일부러 만든 빈틈이 아닌, 잡생각 때문에 나타난 빈틈.

'죽는다.'

죽음을 직감한 신혁돈은 이것이 기회임을 깨달았다.

'목숨을 건다.'

신혁돈은 곧바로 두 개의 검으로 채찍을 막으며 아이가투스의 눈속임 망토 스킬을 사용했다.

하지만 그것은 아이가투스의 스킬. 통할 리가 없었다.

두 개의 검을 여유롭게 쳐낸 아이가투스의 채찍이 신혁돈의 상체를 대각선으로 잘라냈다.

스하아악!

오른쪽 겨드랑이부터 왼쪽 쇄골까지.

불의 거인의 머리와 두 개의 팔이 허공으로 떠오르며 사라졌고 아이가투스의 입가에 미소가 번졌다.

상체를 잘라낸 채찍이 마무리를 위해 대가리를 돌린 순간.

콰드드득!

두 개의 왼팔이 두 개의 검을 아이가투스의 양쪽 옆구리에 찔러 넣었다.

"컥!"

그와 동시에 채찍이 허공에서 고정된 듯 멈추었다.

신혁돈은 강신을 해제하며 원래의 크기로 돌아왔다.

시간이 멈춘 듯한 찰나가 지나고.

촤라라락!

채찍은 방금까지 불의 거인이 있던 허공을 거세게 헤집으며 지나갔다.

'이겼다.'

단 한순간의 실수로 목숨을 잃을 뻔한 순간이 곧바로 기회로 다가왔고 신혁돈은 놓치지 않았다.

강신은 해제했으나 아이가투스의 양 옆구리에는 거대한 불의 검 두 자루가 박혀 있었고 그로 인해 차원의 파장이 그녀의 몸으로 파고들고 있었다.

아이가투스의 에르그 에너지가 불의 검을 밀어내려는 순간!

'봉인!'

신혁돈은 그녀의 에르그 에너지를 순간적으로 봉인시켰다.

그와 동시에 불의 검이 거대한 불길과 동시에 그녀의 옆구리를 파고들었다.

아이가투스는 이대로 죽을 수 없다는 듯 거칠게 채찍을 휘둘렀다.

콰아앙!

바닥을 내려친 채찍이 작아진 신혁돈을 노리고 쏘아지며 화염구가 빛을 뿜었다.

아이가투스가 할 수 있는 모든 수.

'예상 범위 안.'

상체가 날아가는 순간 다음 동작을 모두 그린 신혁돈은 여유롭게 아이가투스의 공격을 피하며, 품으로 파고들어 구멍이 난 옆구리에 주먹을 찔러 넣었다.

"크아아아아아아!"

　　　　*　　　　　*　　　　　*

"크아아아… 컥!"

아이가투스의 고통이 가득 담긴 비명은 끝까지 지르지도 못한 채 마무리되었다.

어느새 다시 강신을 사용한 신혁돈의 검이 아가리에 틀어박혔기 때문.

"끄르르륵!"

아이가투스는 끝까지 채찍을 휘두르고 화염구를 번쩍거리며 반항했지만 이미 몸속까지 파장이 침투한 상황.

에르그 에너지가 끊긴 공격에 방금과 같은 위력은 나오지 않았다.

신혁돈은 아이가투스의 공격을 무시하며 머리를 잘라냈다.

타닥! 휘이익!

그럼에도 아이가투스는 움직였다.

손에 들린 화염구는 금방이라도 꺼질 듯 깜빡거렸고 채찍은 힘을 잃었지만 몸의 근간을 유지하고 있는 심장, 즉 에르그 스톤이 멀쩡하기에 가능한 일.

그것을 아는 신혁돈은 지체 없이 아이가투스의 심장을 뜯어냈다.

그제야 몸의 움직임이 멈추었다.

"후…….".

신혁돈은 곧바로 길드원들을 살폈고 그들이 마왕과 호각을 이루고 싸우고 있음을 확인했다.

'일단 흡수가 먼저다.'

이 상태에서 그리드가 나타난다면 아이가투스를 상대하며 많은 에르그 에너지를 소모한 신혁돈에게는 승산이 없다.

짧은 한숨을 내쉰 신혁돈은 아이가투스의 에르그 스톤을 흡수함과 동시에 다른 손을 뻗어 시체에서도 에르그 에너지를 흡수하기 시작했다.

시간을 두고 천천히 흡수할 시간이 없었기에 신혁돈은 아이가투스의 기억과 영혼, 그리고 에르그 에너지를 마구잡이로 흡수하며 주변을 살폈다.

'그리드.'

아이가투스와 전투를 벌이며 두 마왕이 나타났다는 것은 그리드 또한 상황을 알고 있다는 뜻이 된다.

한데 그가 나타나지 않는다는 것은 무엇을 의미하는 것일까.

자신이 모든 마왕의 힘을 흡수한 뒤 최상의 상태에서 자신과 겨루길 원하는 것일까?

혹은, 정말로 다른 차원에 개입할 수 없나?

알 수 없었다.

'숨겨둔 한 수가 있다는 것인가.'

그리드가 만들어둔 차원과 아이가투스의 힘을 흡수한 지금 신혁돈은 그리드의 2/3 정도의 에르그 에너지를 보유하게 되었다.

이 정도라면 길드원들과 괴물들, 그리고 자신의 경험과 스킬을 이용해 변수를 만들고 싸워 그리드의 목숨을 노려볼 수 있었다.

그런데 그리드가 숨겨둔 한 수가 있다면?

신혁돈은 고개를 휘휘 저었다.

'그럴 리 없다.'

숨겨둔 한 수가 있다면, 마왕들이 살아 있을 때 사용하는 게 맞다.

그렇다면 무엇일까.

신혁돈은 끊임없이 의심하다 못해 아이가투스의 에르그 에너지조차도 의심했다.

그때.

'다르다.'

평소라면 절대 몰랐을, 전투로 인한 극도의 긴장과 그리드에 대한 의심 덕에 감각이 절정에 달한 지금이기에 깨달을 수 있는 미세한 차이점이 신혁돈의 감각에 걸려들었다.

'에르그 에너지가 달라.'

마치 신혁돈이 그리드에게 준 바이러스처럼.

무언가 다른 에르그 에너지가 신혁돈의 몸속으로 파고들었고 신혁돈은 곧바로 에르그 에너지를 분리해 냈다.

'바이러스?'

확신할 순 없다.

그리드가 어디서 관찰하고 있을지 모르는 상황에 이대로 뱉을 순 없는 노릇.

신혁돈은 의심되는 에르그 에너지를 한편에 치워둔 뒤 아이가투스의 에르그 에너지를 전부 흡수하는 데 집중했다.

아이가투스가 보유한 에르그 에너지는 방금 흡수했던 차원의 에르그 에너지와 비슷하거나 더 많은 양을 보유하고 있었다.

'파장이 아니었다면……'

길드원 전체가 달려들더라도 승리를 장담할 수 없는 싸움이 되었을 가능성이 농후할 정도로 엄청난 에르그 에너지였다.

그렇기에 직감할 수 있었다.

'이게 승부수다.'

그리드의 승부수가 바로 이 정체를 알 수 없는 에르그 에너지임을.

봉인한 차원이 첫 번째 수.

그리고 미지의 에르그 에너지가 두 번째 수.

두 가지 모두 신혁돈에게 파훼당할 거라고 꿈에나 생각해 보았을까?

신혁돈은 몸속 가득 차오르는 에르그 에너지 덕에 입가에 미소가 번지는 것을 느꼈다.

'이길 수 있다.'

아니, 장담할 수 있다.

자신의 수가 간파당한지 모르는 그리드는 지금까지 그래왔듯 여유를 부릴 것이고 여유는 비수가 되어 그의 심장에 꽂힐 것이다.

후우우우웅!

모든 에르그 에너지 흡수를 마친 신혁돈의 몸에서 따스한 바람과도 같은 에르그 에너지가 사방으로 퍼져 나갔다. 빛 덩어리 마왕과 사투를 벌이고 있던 이들의 시선이 순간적으로 신혁돈에게 향할 정도의 에르그 에너지.

그는 방금까지 목숨을 건 사투를 벌인 사람보다는 모든 것을 초탈한 현자와 같은 분위기를 풍기고 있었다.

"…세상에."

한 번의 전투가 끝날 때마다 신혁돈은 범접할 수 없는 존재로 성장해 갔다.

더 강한 적과 사투를 벌이고 승리할 때마다 그는 적의 힘을 흡수하여 매번 '저 사람이 더 강해질 수 있을까?' 하는 의구심을 가진 이들을 바보로 만들었다.

이번에도 그랬다.

봉인된 차원을 부수고 탈출할 때까지만 해도 '범접할 수 없는 존재'로 여겨지던 이가 아이가투스를 섭취하고 더욱더 높은 곳으로 도약했다.

빛 덩어리 마왕, 인바슈는 아이가투스의 죽음을 인지하고 자신의 소멸 또한 직감한 것인지 사방으로 빛의 기둥을 뿜어대며 발악을 시작했지만 아이가투스의 힘을 흡수한 신혁돈에게는 아이들의 장난이나 다름없었다.

어느새 길드원들은 물러서 있었다. 그사이 인바슈에게 다가선 신혁돈이 손을 뻗었다.

그의 손이 인바슈의 몸에 닿은 순간.

사하아아.

누군가의 속삭임 같은 바람 소리와 함께 샛노란빛의 덩어리가 신혁돈의 손으로 빨려들어 가기 시작했다.

"미쳤네."

방금까지 목숨을 걸고 싸우던 것이 허망해질 정도의 결말.

하지만 길드원들의 얼굴에는 허망함 대신 희망이 가득 차 있었다.

'저 정도라면 그리드를 잡을 수 있다.'

지금의 신혁돈이라면, 절대신으로 보였던 그리드마저 씹어 먹을 것 같았고 그런 상상은 길드원들에게 희망으로 다가왔다.

마치 신혁돈에게 흡수되기 위해 태어났다는 듯, 인바슈는 아무런 저항 없이 신혁돈에게 흡수되었다. 그를 흡수하던 도중 신혁돈은 다시 한 번 미지의 에르그 에너지를 느낄 수 있었다.

'두 개의 바이러스… 그렇다면 라우드르의 몸에도 하나가 있을 터.'

가시 돋친 공벌레의 모습을 한 마왕, 라우드르의 에르그 에너지를 굳이 흡수해 보지 않더라도 알 수 있었다.

'라우드르를 죽인 뒤, 나타나겠다는 속셈인가.'

그렇다면 굳이 서두를 필요가 없었다.

인바슈의 몸에서 나온 바이러스를 아이가투스의 몸에서 나온 바이러스와 함께 몸 한구석에 치워둔 신혁돈은 몸속에서 끓어넘치려 하는 에르그 에너지를 온전히 자신의 것으로 만들며 그들의 기억을 흡수하기 시작했다.

그리고.

'역시……'

그리드가 마왕들에게 힘을 나누어주었던 기억이 있었다. 마왕들은 그것이 자신에게 흡수되어 바이러스로 작용할 것이라고는 상상도 못한 채, 감사하며 받아들였고.

'어이가 없군.'

덩치 큰 아이가 단지 힘이 세다는 이유로 개미를 태워 죽이듯, 저번 삶과 이번 삶에 걸쳐 자신을 괴롭혔던 존재가 이토록 나약한 존재였단 말인가.

신혁돈은 고개를 저었다.

만약 자신이 아이가투스를 죽이지 못했더라면, 아니, 그전에 봉인된 차원에서 벗어날 방법을 강구하지 못했더라면.

애초에 가이아의 선택을 받지 못했더라면.

신혁돈은 한 줌 핏덩이가 되어 그리드의 손에 명을 달리했을 것이었다.

그리드는 나름의 안전장치를 몇 겹으로 해둔 것이었으나 신혁돈이 모두 파훼해 버린 것이다.

그라고 생각할 수 있었겠는가.

신혁돈이 자신의, 차원의 균형을 관장하는 존재의 모든 것을 읽어낼 것이라 생각조차 하지 않았을 것이다.

우연과 필연, 인연과 운, 희생과 노력이 한데 어우러져 만들어진 작품이 바로 지금 이 순간이었다.

두 마왕의 에르그 에너지의 흡수를 마친 신혁돈이 눈을 떴다.

"아이러니하군."

마치 누군가 설계한 기계처럼 이렇게 완벽하게 굴러가는 톱니바퀴라니.

신혁돈은 아홉 마왕 중 마지막 남은 마왕, 라우드르를 처리하기 위해 그를 유인하고 있는 도시락을 불렀다.

라우드르 또한 자신의 처지를 실감한 것인지 단 한 명이라도 길동무로 데려가기 위해 발악을 하고 있었으나 이미 전세는 기운 지 오래였다.

그 또한 신혁돈의 손이 닿은 순간 에르그 에너지를 흡수당하기 시작했고 바이러스 하나와 지고의 세월이 담긴 기억을 신혁돈에게 남긴 채 소멸했다.

"드디어……."

이렇게 많은 수를 준비해 두었다면 남은 수가 더 있을 수 있었다. 하지만 신혁돈은 걱정은커녕 긴장도 하지 않은 채 하늘을 올려다보았다.

'지금이라면.'

그리드가 무슨 수작을 부리던 한눈에 모든 것을 파악할 수 있을 것 같다는 기분이 들었다.

세 마왕이 모두 정리되자 길드원들은 강신을 해제한 채 신혁돈의 주변으로 모여들었고 신혁돈은 그들을 바라보며 말했다.

"진짜 마지막이군."

"이제… 그리드입니까?"

"최종 보스네."

"근데 어디 있으려나."

절대 이길 수 없을 것 같았던 적들을 꺾어오며 아홉 마왕마저 처치한 그들의 사기는 하늘을 찌르고 있었다. 그리드 또한 물리칠 수 없는 마신이 아닌, 하나의 보스 몬스터로 생각하고 있었다.

그때.

휘이이이!

일반인들은 느낄 수 없는 에르그 에너지의 바람이 차원 전체를 휘감기 시작했다.

"무슨……."

길드원들은 의아한 눈으로 주변을 둘러보았다. 신혁돈 또한 원인을 찾기 위해 차원 전체로 에르그 에너지를 퍼뜨렸다.

그리고 느낄 수 있었다.

"괴물들이 사라진다."

화이트홀에서 뛰쳐나와 차원을 파괴하던 괴물들뿐만이 아니다.

그들을 불러온 그레이트 화이트홀도.

몬스터 브레이크 때부터 존재했던 퍼플 홀을 비롯한 모든 차원관문, 그리고 아웃랜드에서 살아온 괴물들까지도 전부 에르그 에너지의 바람에 닿은 순간, 에르그 에너지로 화하며 바람에 합류하고 있었다.

"이게 무슨……."

바람은 인간, 그리고 신혁돈의 괴물들에게는 반응하지 않았다.

마치 차원 전체를 청소하듯 '악' 성향의 괴물들만 쓸어가고 있었다.

에르그 에너지의 바람은 점점 더 커졌고 이내 실체화되어 전 세계의 하늘이 샛노란빛으로 물들었다.

방금까지 목숨을 걸고 차원을 지키던 각성자들은 무기를 내려놓고 하늘을 바라보았으며 이 사태가 어서 지나가기만 바라던 일반인들 또한 갑작스러운 변화에 밖으로 나와 하늘을 바라보았다.

길드원들 또한 마찬가지.

다들 하늘을 올려다보고 있을 때 윤태수는 어느새 꺼내 든 전화기로 여기저기 전화를 하며 현재 상황을 파악하고 있었다.

"뭐랍니까?"

그의 전화 내용이 궁금했던 고준영이 윤태수에게 물었다. 그는 고개를 끄덕인 뒤 전화를 끊고 말했다.

"형님 말이 맞습니다. 전 세계의 모든 괴물이 사라졌고… 모든 차원관문 또한 사라졌답니다. 혹시 패러독스가 한 일이냐 묻는데… 아직 하나 남았다 했습니다."

신혁돈은 대답 대신 천천히 고개를 끄덕였다.

차원을 지키던 가이아는 죽었고 그녀의 의지를 이어받은 시스템은 신혁돈이 컨트롤하고 있다.

즉, 차원에 영향을 끼칠 수 있는 존재는 신혁돈뿐이며 이런 기현상을 만들 수 있는 존재 또한 그뿐이다.

물론 그리드를 제외하고.

"마지막 발악이군."

"예?"

"모든 에르그 에너지를 끌어모으는 거다."

신혁돈이 말을 마쳤을 때.

전 세계의 하늘을 물들이고 있던 샛노란 에르그 에너지가 마치 은하수가 흐르듯 흘러내려 그들의 앞으로 모여들기 시작했다.

*   *   *

은하수로 빚어낸 기둥이 이러할까.

길드원들은 강신하는 것조차 잊은 채 은하수 기둥이 뿜는 빛의 광채를 바라보다, 신혁돈이 강신을 사용하는 것을 보고서야 부랴부랴 강신을 사용한 뒤 무기를 쥐었다.

세상의 모든 에르그 에너지를 모은 듯 어마어마한 양의 에르그 에너지가 한곳으로 집중되는 것을 바라보던 길드원들이 점차 존재감을 더해가는 빛의 광채에 불안감을 느낄 때쯤.

화아아아악!

빛의 기둥이 엄청난 빛을 뿜었다. 그리고 길드원들이 미간을 찌푸림과 동시에 빛의 기둥이 사라졌다.

남은 것은.

"그리드."

"신혁돈."

샛노란빛에서 짙은 밀도가 느껴질 정도로 응집된 에르그 에너지가 인간의 형상을 취해 신혁돈과 눈높이를 맞추었다.

"대단… 아니, 그런 말로 형언할 수 없을 정도야. 뭐랄까… 위대하군."

신혁돈은 대답 대신 그리드에게 시선을 고정시켰다. 그리드는 애초부터 대답을 바라지 않았다는 듯 말을 이었다.

"이제는 인정을 해야 할 것 같아. 내가 잘못 생각했어. 그때 너를 살려두는 게 아니었는데."

그리드 자신도 답지 않은 후회라는 것을 아는지 자조가 가득 섞인 목소리를 내고 있었다. 묵묵히 그의 말을 듣고 있던 신혁돈은 네 개의 팔에 불의 검을 만들어내며 말했다.

"이 대화에 의미가 있나?"

"그럼. 아주 많지. 하."

그리드는 이 순간을 즐기는 것인지, 아니면 후회의 매듭을 짓기 위한 전조인지 모를 짧은 감탄을 내뱉었다.

"이제 와서 네가 죽는다 해서 해결될 것은 없다. 이미 나는 너무 많은 것을 잃었고… 세계의, 모든 차원의 조화가 무너졌어. 이제 그 여파가 닥쳐올 테지."

지금껏 수없이 들어왔던 차원의 조화에 대한 이야기.

모든 이야기를 한 귀로 흘려 넘겼지만 그때마다 쌓여왔던 의문은 지금까지 '그리드를 죽여야 한다'는 목표 아래 쭉 퇴적되어 왔다.

　그리고 이제는 물을 수 있었다.

　"한 가지만 묻지."

　"음?"

　신혁돈이 질문을 할 것이라 생각하진 못했는지 그리드는 기꺼워하는 목소리로 답했다. 신혁돈이 물었다.

　"누군가가 죽어야만 돌아가는 세계가, 네가 유지하고자 하는 차원의 법칙인가?"

　그의 말에 그리드는 이해를 하지 못했다는 듯 상체를 기울이며 되물었다.

　"무슨 소리지? 그럼 모든 생물이 영생을 해야 한다는 말인가?"

　"자신이 아닌, 다른 이의 선택에 의하여 생명이 지는 것이 올바른 것이냐 묻는 거다."

　그의 말에 그리드는 웃음을 터뜨렸다.

　"마치 너는 단 하나의 생명도 죽이지 않았다는 듯 말하는군."

　"나는 내가 살아남기 위해 나를 지켰을 뿐이다."

　그리드는 어린아이의 투정을 들어주는 듯 어깨를 으쓱한 뒤 답했다.

　"그래. 그럼 네가 아닌 다른, 보편적인 인간을 예로 들지. 그들은 살아남기 위해 고기를 먹나? 그들이 전쟁을 벌일 때, 모든 것이 생존을 위하여 벌이는 것인가?"

　신혁돈은 질문에 대한 대답 대신 미간을 찌푸리며 되물었다.

"내가 말하고자 하는 것은 옳고 그름이 아니다."

"그럼?"

"네가 말하는 차원의 법칙이라는 것에 대해 묻는 것이다."

그리드는 흐음, 하는 침음을 흘리고선 신혁돈의 뒤에 서 있는 길드원들에게 시선을 던지며 답했다.

"나는 균형을 지키는 것이다. 차원의 붕괴를 통해 새로운 차원의 생성을 촉진하고, 관리자들을 통해 적자생존의 법칙을 유지시켰으며, 그로 인해 모든 차원의 균형을 유지시켰지. 한데 네가 무너뜨리고 있다."

신혁돈은 천천히 고개를 끄덕였으나 그의 눈빛은 이해를 했다는 눈빛이 아니었다. 그것을 본 그리드가 말했다.

"이해를 위한 질문이 아니었군."

그저 그가 행동하는 이유가 궁금했을 뿐이었다. 각자의 이유로 살아가는 생물들을 '균형'이라는 이유로 학살하는 이유가.

애초에 신혁돈은 그리드를 이해할 생각조차 없었다.

그렇게 태어난 것을 어찌하겠는가.

생각, 아니, 개념 자체가 다르다.

만약 먼 훗날, 그의 생각을 정말로 이해하고 싶다는 생각이 든다면.

그때 가서 그리드의 기억을 읽어보면 되는 것이다.

더 이상의 대화는 의미도, 필요도 없는 것을 느낀 신혁돈이 검을 쥔 손에 힘을 주었다. 그러자 그의 몸에서 에르그 에너지가 피어오르기 시작했다.

그의 투기를 느낀 길드원들 또한 긴장을 유지하며 공격 신호를 기다렸고 그리드의 몸이 움직이기 시작한 순간.

최후의 결전이 시작되었다.

후우우우!

그리드는 인간의 몸을 하고 싸우는 것이 불리하다 여겼는지 급격히 몸집을 불렸다. 그는 인간의 형체를 버리고 거대한 구체가 되었다.

그와 동시에 샛노란빛의 구체에서 빛의 세례가 쏟아져 내렸다.

얼핏 보아서는 아름답기 그지없는 빛은 닿는 순간 모든 것을 파괴시킬 만큼 거대한 에르그 에너지를 담고 있었다. 김민희조차 감히 대적하지 못한 채 몸을 피했다.

하지만 그냥 몸을 피하는 것이 아니었다.

길드원들은 미리 약속이라도 한 듯 각자의 자리를 찾아가며 물 흐르듯 그리드를 포위했다. 어느새 그리드는 불의 거인들에게 둘러싸여 있었다.

하지만 그리드는 당황하기는커녕 온 사방으로 샛노란빛의 줄기를 쏘아대며 패러독스 전체를 압박해 나갔다.

'이름값을 한다는 건가.'

마신.

모든 차원과 시스템, 그리고 마왕들의 주인인 그는 자신의 존재를 입증하려는 듯 어마어마한 에르그 에너지를 사방으로 쏘아댔다. 소리 없이 엄청난 속도로 날아든 빛의 줄기는 멀쩡한 건물과 땅을 때렸다.

쾅! 쾅! 쾅!

길드원들은 공격은커녕 목숨을 보전하기 바빴고 그 때문에 애꿎은 땅만 폭격을 당하기라도 한 듯 초토화되고 있었다.

'틈을 만들어야 한다.'

길드원들은 한 발 한 발을 목숨을 걸고 피하고 있었으나 그리드에게는 수백 수천 번의 공격 중 한 번의 공격일 뿐이었다.

그때.

번쩍!

"크윽!"

고준영과 한연수의 동선이 꼬였다. 결국 강신을 사용해 불의 거인을 몸을 하고 있던 한연수의 어깨가 빛의 기둥에 의해 꿰뚫리고 말았다.

평소라면 곧바로 에르그 에너지를 끌어 올려 구멍을 메웠을 것이었으나 이번엔 달랐다.

어깨를 꿰뚫린 한연수는 그와 동시에 강신이 풀리며 바닥으로 떨어졌다. 그녀는 그리드의 사정거리를 벗어나기 위해 내달려야만 했다.

"아이가투스와 같다."

신혁돈의 한마디에 모두가 깨달았다.

'스치는 순간 강신이 풀린다.'

얼마나 지속될지는 모르겠지만 강신이 풀리면 자리를 비워야하고, 자신이 자리를 비운 만큼 다른 이가 그 부담을 지게 된다.

순간, 길드원들의 눈에 더욱 긴장이 서렸다.

단순하기 그지없는 공격 패턴이었지만 빛의 기둥의 수가 너무나 많고 두께 또한 제각각이었다.

마땅히 패턴이라 부를 것이 없는 패턴.

"크기를 줄인다."

그의 말에 모든 길드원들은 몸 밖으로 뿜어내고 있던 에르그 에너지를 갈무리하며 크기를 줄였고 순식간에 인간 크기의 불의 거인이 되었다.

크기를 줄이는 것만으로 공격을 피하기 한결 쉬워졌지만 그만큼 한 번에 줄 수 있는 피해가 줄어들었다.

'이대로라면 우리가 먼저 지친다.'

결심한 순간.

신혁돈은 그리드를 향해 손을 뻗으며 봉인을 발동시켰다. 찰나의 순간 그리드가 뿜어내던 모든 빛의 줄기가 사라졌다.

그 순간 길드원들의 머릿속에 단 한 가지 생각이 들었다.

'기회다!'

순간 모든 방위를 점한 길드원들이 각자의 공격을 그리드를 향해 꽂아 넣었다. 신혁돈은 자신의 몸을 걱정하지 않는 듯 아예 그리드를 향해 몸을 던졌다.

모두의 공격이 적중한 그때.

파앙!

마치 공기가 터져 나가듯 그리드의 몸을 구성하는 에르그 에너지가 흩어졌다.

'정신체?'

실체가 없을 것이라 생각하진 못했던 신혁돈은 자신의 공격이 에르그 에너지만 벤 것을 확인하자마자 그리드의 몸에서 멀찍이 떨어졌다. 길드원들 또한 신혁돈이 거리를 벌리는 것을 보자마자 함께 거리를 벌렸다.

그 순간 신혁돈의 손가락이 그리드를 가리켰다.

'영혼 강타.'

꾸웅!

마치 무형의 쐐기가 그리드의 몸을 내려친 듯, 완벽한 구체를 이루고 있던 그의 몸이 움푹 패여 나갔다.

'통한다!'

헛된 우상에게 사용하던 저급한 영혼 강타가 아니다.

아홉 마왕의 에르그 에너지가 담긴 영혼 강타는 그리드조차 우습게 보지 못할 어마어마한 파괴력으로 그의 신체를 강타했고, 그리드의 몸을 구성하고 있던 에르그 에너지들은 허공으로 흩어졌다.

'이거면 됐⋯⋯.'

다시 한 번 영혼 강타를 사용하려 하자 신혁돈을 집어삼킬 정도로 거대한 빛의 기둥이 그에게 쏘아졌다.

쩌엉!

"흡."

그리드의 에르그 에너지가 움직인 순간 자신을 공격할 것을 눈치챈 신혁돈이 곧바로 반응했으나, 팔 하나가 빛에 휩싸이는 것은 막지 못했다.

결국 팔 하나가 그대로 날아가 버렸다.

하지만 신혁돈의 강신은 해제되지 않았다.

'차이가 있는 것인가.'

강신을 해제한 이상 그리드가 뿜어대는 빛의 기둥에 직격당하는 순간 신체는 파괴된다.

신혁돈의 팔이 날아간 것을 본 길드원들은 경악했지만 정작 본인은 자신의 육체가 아닌 양 아무런 신경도 쓰지 않은 채 묵묵히 그리드의 공격을 피할 뿐이었다.

'차이는 중요하지 않다.'

신혁돈은 정신을 집중하며 모든 에르그 에너지를 담아 영혼 강타를 사용했다. 다시 한 번 그리드의 몸을 구성하고 있는 에르그 에너지가 출렁였다.

꾸우우웅!

전보다 큰 충격.

하지만 신혁돈은 만족하기는커녕 계속해서 영혼 강타를 사용했다.

그렇게 그리드의 모든 정신이 신혁돈에게 집중된 순간 어느새 가까이 접근한 길드원들이 그리드의 몸에 자신의 에르그 에너지를 쑤셔 넣는 데 성공했다.

가이아의 축복과 가호, 그리고 권능이 가득 담긴 그들의 에르그 에너지는 그리드에게 극독이나 마찬가지였고 그것을 투입시킨 순간.

쩌엉!

─네놈들!

그리드의 노호와 함께 어마어마한 에르그 에너지의 파동이 그의 몸에서 터져 나왔다.

콰아아아아!

"흐읍!"

신혁돈은 에르그 에너지를 끌어 올려 간신히 방어해 냈으나 길드원들은 달랐다.

그들은 누군가 내장에 손을 넣고 후비는 듯한 고통과 동시에 공격을 위해 끌어 올리고 있던 모든 에르그 에너지가 흩어지는 것을 느꼈다.

1초만 있으면 모을 수 있는 에너지지만 그리드가 그들을 위해 1초를 내어줄 리 만무한 상황.

신혁돈이 시간을 벌기 위해 영혼 강타를 사용하려는 그 순간.

그의 몸속에 잠들어 있던 세 개의 바이러스가 움직이는 것이 느껴졌다.

바이러스가 무슨 작용을 하는지 모르는 신혁돈은 곧바로 봉인을 사용하지 않고, 대신 언제든 봉인시킬 수 있게 준비를 하며 바이러스가 움직이는 것을 바라보았다.

바이러스, 즉 그리드의 에르그 에너지는 순식간에 신혁돈의 몸을 휘돌며 그의 몸속에 있는 에르그 에너지 통로를 막았다.

그리고 신혁돈의 몸이 덜컥 멈추었다.

'이거였나.'

그가 움직이지 못하면 그의 목숨은 찰나도 지나지 않아 사라질 것이고, 그러면 길드원들을 비롯한 모두가 죽을 것이다.

신혁돈은 모든 감각을 그리드에 집중한 뒤 바이러스를 봉인시킬 준비를 마쳤다.

'공격을… 안 하는군.'

그리드는 신혁돈을 공격하는 대신 잠깐의 시간을 두고 길드원들을 살폈다. 거기서 신혁돈은 깨달았다.

'기회는 온다.'

길드원들조차 속여야 하는 상황.

그리드의 에르그 에너지 폭발과 동시에 신혁돈이 제자리에 못 박힌 듯 멈춘 것을 본 길드원들은 당황하는 기색 없이 곧바로 그의 주변을 둘러쌌다.

제일 앞에는 김민희가 섰고 그 뒤로 밀리 계열이, 그리고 메이지들은 에르그 에너지를 끌어 올리며 그리드의 공격에 방어할 준비를 했다.

쩌엉!

그리드는 지체 없이 빛의 기둥을 쏘아붙였고 동시에 안지혜가 만든 흙의 거인이 공격을 막아냈다.

"일어나라!"

아니, 막으려 했지만 빛에 닿음과 동시에 박살이 났다. 그 뒤를 막은 것은 백종화의 배리어였다.

"배리어!"

짧은 간격으로 수십 장의 배리어가 생겨났지만 삽시간에 찢어발겨졌다. 그러나 그 뒤에는.

"후으읍!"

방패를 높게 든 김민희가 있었다.

콰아앙!

비스듬한 각도로 공격을 막아내려던 김민희는 방패가 부서짐과 동시에 함께 어깨의 반을 잃었다.

하지만 공격의 진로를 바꿔놓을 수 있었다. 신혁돈을 살린 것을 확인한 김민희는 모로 쓰러졌다.

어마어마한 공격력.

눈을 감고 있었지만 에르그 에너지가 움직이는 것만으로 모든 상황을 파악한 신혁돈은 꾹 참았다.

'죽지만 않으면 살릴 수 있다.'

하지만 이번 기회를 놓친다면?

그리드는 생각 이상으로 강했고 더 이상의 기회가 오지 않을 가능성이 농후했다.

'한 번. 단 한 번.'

그리드가 방심을 할 때.

그때가 기회였다.

번쩍!

그리고 기회는 신혁돈의 생각이 끝나기도 전에 찾아왔다.

그리드는 신혁돈이 완벽히 당한 것이라 생각하는지 길드원들을 공격하지 않고 입을 열었다.

"다 같이 죽겠다는 건가? 하긴, 살 생각을 하는 게 우습지."

그는 이 상황이 재미있다는 듯 기괴한 웃음소리를 흘리며 신혁돈을 향해 다가왔다.

그 순간, 신혁돈은 봉인을 사용해 자신의 몸속에 있는 바이러스를 묶어 그리드의 에르그 에너지 유동을 막아버린 뒤 스킬을 사용했다.

영혼 강타!

퍽!

신체가 아닌, 영혼에 직접 타격을 가하는 스킬인 영혼 강타는 아무리 그리드라 해도 방심하고 있는 순간에는 큰 타격을 받을 수밖에 없었다.

즉, 정신을 차리기 위한 시간이 필요하다는 것이고 신혁돈은 그 시간을 줄 생각이 없었다.

영혼 강타! 영혼 강타……

퍼엉! 퍽! 퍽퍽!

"공격해!"

그들은 신혁돈이 깨어난 것에 놀랄 새도 없이 곧바로 그리드에게 쇄도해 자신들의 무기를 쑤셔 넣으며 파장이 가득 담긴 에르그 에너지를 몸속 가득 집어 넣어주었다.

신혁돈의 영혼 강타와 파장.

두 가지가 합쳐지자 그리드의 몸은 안에서부터 터져 나가기 시작했다.

"이럴 순……"

펑! 펑!

영혼 강타가 작렬할 때마다 에르그 에너지로 이루어진 그리드의 몸은 조각나며 사방으로 흩어졌다.

―없어… 안 돼.

육성으로 시작된 목소리는 정신감응으로 넘어갔고 그조차도 끝까지 이어지지 못하게 되었을 때.

신혁돈의 손이 어느새 사람 크기만큼 작아진 그리드의 몸에 닿았다. 그와 동시에 영혼 포식이 시작되었다.

제일 먼저 신혁돈의 손으로 전해진 것은 그리드가 가졌던 마지막 감정이었다.

허탈함. 분노. 절망.

그다음으로 넘어오는 것은 기억.

신혁돈은 차분히 그의 기억을 흡수하기 시작했고 그렇게 그리드라는 존재는 소멸했다. 이제 그가 있던 흔적은 신혁돈의 머릿속에 남아 있는 기억뿐.

기억까지 모두 흡수했을 때도 그리드의 몸을 유지하고 있던 에르그 에너지는 그에게 흡수되지 않았다.

'어째서?'

그리드의 근간을 유지하던 샛노란 에르그 에너지는 마치 원래부터 그럴 것이었다는 듯 신혁돈의 손가락 사이를 벗어나 사방으로 흩어지기 시작했다.

은하수 기둥이 되어 내려올 때처럼 사방으로 흩어지기 시작한 농밀한 에르그 에너지를 본 윤태수는 미간을 굳혔다.

"설마……."

다시 괴물이 되는 것인가 생각했던 그의 생각과는 달리 에르그 에너지는 차원으로 흩어지며 녹아들기 시작했다. 그 모습을 본 길드원들은 안도의 한숨을 내쉬었다.

주인을 잃은 에르그 에너지는 차원의 중심으로 파고들어 차원석으로 흘러들어 갔고 신혁돈은 그것을 관조했다.

'새로운 주인을 찾는 건가.'

에르그 에너지에 자의란 없었다.

하지만 그리드가 가지고 있던 에르그 에너지는 달랐다.

신혁돈에게 귀속되길 거부하는 것이 아닌, 마치 자신이 알아서 주인을 찾아간다는 듯 차원의 중심인 차원석을 향해 스스로 몸을 던졌다.

그리고 신혁돈은 거부했다.

그리드는 죽었다.

괴물들이야 여기저기 남았지만, 그것은 신혁돈이 지금 가진 힘만으로 충분히 해결할 수 있는 문제였다.

즉, 주인의 의지를 무시하며 스스로의 의지를 가진 에르그 에너지 따위는 필요가 없는 것이다.

그리고 궁금하기도 했다.

그가 거부하면 과연 어떤 반응을 보일지.

차원석의 주인으로부터 거부당한 에르그 에너지는 다시 땅을 뚫고 올라와 천천히 신혁돈의 몸 주변을 돌았다.

마치 자신을 받아달라는 듯 애교를 부리는 강아지처럼.

그 모습을 보고 헛웃음을 흘린 신혁돈은 손짓으로 도시락을 부른 뒤 말했다.

"이거 탐나지?"

"까악."

도시락은 얼른 고개를 끄덕인 뒤 마치 물고기를 물 듯 에르그 에너지의 허리춤을 부리로 쪼았으나 에르그 에너지는 실체가 없는 정신체나 마찬가지.

물릴 리가 있겠는가.

"뭐가 어떻게 되는 거야."

이 사실을 알 리 없는 길드원들은 에르그 에너지가 이리저리 떠도는 것을 보고 미간을 찌푸리고 있었다.

풀어주자니 어디 가서 그리드 같은 놈을 만들까 하는 생각이

들고, 먹자니 께름칙했다. 가둬두는 게 맞다는 판단이 든 신혁돈의 머릿속에서 곧바로 적당한 장소가 떠올랐다.

신혁돈은 천천히 손을 움직여 에르그 에너지를 손아귀에 모은 뒤 윤태수에게 말했다.

"바커스 인형."

"예?"

"거기다 넣어서 아공간에 두게."

"…여기가 무슨 유배 장소입니까?"

"안 될 건 뭐야."

결국 자의를 가진 에르그 에너지는 바커스 인형으로 들어갔고 신혁돈에게 봉인을 당한 뒤 아공간에 처박혔다.

모든 과정이 끝났을 때, 고준영이 긴 한숨을 내쉰 뒤 신혁돈을 바라보며 물었다.

"진짜 끝난 겁니까?"

그들의 시선이 자신에게 집중된 것을 확인한 신혁돈은 고개를 휘휘 저었다. 그의 제스처를 본 고준영은 사색이 되어 말을 더듬었다.

"그… 그럼."

신혁돈이 길드원들을 향해 몸을 돌리며 턱짓을 했다. 길드원들의 시선은 그의 턱을 따라 움직였고 곧 폐허나 다름없는 도시 풍경에 닿았다.

신혁돈이 말했다.

"이제 시작이지."

그의 농담에 백종화는 헛웃음을 흘렸다. 그것을 본 윤태수 또한 웃음을 터뜨렸다. 그리고 자신이 속은 것을 깨달은 고준영까지 실실 웃음을 흘리자 모든 길드원들의 얼굴에 미소가 번지기 시작했다.

드디어 모든 것이 끝난 것이다.

그리고 이제 시작될 것이었다.

『괴물 포식자』 완결

2016년의 대미를 장식할 최고의 스포츠 소설!!

Career record : 984W 26L
Career titles : 95
Highest ranking : No.1(387weeks)
Grand Slam Singles results : 23W
Paralympic medal record : Singles Gold(2012, 2016)

약 십 년여를 세계 최고로 군림한 천재 테니스 선수.
경기 내내 그의 몸을 지탱하고 있는 것은…… 휠체어였다.

『그랜드슬램』

휠체어 테니스계의 신, 이영석(32).
그는 정상의 자리에서도 끝없는 갈망에 사로잡혀 있었다.

"걷고 싶다, 뛰고 싶다. …날고 싶다!!"

뛸 수 없던 천재 테니스 선수
그에게, 날개가 달렸다!!!

Book Publishing CHUNGEORAM

유행이 아닌 자유추구 -
WWW. chungeoram.com

GAME BALL

게임볼

설경구 장편소설

FUSION FANTASTIC STORY

무명의 야구인이었던 남자,
우진이 펼치는 야구 감독으로서의 화려한 일대기!

『게임볼』

"이 멤버로 우승을 시키라고?"

가상 야구 게임,
게임볼을 통해 인생 역전을 꿈꾸는

한 남자의 뜨거운 행보에 주목하라!

Book Publishing CHUNGEORAM

유행이 아닌 자유추구 ~
WWW.chungeoram.com